容器

璀璨深霧

豪雨—著　馬文海—繪

目次

01 橙色戀人

離營業還有十五分鐘，白布簾上已有許多人影搖晃，磨豆聲蓋過外頭的嘈雜。我深呼吸後吐出雜念，剝下柳橙皮，在店內的昏黃燈光下，擠出晶瑩剔透的橘黃果汁，又一張柳橙皮，被我用刀刻劃出狐狸的模樣，狐狸小腳交錯在馬克杯的杯緣上。

——今天我要沖泡出完美的咖啡。

「艾絲特，水是過濾水嗎？」我問。

她回答：「是過濾水，你已經問第二次了。」

「那巧克力醬——」

「——也持續用文火煮著，你不是才剛進廚房看過。」

我再次深呼吸，「抱歉，我有點緊張。」

艾絲特坐到吧檯前，雙手托腮，像聽故事般。「你為什麼這麼緊張？這又不是你第一次發表新品。」

「這次的新品，我花了很多心思，也做許多改良，還有——」

「——停，不需要對我解釋，我可是陪你完成這杯咖啡的人。相信我，外頭的人也會喜歡。更重要的是這杯咖啡到底叫什麼名字？你想好了嗎？已經火燒眉毛了，我要寫在黑板上。」

我抿嘴，說：「橙色戀人。」

「法蘭克一定會讓橙色戀人加入菜單。」

我對她露出淺笑。
「R，」狄馬從廚房走出。「薑餅奶油已經準備好了，還有什麼需要幫忙嗎？」
「先準備十杯牛奶咖啡。」
「十杯哪夠，外頭都不只十個人。」艾絲特從座位彈起，並調整圍裙。「我看要三十杯才夠。」
「他們不一定全都是點新品。」我說。
「別傻了，他們全都是為此而來的。」她露出饒富趣味的笑。
「好吧，那等下可以把巧克力醬端出來，幫客人點餐時——」
「——要一字不漏，我們就這麼讓你不放心嗎？」狄馬聳肩。
「你盡情發揮吧，我們會做你可靠的後盾，彌補法蘭克的空缺。」艾絲特說，他們嘴角上揚。
十點半，我再次調整袖子，該滿足客人了。
營業時間一到，客人們魚貫而入，他們的容器飾品點綴店裡，在昏黃的氛圍下，星光開始閃耀。第一位到點餐區的客人，西裝筆挺，配戴金光的馬車輪狀懷錶。下一位是配戴鮭魚紅光絲巾的優雅女子，她走起路來，節奏像是慢了一拍。接著是常客——年邁的葛斯明先生。
由於隊伍大排長龍，前三位由我提供點菜服務，狄馬則記錄後面客人的需求，然後整理訂單，並把他能做到的事項先完成，艾絲特負責引導客人，精明的她同時也包辦結帳。
金懷錶的客人來到我面前，「外帶一杯新品，再給我一點驚喜，謝謝。」
「這樣是雙份驚喜囉。」我微笑。
客人朝我眨眼，然後走向一旁等候區。
紅光絲巾客人開口：「請給我新品，然後……」她輕咬下嘴唇，「給我『就是這樣的感覺』，我想要那種不說出口的默契。」

「沒問題。」她應該不確定自己要些什麼，通常這時候只要加入一些信心與準確，她就會舒坦許多。

接著是葛斯明先生，他平時不會這個時間來，他是特地來品嚐新品，他穿米色高領長袖上衣，胸前別了綠藻光的軍人胸章，紀念他以前打過的仗。「早安，R先生。」

「早，類風溼關節炎有好轉嗎？」

「老樣子。」他雙手一攤。「請給我一杯新品，什麼都不用加。」

「今天只是來滿足好奇心嗎？」我開玩笑地問。

「今天只要滿足一種感受就夠了，這樣對未來才有所期待。不過，你的咖啡總能帶給我新感受，你給的情感都很濃烈，那些是我不曾體會的人生。請問你是怎麼豐富生活？你都使用哪種容器？」

「我想就只是年輕罷了。」我撒謊，夾帶爽朗笑容。

消化完早上的人群，已經接近下午一點，高峰過後，下午客流量恢復正常，但有時團體客人進來，仍會應接不暇，到下午五點才有機會擦拭吧檯桌面，將四散器具放回原本位置，這時，麗芙來了。

「R，你好……」她囁嚅說。

「嗨，麗芙。」

她跟我年齡相仿，有頭濃密捲髮，深色皮膚撒上銀光雀斑，從兩側顴骨到鼻樑都是。她大約是三個禮拜前來的，最近一直有個謠言困擾我，說我們這裡提供完美情感，市面上的確會標榜一些完美情感，但老師說那些只供參考，要我別被不負責詞彙所拘泥。

麗芙也是聽信這個謠言，所以前來，那時她想要一杯「完美冷靜」的咖啡。

而當時我不厭其煩地又解釋一次，我說：「我們店沒有提供完美情感的商品。」

「大家都說這裡有。」她堅持。

「我們會盡力確保每杯咖啡品質，我只能對此承諾，對於完美的定義，每人見解都不同。」

她嘆氣，看著窗外，「黃昏是白日與黑夜的交錯，是發狂的時刻，難道冷靜對我來說太奢侈，不配擁有。」她像個詩人。

「我們店走昏黃色調，不就代表我們成天與狂氣為伍。」

「那你是怎麼保持冷靜？」

我建議，「想嘗試加了冷靜的一縷清香嗎？」

「請給我一份。」

一縷清香裡有香草與薄荷的調和，喝起來有種清新的風味。

後來，她每天都會不定時報到，上個禮拜的某天，打烊後，她坐在吧檯與我深聊，絲毫沒有要走的跡象，艾絲特打斷她的話，麗芙卻勃然大怒，並指著她咒罵，為了安撫麗芙，我只好聽她把話說完，整整拖了兩個小時才吃晚餐。之後，她對冷靜的要求變本加厲，彷彿上癮，她告訴我，她對鎮靜、安眠的藥物已經有抗藥性，就算買市售的「冷靜」，效果也只有半小時，只有我調配的冷靜飲品，才能讓她睡得安穩。

麗芙的脫序行為，慢慢地開始干擾其他客人，她會插隊，在店裡歇斯底里，與其他客人爭論不休，在怒目橫眉的麗芙面前，不論苦口婆心，或疾言厲色都沒用。

對於麗芙，我也不堪其擾，但在這快三年的時間裡，不管是多麼棘手的客人，老師從沒下過逐客令，何況，我也有點同情麗芙，為了尋找使她平靜的方法，我們曾經到店裡的獨立包廂，想兜售情感給我們，或想體驗更深層情感的客人，才會進來。我曾檢測她的情感，在水晶中，我看到混沌的瘋狂，她的內心世界七彩波瀾，激盪出抽象的黏呼呼形狀，顏色的界線在這裡模糊不清，狂亂世界中，有隻色彩斑斕的鳥，牠不斷細心修復藍色鳥巢。得知我們這裡是她的避風港後，我更不忍心趕她走。

為此，我前去請教容器公會的其他調配者，當中有飲食調配者、成功激發者、心魔摘除者……，關於容器所衍生的職業，多到族繁不及備載，與他們討論後，心魔摘除者建議使用水晶膜，進行延遲調配法，水晶膜會自動將情感包覆，而水晶膜的厚度會影響釋放時間，些微改變比例，都會影響時間。

之後，我在一杯冷靜飲品中，讓冷靜分次釋放，這比長效型情感更持久。在我跟艾絲特、狄馬試驗幾次延遲調配法後，便讓麗芙嘗試。我將高濃度冷靜分成十等分，使用間隔六小時的水晶膜。

這次麗芙三天後才出現。「我要冷靜的一縷清香。」她只點這個。

「要試看看新品嗎？」

「裡面加了什麼？」她看手寫板。

「柳橙、巧克力、暗戀。」

「你推薦嗎？」

「當然。」我淺笑。

「那我都要。」她今日前往窗邊的位子。

狄馬為她端上咖啡，因為艾絲特不再為她服務，我也沒特別注意之後的事，是狄馬走到吧檯旁，小聲地告訴我：「麗芙一直盯著你耶……」

六點半，結束營業時，麗芙結帳後走過來，她說：「我會仔細考慮的。」

一般來說我會收到客人的讚美或感謝，鮮少收到錯愕，而且一次三人份。

麗芙走後，狄馬說：「那女的沒毛病吧？」

「顯然病得不輕。」艾絲特說。

我嘆氣，「不論如何，今天順利落幕，延遲調配法的效果也不錯。」

結束營業後，我盤點容器庫存，棒狀的海綠光「果決」這陣子消耗得很快，七彩漩渦的「想像力」，與暗灰光的「堅持磚」也都該訂貨。

「R，狄馬去廚房洗碗盤了，你需要幫忙嗎？」

「那補貨交給妳，有些已經低於安全庫存量。」

「沒問題，老闆。」

艾絲特擺出敬禮手勢，我則是笑而不答。老師突然被組織徵召，已經超過一個月，這陣子到遠方去參與沉默動物的機密行動，預計今天回來，不然就可以請教他該如何為麗芙調配。

她盤點時問：「橙色戀人的構想，是來自你親身體驗？還是容器的？」

「兩者都是真實的，不是嗎？」我笑答，帶著防備心，並順手拿起鋼杯擦拭。

「但自己的總是比較特別，雖然不一定比較好，我想這是人類的矛盾吧，對自己的情感永遠無法客觀打分數。」她墊起腳尖，取下容器櫃上方的「知足」，雪白的光球，與她白皙皮膚相襯，巴掌臉的她鼻梁高挺，上唇稜角分明，纖眉如畫下有一雙空靈的褐色大眼。「如果今天的新品，加入霍華德的愛情，或許可以賣個天價吧。」

「是芙瑞雅說的嗎？」我問。

「她不肯告訴我太多關於霍華德的事，是我看研究資料時發現的，上面特別註明他的愛情很危險，所以我很好奇，你要告訴我他的事嗎？」

她在以退為進嗎？她到底知道多少？是在試探嗎？

艾絲特與狄馬是情侶，到THE NEST剛滿一年。在老師向沉默動物高層透露我的存在，與我體內的革命後，組織便派他們兩人到這裡工作，並與我同居。老師對此沒有表示意見。

不過，我與他們只能像過去的人，緩慢的試著培養友誼，因為革命的關係，我無法與他人訂下水晶契約，在容器世界中，在訂下水晶契約前，任何口頭情感只是不負責詞彙。我總是與人們保持六步，這是我從前在實戰練習中的領悟，是最進退得宜的距離，內心世界同樣適用。

「三年前，我剛來到高區時，遇到一位絕美男子。」我觀察她的反應。「他的愛情確實很危險，看到的女性會陷入瘋狂，而我的好友，也不幸被捲入那致命愛情而喪命。」

「我知道這件事，」她坦承，「芙瑞雅說你傷得很重？事情過了這麼久，有好些嗎？」她輕皺眉頭，露出一絲關懷眼神。

被那樣瞧，我覺得不自在，所以轉身繼續收拾吧檯，現在她試圖踏入我內心，大約是觸手可及的兩步，我說：「已經好多了。」

「偷偷告訴你，芙瑞雅其實很珍惜霍華德的書，就是那種叫做『流行雜誌』的書。」

「那很正常，我們店的女客，應該有許多人保留。」先弱化，三步。

「他的愛情後來怎麼了？」

「毀了。」不多談，四步。

「我對他們的遭遇感到遺憾。」

沒回話，五步。

「橙色戀人，是為了紀念逝去的他們嗎？」

「不是……是紀念他們活過。」六步，不論她此時說什麼，我都予以否定。

事實上，我不曾想過要紀念他們，霍華德的水晶戒指在我手上，莉迪亞的愛情也還在我體內，我想瓦解黑色傑森。心海的暴風雨仍在肆虐，但我已經學會下潛至深海，這裡是我的棲身之所，不讓我被瘋狂的復仇附身。在內心深海中，我有時會想，是我的遭遇讓我築起層層防備？所以革命才不讓我與他人訂下水晶契約嗎？

晚餐時間，在艾絲特準備掛上休息牌子後。叩、叩——外頭傳來敲門聲，門外站了一個婀娜多姿的身影。

02 雛鳥五穀雜糧店

「要吃晚餐了嗎？」芙瑞雅進門就問。

艾絲特繞過吧檯，用雙手環抱芙瑞雅的脖子。「妳怎麼會來？」

「我待會要帶你們去新的訓練場所。」她坐到吧檯前的位子，望向一旁手寫板。「完美先生有新作品嗎？」

在我剛認識芙瑞雅時，以為完美先生是在稱讚我，後來才瞭解是在調侃我，她覺得我不管什麼都喜歡做到最好，後來，當我滿足許多客人後，才明白這會帶給人壓力。

客人們也常說，今日的咖啡很完美，待我自己喝下後，除了我給的情感外，並沒有完美的感受。我曾跟老師討論過這種矛盾，他淺笑說我對自己要求太高，要我放輕鬆，因為評論自己永遠不可能客觀，老師也提到，看似完美的人並不值得信任，原因在於人非聖賢，那就表示，那種人擅長隱瞞不利自己的事。

不過有機會的話，我還是渴望體驗完美的一刻。

我撇嘴，「要來一杯嗎？不完美小姐。」

「當然好，謝謝。」芙瑞雅的桃花眼平常是琥珀色，她喝下橙色戀人後，裝有無數星星的眼眸便甦醒，她盯著小咖啡杯，若有所思，她改造過的雙眼飄向艾絲特，沒有人喜歡被她盯著瞧，她能看到人們體內的光芒，什麼祕密都躲不過，艾絲特匆匆地把辣椒紅光的「驕傲」放進容器櫃後，躲進廚房。

「這杯咖啡，你加入苦澀的戀愛嗎？」芙瑞雅問。

「還有百分之九十的黑巧克力。」革命使她無法看透我。

「不覺得這樣太苦了嗎？即便有牛奶調和，與柳橙幫襯。」她手裡的小湯匙在咖啡杯中打轉。

「我嚐過更苦的。」我言笑自若，曾幾何時？我已經習慣用笑容來防備。是因為剛與艾絲特討論的關係嗎？「老師呢？」我試著轉移話題。

「他跟帝芬達都已經在新的訓練所。」她眼睛恢復正常。

「為什麼要換新地方？」我與艾絲特、狄馬，原本都在店裡三樓做訓練，帝芬達主要教導我們如何抵抗容器攻擊，而芙瑞雅則是教我們讓人卸下心防，老師也在幾個禮拜前再次教導我劍技。

「有新學員要加入，這裡空間不夠。」

「為什麼不直接把我編排到沉默動物現有單位？」

「因為你很特別，組織特別為你成立新單位，狄馬他們也會跟你一起。」

「真假？」狄馬靠在通往廚房的走道旁，他笑時一側露出虎牙，鼻頭有凹陷處，我們兩人身高差不多，但他比我壯一圈。「那我們就是祕密組織的祕密武器囉？」

「可以這麼說，但關鍵還是看你能否發揮價值。」芙瑞雅指著我胸前的水晶項鍊。

「快吃晚餐吧，帝芬達最討厭人家遲到。」艾絲特從廚房探頭，因為容器訓練的關係，她一聽到帝芬達的名字就特別敏感。「芙瑞雅，這個禮拜是狄馬負責煮飯，妳可別太期待。」她說完就逃跑。

「妳哪次少吃了？」他追上去，艾絲特高分貝尖叫。

「吃飯吧，憂鬱的黑髮男孩。」

「妳又看不透我，而且，我不是男孩了。」

「要看透你還不簡單？你眉頭再皺下去，就會跟帝芬達有同樣的皺紋。」

我苦笑，艾絲特尖叫聲也已經停止。進廚房後，看見狄馬的後腦勺，艾絲特坐在流理臺上，她雙腿環繞在他腰際間，我聽到他們嘴唇拉扯的聲音，雖然看不到，我仍轉移視線。

「咳、咳。」芙瑞雅發出乾咳後，逕自坐到餐桌前，撕開麵包。

我們其餘三人就坐，晚餐內容是——水煮蛋、番茄醬義大利麵、黑麥麵包。

「這麵包挺好吃的。」芙瑞雅說。

艾絲特說：「這是R烤的，他將來要開麵包店也行。」

芙瑞雅咀嚼著，沒有答話。

晚餐後，我們離開THE NEST，夏末夜晚涼爽，碧綠的楓葉不久後就會轉黃，我穿黑色棉質短袖與黑長褲，再搭一件米色的亞麻外套，就符合第四平臺的簡約風格，狄馬、艾絲特也都打扮樸素。不過，我們每人都配戴一件容器飾品，因為第四平臺的人，喜歡畫龍點睛的效果。

狄馬配戴碧藍光的腰帶，艾絲特左腕繫著琉璃光髮圈，而我則配戴一滴朝陽，水滴形狀的墜鍊掛在我胸前，這是我上個月用莉迪亞的愛情去訂製的，我捨不得從心中拿出更多，所以只有半個拇指大。芙瑞雅在出門前，盯著我的墜鍊，我感謝她沒多問，雖然我現在已經習慣說謊，但在配戴這條墜鍊時，我只想說實話。反觀芙瑞雅的打扮，岩漿般紅光的拉丁舞袖套，上面還有金光搖曳的精細雕花，在這區太過醒目，外加她有一種妖豔氣質，身材穠纖合度，鵝蛋臉上唇紅皓齒，迷濛雙眼能魅惑他人，抿嘴微笑便能使男性忘記闔嘴。

我們走到梅爾遜街上的天際線等候區，這邊地下埋有感應器，如果有人持續站著，不久後，悠揚的鋼琴聲就會傳來，玻璃房將會出現在我們上方，並緩緩降落。

「我們要去哪？」狄馬問。

「第五平臺北邊的郊區。」芙瑞雅說。

艾絲特壓低音量：「那邊也有根據地？」

「是帝芬達買下的，已經整理得差不多。」

「但是……」

芙瑞雅食指放在唇間，艾絲特立刻噤聲，此時，另一批民眾來等候區。不久後，悠揚鋼琴聲響起，天際線緩緩駛來，玻璃房優雅的降落在我們面前，連些微塵土都未揚起。玻璃房可以容納約三十人，座位圍成一圈，門邊與座位旁設有電子面板，輸入目的地後，天際線會安排最佳路線，玻璃房上升，我的位子剛好可以看到摩天輪，它在第五平臺東邊的弗拉德爾車站上方。

我們翱翔於天空，夜晚的高區很燦爛，每個行人都擁有屬於自己的星星，另外，最近高區內開始流行亮麗的髮型，比較常看到的是銀河秀髮，在烏黑的染髮劑中，加入銀色光屑，或各式各樣的黃金髮，有檸檬黃光、奶油黃光、滿月光。最醒目的要屬火鳳凰，顧名思義，就是橘紅光的頭髮，從頭皮中間分線，分別往兩側做成展翅造型，火鳳凰大多是男生才能駕馭，之前外出時，我看到有位長髮女性試著梳理這種髮型，卻像隻烤熟的龍蝦。

天際線開始往下溜，我們來到第五平臺，這邊的房屋，居民打扮，有別於第四平臺的規律，每個人都展現出強烈自我風格，歸咎於各式各樣的人都想擠進高區，所以高區房價近幾年有增無減，我的一位忘年之交，黛西說過，因為人們覺得住進高區，就代表身分、地位與他人不同，而居住平臺越高的人，成就也越高。黛西也說這是政府帶動的風氣，為了維持高區的繁華。她還要求我對這現象寫一份觀察報告給她。

半小時後，玻璃房內只剩我們，稍早前芙瑞雅對坐在對面的男子眨眼，害他忘記下線。這附近我從未來過，但我記得第五平臺北區主要是發展農業。居住在這的人們，大部分都必須到高區外圍，替政府規劃的農業工作，政府則會降低各種稅率優惠他們。

芙瑞雅按下座位旁的按鈕，玻璃房速度逐漸緩和，下線後，我們改成徒步行走。這裡的房屋以集合住宅為主，一樓有許多店面，現在都已休息，招牌寫的大多是有關蔬果與農產品。

我在街上走馬看花，這裡白天一定很熱鬧，來這採買，不曉得比向配給車購買便宜多少？

「到了。」芙瑞雅說。

我們停在一家雛鳥五穀雜糧店前，招牌是松木刻成，整條街這家招牌最乾淨。芙瑞雅上前敲門，她敲一下，停一拍，又敲兩下，如此兩個循環後，門便開啟。

「等你們很久了。」紅髮彼得說。

「嗨！彼得，噗——你頭髮怎麼回事？」艾絲特憋不住笑意。

「這是流行，我是一隻火鳳凰。」

由於彼得頭髮太短，使他無法抓出飄逸、凌亂的感覺，而且他搞錯方式，他將頭髮往中間集中，往上抓成龐克頭。

狄馬說：「你這是一隻紅雀。」

「你這個紅陰毛頭。」

「你們夠了——快讓我們進去。」艾絲特調停。

店裡有股純樸香氣，存貨很齊全，有大麥、小麥、黃黍、胡麻、薏仁、糙米等。紅髮彼得帶我們上二樓，樓梯左側的房間像是會議室，鋁製百葉窗緊閉，老師、帝芬達坐在一旁的小方桌旁，其他人我都沒看過，前方有張巨型白板，有十位青少男、女坐在白板前。

「很好，這樣新血全部到齊，你們也趕緊就座。我先介紹，我叫達克多。」白板前方的男人，梳著油頭，他有M型禿，耳旁剃髮。

我們三人分別坐下剩餘椅子。

「你們應該都清楚在這的目標。」達克多聲音響亮，略帶一些磁性。「從現在起，你們將會被編列成體制外的祕密小組，雖然你們有些人已經身懷本事，依然要接受基礎訓練。訓練主要分成兩大部分——實戰、心靈，尤其是心靈方面沒有捷徑，能不能承受要看你們造化，你們當中有些人父母歷經過『最美戰爭』，所以不用我提醒你們人心有多脆弱。」

最美戰爭？這是常識嗎？該請教黛西了，目前只有黛西、法蘭克、芙瑞雅、帝芬達、雷伊、艾絲特、狄馬，七人知道我過去記憶被大量上鎖，還曾衍生基準失衡症，雖然這三年來改善許多，對常理、道德的標準得以拿捏恰當，不過，某些常識卻依然找不回來，應該說，連我也不知道忘了什麼。

「在此之前，我要從你們當中指派一位隊長。」達克多看著我，他黑眼圈好深。「你就是R吧，你比他們年長，而且聽說你在心靈訓練的表現出類拔萃，你來帶領他們。」

剎那間，晉級成為團隊領導者，言語、表情都無法有最適切的反應。學員們紛紛轉過頭來，他們臉龐仍帶有稚氣。關於隊長一事，似乎就這樣定案了。

「事不宜遲，開始訓練吧。」達克多帶領我們到二樓另一側，這邊與隔壁相連的房子打通，擺放各種健身器材，接著剛剛在會議室內，不發一語的彪形大漢，站到前方。

他有張四方臉，眼睛黑白分明，鬢角連到鬍子，「我叫翁斯，是你們實戰指導者。你們輪流來到我面前，告訴我你們的實戰技能。」平頭的他指著我們THE NEST三人組，「你們排最後。」

學員們照指示，一一向前，翁斯輕拍他們身體，之後他們分別被派去不同的健身器材前。輪到我們時，近看他渾身都是壯碩的肌肉，給人一股壓迫感。他說：「艾絲特、狄馬，你們的資料我已經看過，艾絲特的專長是柔道與合氣道，而狄馬則是泰拳吧，我要你們互相教導對方。至於你，法蘭克說他教導你用劍，除此之外，你已經開始接受帝芬達的心靈訓練，聽說你連護心者都具備了。」

我點頭。

「你跟我到地下室，我想知道你的程度。」

我正要開口時。

「慢著，」一名高大的金髮男說，他的小麥膚色是曬出來的，他個頭比我要高些，粗壯的手臂與稚氣臉龐形成反差，臉上還有些痘子。「我也想觀摩。」

「我也是。」一名綁馬尾的女生，從推舉機上下來，她的五官精緻，皮膚如白玉般無暇，剛剛的推舉使她臉頰浮現腮紅。「既然他要帶領我們，我想看『憑什麼』？」

其他學員紛紛停下手邊的訓練。

「哈，就讓他們去吧，不覺得他們充滿幹勁嗎？」雷伊戴著丹寧布鴨舌帽出現，滿臉通紅地站在門邊，眼神沒有對焦。

達克多說：「雷伊，你又遲到了。」

「去吧——去吧——去大幹一場。」雷伊手臂繞圈，差點打到芙瑞雅，她一臉嫌棄。

之後，雷伊自己把帽子打落，黯淡的金髮被帽子壓得亂七八糟，他的希臘鼻旁有道傷口，衣服圓領泛黃又鬆弛。

我不常見到雷伊，他到我們店裡時，通常都會找高單價的酒喝，我們彼此沒什麼交集，正確來說，他都獨自沉浸在酒精的恍惚世界。翁斯搖頭興嘆，達克多卻趁機走到我身後，他輕聲地說：「如果要當領導人，就不能表現膽怯的一面。革命的事我們知道，自有分寸。」

我用眼睛尋找老師，但一無所獲，我再度練劍，不過是前幾個禮拜才開始的事，而且只是基礎練習，由於一年多前發生那件意外，實戰練習我們都特別小心……之後，老師他們著重在我的心靈訓練。

「我——」

「好了、好了——」達克多拍手，他應該不是故意打斷話，只是要吸引眾人注意。「既然大家都這麼有興趣，就都去地下室觀摩。」

達克多這時將我半推半就推往門邊，我頓時啞口無言，其他學員也跟上來，他剛說的那句不要膽怯，讓我的話哽在喉嚨。艾絲特用擔憂的眼神看我，因為我的那點程度，她也曉得。

狄馬拍我肩膀，「當作練習就好，別太緊張。」

沒錯，而且現在輸贏並不是重點，無論我是不是隊長，我都不想展現退縮的一面。我走出門，達克隨後跟上，他細聲說：「很好，你展現出隊長風範，等下翁斯只會點到為止，我可不想第一天就有人受傷。」

達克多帶隊，我們走往地下一樓，底下有扇厚重的實心鑄鐵門，翁斯如同拔河般使勁，才拉開門。裡面不可思議的寬敞，看起來是五穀雜糧店連同左右，甚至隔壁街的店家都一起打通，數根鋼條佇立其中，牆面與天花板都有鋼板強化。

地下室分別有三張巨型白色緩衝墊，裡面也有一些人正在做訓練，我的胃部開始翻攪，沒想到人會越來越多，現在已騎虎難下，只能去硬打一場仗。

翁斯從牆上取下其中一把木劍，他拿到我面前問：「這把可以嗎？」

我默默接下，站到一旁，隨意揮幾下，感受重量與重心的變化，用木劍讓我鬆口氣。

「好戲可以上場了嗎？」雷伊說，他鬍子刮得亂七八糟，刮鬍子可能是酒醉的他臨時起意。

學員分別站在左右兩側，而我與翁斯則站在緩衝墊中間，腳下觸感類似柔軟的皮革，在悶熱空間裡，一旁傳來冷颼颼的視線，使我肌肉僵硬。翁斯站在前方，我與他保持六步距離，面對身材高大的他，或許要多退後一點，在我思考時，他向我點頭後擺出架式，他右腳跨向後方，側身面對我，雙手握拳，左拳與他視線平行，右拳則貼近心臟位置。

一開始我下意識模仿他的動作，之後又驚覺我手裡拿著木劍，卻怎麼擺怎麼怪，最後我只能假裝手裡握著木棍。

翁斯步步逼近，過程中都維持他一開始的姿勢，我開始向右側移動，以他為中心繞圈，想找出切入點，但翁斯以右腳為重心，隨我轉動，左拳始終對準我。在繞了兩圈後，我驚覺自己已經困在角落，儘管沒訂下規則，但我覺得如果踏出緩衝墊外，就算逃避，而且這並不是一場攸關勝負的比試，只是想瞭解我的程度罷了。

翁斯在距離我四步時，忽然騰空跳起，一下子拉近兩步，左拳像是魚叉射出、收回，又射出，我將木劍架在我們之間，試圖阻擋拳頭過來，就在我節節敗退時，他右腳彈出，踢中刀柄，劍飛到後方。我呆若木雞，甚至連被踢高的雙手，都還高高舉著，兩側不約而同傳來訕笑聲，而翁斯則是一直保持備戰姿勢，直到我把手慢慢放下，他才解除備戰狀態。

翁斯說：「即使武器被奪走，你仍然可以繼續奮戰。」

我面紅耳赤，對自己的能力與結果感到羞愧。

「通通回去健身房。」達克多說。

學員魚貫走出門口，狄馬又拍了我肩膀，「來這就是要彌補我們不足的地方。」

翁斯招手，示意我過去，他問：「武器被奪走後，你沒有近戰技能嗎？」

我搖頭。

「看來只能從基礎教你，老實說這類實戰技能容器可遇不可求，除了培養緩慢外，這些技能回收率並不高，有些人上戰場就沒回來，或心智變得不清，自然無法留下技能容器，但就算現在有適合你的技能容器，你身體能力也跟不上。」他輕捏我的手臂與大腿。「你平常有運動嗎？」

「沒有。」我休息時，喜歡一個人看書或看電影，那是我覺得最自在的時候，最近狄馬、艾絲特也會跟我一起觀賞舊電影，那對他們似乎也是有趣的體驗。

「我要你加強心肺功能，還有肌耐力。」

之後我也回到健身房。一天的訓練結束後，我口乾舌燥，手臂肌肉緊繃，手只要能自由垂下，就感到滿足。翁斯給我的訓練單有鑽石型、集中型的伏地挺身，還有每個禮拜至少跑二十公里，每天深蹲五十下。

翁斯在訓練結束前叮嚀大家：「你們回去照這些訓練，下次集合是三天後，同一時間，訓練單一定要確實完成，日後會根據你們的進展，調整你們的訓練量，有瘀青或腫脹現象的人記得冰敷。」

紅髮彼得此時插話：「嘿——雛鳥們！剛從哪進來，就從那出去，下次也一樣，別給我聚在街上溜達。」

原來大家是從不同店面進來。

「R，你想就這樣回去嗎？」老師站在門旁，面無表情。

老師的方臉，這次出完任務後，整個臉頰都消瘦了，嘴角的皺紋也更明顯，這讓他的厚耳垂看起來更明顯，深棕色的微捲髮，更多白髮參雜其中，灰色眼睛看起來也比平時更黯淡，雖然市面上沒有賣「失望」的容器，但我猜測大概就是這種了無生氣的顏色。

03 小客人與憤怒拳擊手

「你們留在這做什麼？」帝芬達用渾厚嗓音，質問留在現場的學員，聰明的學員聽到後便離去。唯有綁馬尾，一臉高傲的女子依然站一旁。「我保證不管妳聽到什麼，妳也會有一份。」

聽到這話，馬尾女才悻悻然離去，她暗紅光的髮尾微微擺動。

帝芬達趕走其他學員，但不包含狄馬與艾絲特。

「為什麼不說明你的實力，達克多與翁斯不清楚，難道連你也不清楚？」

「法蘭克，已經很晚了。」芙瑞雅替我打圓場。

「從這跑到東邊的弗拉德爾車站，之後才搭乘天際線回店裡，你比他們更需要訓練。」老師說。

我點頭。

「回答我，不管在這，或是店裡，我都是你的老師。」

「是，老師。」為什麼要給我難堪？不過這與我的訓練單不謀而合。

晚間訓練結束時，已經十點，走出店外後，我重新繫緊鞋帶，從第五平臺北區奔跑，記得去年高區有舉辦這類慢跑活動，參加者繞行第五平臺外圍半圈，當時的前三名獎品是五千貝茲的獎金，以及任意挑選政府提供的情感容器，亮度與品質都堪稱鳳毛麟角的上等貨。

跑一小時後，大腿與小腿都僵硬如石，平時根本沒有跑過這麼長的距離，我開始放慢步伐，幸好艾絲特在我跑前塞給我一瓶水，我小口小口的補充。

午夜後，汗流浹背的我經過阿茲曼傳統市場，車站上方的摩天輪已經熄燈，但高區夜晚的街道卻不曾黯淡過，不遠處的金騎兵廣場，騎兵長劍尖端仍散發耀眼金光，廣場長椅上，有人影向我揮手，淡淡的琉璃光在空中搖晃，艾絲特與狄馬在那等我，這種朝他們縮短距離的感覺真怪，但我確實有一絲開心。

「老兄……你跑太慢了吧。」狄馬邊說邊打哈欠。

「你只會出一張嘴，今天工作一整天，加上重訓，R在跑前已經累壞了。」

「謝謝你們特地來等我。」膝蓋與腳底發麻，我現在只想闔上眼，然後往後一躺。

「趁身體冷下來前先拉筋。」老師從騎兵銅像的另一側出現，並遞上毛巾、水。

老師的出現令我感到驚喜，「謝謝……」

做完舒緩後，我們前往搭乘天際線。

「你接下來的每一步都很重要，你懂嗎？」老師問。

我點頭。

「之後會讓你嘗試帶領學員，你體內的東西，他們都還不知道，不過技不如人，的確很難讓人信服，這幾日我會去黑市，尋找有沒有人在賣實戰的技能容器。」

回到THE NEST已經凌晨一點，互道晚安後，我走向二樓，我房間在左側，艾絲特他們與老師的房間在右側，我拖著疲憊的身軀躺到床上，幸好明天是公休，啊，應該說是今日了，對了……黛西約我與老師一起吃飯……明早要……

隔日早上，我是在一個翻身後甦醒，大腿、手臂、胸膛都彷彿經過肉錘拍打，全身痠痛不已，時間剛過八點，狄馬應該已經準備好早餐，我走進浴室，沖刷昨日的辛勞，熱水使筋骨舒展，疲憊從擴大的毛細孔中溜走，有種重生的感覺。

我梳洗完後下樓，進廚房前就聽到鍋鏟與鍋子碰撞的聲音，與熱油滋滋作響。

「早安。」我說，並偷瞄今早菜色。

「早餐要等一下，狄馬那傢伙竟然睡過頭。」艾絲特身穿米白色圍裙。

老師坐在長桌另一頭的主位上，看著報紙。「昨日發表的新品，請給我一杯。」

「好。艾絲特，妳想喝什麼？」

「濃縮康寶藍，謝謝。」

我到吧檯，泡完橙色戀人後。將香甜的鮮奶油攪拌至輕盈而滑順，再舀一匙到單杯雙份的濃縮咖啡上，就完成──濃縮康寶藍，我也幫自己與狄馬各泡一杯，這飲品很適合今日早餐──法式吐司。

當我將咖啡端入廚房後，狄馬正好下樓。

「哈，抱歉。」他賴皮的笑著。

艾絲特怒視，「你還敢嘻皮笑臉。」

「對不起，別生氣嘛。如果我早起，大家哪能吃到美味的法式吐司。」他用唇咬了艾絲特左臉。

艾絲特不情願地用袖子抹去。她在法式吐司上鋪滿香蕉片，香蕉片背面塗有藍莓果醬，餐桌上還有巨型歐姆蛋。

「R，你要多吃一點蛋。」艾絲特切下三分之一的歐姆蛋，放到我的餐盤上。

「謝謝……」我吞吞吐吐地說。

老師放下報紙，拿起陶杯至鼻前，接著輕啜一口，我們有默契地等老師發表評論，這一年裡，老師也教導他們泡咖啡的技巧，因為店裡的生意比從前好很多，需要幫得上忙的人。

「你混和兩種咖啡豆，而且這兩種都有花香，檸檬調性的咖啡豆與你加入的柳橙相輔相成，餘韻是黑巧克力與暗戀的甘苦味。」

艾絲特鼓掌。「我們這次是用水洗瑰夏與水洗摩卡兩種咖啡豆。」

「哪個地區呢？」老師問。

「在生命起源的衣索比亞舊址附近。」艾絲特回答。

「這樣我猜是在青蔥翠綠的西達摩，那邊生產一些最頂級的咖啡豆。」

狄馬問：「要加入菜單嗎？」

「可以加入。」

艾絲特對我眨眼，她微笑時右臉頰露出酒窩。

狄馬問：「這陣子組織在忙什麼？」

「我們原本要入侵世界領袖會。」

老師淡淡地說，與吐出康寶藍的狄馬，形成強烈對比。

世界領袖會，是每五年舉辦一次的世界性會議，共有六大政治體，聖鷹、東方聯邦、綠星、生命起源、伊甸園，還有我們王環的領袖，各會派出代表，聚在一起討論未來世界的大方向，以及簽署接下來五年的貿易合約，由於每五年一次，因此會議將長達一個月。

「——說原本是什麼意思？」狄馬追問。

「這次地點是在復活島，在那座孤島的汪洋附近，王環還安排海獸、空獸在附近，我們無法做任何安排。」

「海獸與空獸長什麼模樣？」我問。

老師答：「他們有很多種類，這只是我們的通稱，畢竟我們也不知道王環製造了多少這種生物。」

「那些人工生物，真的有為世界帶來正面影響嗎？黛西說，那些生物有辦法吸收、分解上個世代造成的汙染，不管是海洋垃圾、空氣汙染、森林面積，都比上個世代改善許多。」

「這是假的吧。」狄馬不以為然。

「你說的是地球守護獸，那些是真的，即使是沉默動物，也在為了要不要射殺那些守護獸喋喋不休。」老師說。「因為王環也孕育怪物，所以組織有人視地球守護獸為隱憂。」

「入侵目的是什麼？」艾絲特問。

「這個嘛——」

扣、扣——前門傳來敲門聲，我們不約而同閉口。艾絲特去確認廚房後門，狄馬前去應門，這個時間應該沒人會來。

「R——出來一下。」狄馬呼喊。

我們三人面面相覷，然後一起到店前。一名十歲不到的淺褐色短髮女孩站在門邊。

他說，「她是你的客人，我要繼續享用早餐。」

老師也走回廚房，只有艾絲特留下。

女孩問：「你就是人們口中的『R』嗎？」

「人們口中怎麼說？」

「他們說你能調配出完美、情感豐沛的咖啡。」

「我無法承諾完美的情感，但妳找的應該是我，不過今日休息，妳明天再來吧。」

「我有帶錢。」

她從零錢包掏出兩張非常皺的一貝茲，看得出來她有試著把鈔票攤平，還有一些零錢。令我在意的是她指甲縫的污泥，仔細一看，她穿著樸素，不如說是破舊，沒有佩戴容器飾品，顯然不是第四平臺的人。

我蹲到她面前，她將手中鈔票握緊，收回懷裡。「一手交錢；一手交貨。」

我淺笑，她確實勾起我的好奇心。「妳想要什麼？」

「我想要一杯憤怒飲品，要很生氣、很生氣的那種。」她咬牙切齒的說。

她可愛的表達使我發笑。憤怒容器，是屬於負面容器的一種，對於情緒控管有問題的人相當有幫助，高區甚至有提供回收服務，人們可以把負面情緒帶去政府設的回收站，話說回來，那是不值錢的東西，除非是加工後被當成藝術品之類，如果誤用的話，自己與旁人可就無辜了。

「我們店不提供那種情感，但提供慷慨激昂的情緒。」

「我不要那種，我要把人揍扁的憤怒。」

「妳該不會要自己喝吧？」

「我要買給爸爸喝。」

我提高警覺，因為眼前的情況不合理。「妳爸爸在哪？」

「他不在這，他在競技場附近工作。」

「他為什麼要喝這種東西？」

「他是一位憤怒拳擊手，過去是一位冠軍呦，打完剩下的比賽，還清負債就要退休。」

我開始有些頭緒。「我大概懂妳要什麼，妳希望我提供強烈的憤怒飲品，讓妳爸爸能在擂臺上發揮吧？」

女孩點頭如搗蒜。

「妳叫什麼名字？」

「莎拉。」

「好，莎拉，妳仔細聽我說，所謂容器飲品，通常是在製作後不久喝下，才能讓當事者體驗某種情感或經驗，情感一旦離開容器，它會逐漸消散，除非經過加工，說到這邊懂嗎？」

莎拉點頭。

「也就是說，妳爸爸必須在上場前一刻，喝我剛調配的飲品才有用，而問題是我不可能配合妳爸爸出賽的時間，去現場幫他調配飲品。」

「為什麼不行？」

「我上班時間是固定的，下班後也很忙。」

「我也買下你的下班時間，或我可以幫你做很多家事，我會洗衣服、打掃。」

「這些我都不需要。」

「你要怎樣才肯幫我？」

「莎拉，每個人都有屬於自己的煩惱，與其指望別人幫妳，不如再去想其他辦法。」

「我爸爸輸掉比賽就不能退休。」她嘟嘴，鈔票又被她捏皺。

「我很遺憾……」語畢後，我靈光一現，如果他的父親要退休，或許拳擊技能可以轉賣給我。

「妳回去幫我問妳爸爸，有沒有想賣掉拳擊技能？如果有的話，我會考慮妳剛說的事。」

「你願意囉？」

「我是說考慮，而且這事要跟你爸爸談過才算數。」

「好。」莎拉頭也不回的離去，她可真會討價還價，或許她可以一次解決兩人份的煩惱。

「可愛的女孩。」艾絲特說。

我們回到餐桌旁，老師已經離去。

艾絲特問：「老師呢？」

「他說要去黑市。」狄馬盤裡的食物已經一掃而空。

「狄馬，我記得你之前假日喜歡跑去看拳擊賽？」我問。

「嗯，雖然我支持的人已經沒戲唱，但還是會關心值得下注的對象。」

「你支持的人受傷了嗎？」我一邊切下歐姆蛋。

「不是，因為第二代的拳擊手比較強，所以第一代都沒戲唱了。」

「什麼意思？」

「簡單的說，第一代拳擊手靠憤怒；第二代則是靠慾望，而慾望的強度、持久性，普遍都高於憤怒。」

「難道不是平日的練習決定一切嗎？」艾絲特也加入討論。

「練習當然是不可或缺的，不過，如果雙方的身體素質、練習量都差不多的話，決定性因素就落在心靈層面，對勝利的執著；對獲勝的渴望，擁有這種強烈心理因素，獲勝的機會也跟著變大。」

「那為什麼憤怒會弱於慾望？」我問。

「根據評論家的說法，憤怒情緒雖然爆發力強，但同時消耗得很快，不利於持久戰，假設你第一回合滿腔怒火，到第五回合後，因為憤怒找到宣洩，所以比開場弱了許多。慾望不同，除非達到目的，否則不會減弱。」

「中途無法補充嗎？」我問。

「不行，只能在比賽前半分鐘，在裁判面前使用登記的情緒。」

「但比賽一開始應該對憤怒拳擊手比較有利，難道無法快速分出勝負嗎？」艾絲特問。

「慾望拳擊手當然清楚這點，所以只要遇到憤怒拳擊手，一開始只要小心防禦、閃躲，之後勝算就會大大提升。另外是情感取得，我舉例：你可以找到為錢、為名譽、為女人而痛下殺手的人，卻很難找到只因憤怒就奪走性命之人。」

「只要憤怒拳擊手也開始使用慾望就好了吧。」艾絲特說。

「有人嘗試過，但這會造就一種奇妙現象，通常這麼做的拳擊手，成績都會比原先更糟，有些人歸咎是純正問題，比較有邏輯的說法是，憤怒拳擊手依賴腎上腺素大量爆發的快感，改成平穩的慾望後，反而會力不從心。」

「你倒是說了一口好理論，那你怎麼都還賭輸。」艾絲特調侃。

他提高音量，「我又不是先知，憤怒拳擊手還是有贏的時候，只是機率不高。」

「也對，比賽不到最後一刻，不會知道結果。」艾絲特將她的餐盤放到狄馬旁，「你曉得該做什麼吧？」

「是、是──親愛的。」他擺出笑容可掬的模樣。「你們怎麼會突然對拳擊有興趣？」

我將剛發生的事，以及我的想法告訴他們。

「我覺得這是個不錯的提議。」狄馬說：「如果他之後真的不需要，就可以向他收購這份技能。你今天想去觀摩嗎？第五平臺南區的競技場，每個禮拜天都會舉辦比賽。」

「好主意，我想去。」

「太好了，我的新衣服終於有機會穿。」艾絲特歡欣鼓掌，但她隨即厲聲：「狄馬──還不快去洗碗──」

她跑上樓後，狄馬才嘀咕說：「我就算用一隻手洗，也比她化妝快。」

艾絲特換上純白洋裝，V字領配上荷葉邊袖子，繫上含羞草黃光的腰帶，塗上淡粉紅色唇膏，看起來相當可人。狄馬看到後，手指伸進她的金髮鮑伯頭中，再度忘情的吻了上去。

而艾絲特將他推開，並怪他破壞了妝容，然後，她從水藍色的細肩小背包，拿出袖珍瓶容器，從裡面倒出白色小光球含著。她經常吃那個，我好奇那是什麼，也曾詢問她，她回答：就只是保持好心情，這種只有女生需要吃。

之後，我們搭乘天際線到第五平臺南區，下線的地方十分熱鬧，街上有許多小吃攤販，周圍有許多運動用品店，除了實用性外，高區的人同樣在乎外觀，有人稱現在為第二個唯美時代。

一家攤販擺出乒乓球桌，球會依據落點不同，桌面會顯示不同光源，紫晶色、螢黃色、藍寶石色，桌球像顆小太陽，我真懷疑玩的人不會眼花撩亂嗎？賣飛盤的商人，將飛盤射往高空，隨即在空中飄下星星碎片。一旁設有競速賽道，孩童穿著銀亮光圈的直排輪呼嘯而過，一圈又一圈，猶如溜在星環上。

「這裡一到假日會聚集各種同好，博弈在這很盛行。先去競技場吧。」狄馬指向前方的大型仿羅馬式建築，上方是半同心圓拱頂，外牆用米白色磚石砌成，一旁有許多白色大理石雕像。「這裡是名人道，這些都是名留青史的人，有創下百米紀錄的保持者，球類運動健將，以及競技場上的冠軍們。他們鍛鍊出的技能，有以容器的形式保存下來，供人觀賞。」

「我想去觀看他們的技能容器。」我說。

「晚點再看。」狄馬說。

通過競技場的狹長拱門後，狄馬先到一旁買票，裡面是開闊的中空大廳，我抬頭看，數不清楚有幾層樓。這裡採光極佳，光從半圓形的天花板撒落，柱子、門窗、走道彷彿有精確比例，裝潢與布置採漸進式，各式絲綢光澤的布料在頭頂上方交錯，相互協調，牆面走拜占庭風格，是用彩色石拼成的馬賽克畫。

狄馬買完票回來，「拳擊場在右側的地下二樓。」

狄馬將票拿給門口的驗票人員，我們進入紅布簾後方，樓梯向下延伸，由狄馬領頭，地下二樓分為A、B、C、D四個座位區，面向中間擂臺，我們座位在C區倒數第三排。

「我們提早半小時進場，先休息吧。」

「比賽的拳擊手是什麼種類？」艾絲特問。

狄馬看簡介，然後搧風：「都是慾望型，戰績分別是三戰三勝的赤色龍捲風，與五戰兩勝的黑夜獠牙。」

「這樣應該是赤色龍捲風的勝算比較高吧。」艾絲特說。

「還要參考他們登錄的情感，赤色龍捲風的慾望是溫飽，而黑色獠牙是提高社會地位。」

「這差別在哪？」我問。

「根據馬斯洛的金字塔理論，人類首先要滿足的是底層，也就是生理需要，接著才會往上提升至安全需要、社會需要、尊重需要，以及自我實現，所以說，滿足溫飽的慾望，理應會比較迫切。」

「這麼說依舊是赤色龍捲風佔上風。」艾絲特說。

「如果有那麼容易預測，我早就賺大錢。」他解釋：「赤色龍捲風在贏了三場後，他拿到獎金，難道還會餓肚子嗎？反之，黑色獠牙如果再輸下去，根本沒人會投注他，這樣他失業後，也就失去社會地位。」

「因為輸贏，使他們慾望產生改變了？」我問。

狄馬翹著二郎腿，摸著鼻頭處的凹陷，看著空無一人的擂臺說：「當一個人沒有退路時，所爆發的能量是不容小覷的，擂臺上充滿不確定因素。」

「一場比賽通常會持續多久？」

「由於使用容器的關係，現在多半五回合內結束，不像過去的拳擊賽容易發展成冗長局面。」

人潮陸續湧進，比賽前座位坐滿八成，時間一到，擂臺上的鎂光燈射向角落。

牆面射出五光十色的燈光，鑼鼓喧天，主持人拿著散發金、銀光的麥克風，站上擂臺，介紹選手進場。赤色龍捲風從紅色角落出場，他穿紅白相間的短褲，戴著火紅光的拳套，手腕上纏繞金光綳帶。黑色獠牙從另一端的藍色角落出場，他的黑色亮皮短褲上，印有猛蛇張牙的圖案，漆黑的拳套上看不出端倪，但一定不只有這樣，這是個注重聲光效果的時代。

選手站上擂臺，裁判站在中間，鐘聲響起，選手拳套互碰後，便展開攻防戰，一開始雙方都用輕快的刺拳，伴隨伴攻刺探對方，黑色獠牙的拳套，原來在碰觸後會發出蘋果綠光。這場輕量級的比賽，赤色龍捲風的體型稍微矮小點，但他動作靈活、迅速。

第二回合，赤色龍捲風衝進黑色獠牙懷中，展開猛攻，黑色獠牙不斷防禦，只能從猛攻的縫隙中揮出幾拳。

第三回合的劇本也差不多，擂臺上畫出一道又一道的金紅光弧線，赤色龍捲風的積分，始終高於黑色獠牙，但第四回合的後半場，赤色龍捲風的呼吸亂了，毒蛇抓住機會，閃開對手揮拳後，揮出猛烈的右直拳，直擊頭部，接著是連打，這回換赤色龍捲風被逼到擂臺的柱子旁。

狄馬大喊：「漂亮的反擊。」

在赤色龍捲風還未復原前，黑色獠牙朝對手腹部左右開弓，當赤色龍捲風的手臂往下防禦，黑色獠牙就改攻頭部，場上的綠光如驟雨落在赤色龍捲風身上，伴隨現場熱血沸騰的情緒。

狄馬也激動跺腳，並嘶吼：「幹掉他——」

最後，在第四回合結束前，赤色龍捲風被一記右勾拳擊中太陽穴附近，然後像中劇毒般，倒地抽搐，黑色獠牙左手被裁判舉高，他握住了勝利。

狄馬在旁激動地大喊：「贏了——我賭贏了——」

我與艾絲特睜大雙眼，難怪他看起來跟黑色獠牙一樣開心。散場後，狄馬去兌現贏來的一百五十貝茲，他帶我們到五樓餐館，吃高級的伊比利火腿起司潛艇堡，他還買了餅乾肉角，那種零嘴極硬，放進嘴裡五分鐘後，表皮的肉屑才會開始剝落，一顆可以吃上半小時，非常耐吃，缺點是咀嚼肌會很痠。

「R，你還想要拳擊技能嗎？」艾絲特問，她與狄馬十指緊扣。

「我要與老師討論一下。」似乎還有某件事……

「對了——」狄馬嘶聲說：「我有個好點子，你去學習吧，如果你成為革命拳擊手，我們就發大財了。」

艾絲特用手肘頂向狄馬腹部，「看場合說話。」

「你們想，我們的未來一點保障也沒有，不如趁現在撈一筆，當存退休金。」

「我們有更重要的事要做。」艾絲特說。

回到一樓大廳後，我問：「接下來要去看運動選手的容器嗎？」

「反正沒事，展示間在後方。」

展示間內，璀璨的容器擺置在玻璃櫃中，主要以結晶體的方式呈現，技能就像原石一樣，必須經過琢磨才能綻放光輝，這些技能猶若工藝品。

狄馬說：「這是包利的擒抱。」

下方資訊臺播放運動員過去的精采畫面，他曾是美式足球中最有價值球員，他的結晶體被加工成橢圓形，瓷白光的質地上，龜裂部分露出深紫光。

「我喜歡這個。」艾絲特看著一朵綠光的花，是祖母綠與釉綠的結晶體，層層堆疊，晶瑩的星芒中，宛如有森林精靈寄宿其中，這是屬於一位體操選手。

展示房中間，有個櫃子被獨立分開，下方還擺著冠軍腰帶，這是屬於一位拳擊手，岩漿般的火光結晶，容器中飄散光的粒子，我的手緊貼玻璃，想要感受更多，這就是千錘百鍊的成果嗎？

「你喜歡嗎？」艾絲特問。

「我不確定。」我縮手。

她身體傾向前凝視，臉都快要貼在玻璃上。

看完展後，我打算先回到THE NEST，昨天的疲勞還未消除，他們倆打算再逛一下，把握假日與陽光，畢竟我們平日鮮少與陽光為伍。在競技場入口分道揚鑣後，我尋找可以搭乘天際線的地方，我在前方的小攤子看到莎拉，那邊有個小丑在表演，他肚裡不曉得塞了什麼，看起來圓滾滾的。

莎拉在旁兜售惡作劇球，有水溝味球、汙泥球、鼻涕球、尖叫球，以及糞味球，紅圓鼻小丑的雙腳被綁住，在數根鐵條之間跳躍，人們向莎拉買球後，往他砸去，小丑雖然只能跳著移動，但行動仍然敏捷，也懂得運用地形優勢，不過地上黏滑，所以小丑不會永遠安然無事。當他滑倒後，他就變成磁鐵，所有的球都朝他飛去，直到大家手中的球都丟完了。莎拉才宣布，「表演結束，下一場要半小時後。」

人群逐漸散去，莎拉拿起一旁的水管，沖刷地板與小丑。只剩我一人留下，水沖到我腳邊，她才發現是我。

「爸爸，他就是R。」

小丑起身，鬆開腳上的繩子。他走過來，他原本伸出手，卻又縮回去，「我是布雷特，現在不適合握手。」

「你好，我是R。」

他露出靦腆的笑容，「原來我女兒說得是真的，聽說你有辦法調配出濃烈的飲品？」

「但你要的情感，我們店裡沒賣。」

「我清楚，」他從衣服下擺拿出一瓶憤怒容器，裡面已經集滿。「我會自行準備。」

「莎拉有提我想收購拳擊技能的事嗎？聽說你之後想退休。」

「——什麼？這她倒沒提過。」莎拉在旁一臉無辜。「我明天可以去你們店裡拜訪嗎？九點？」

「可以，但十點前要結束，我們要營業。」

「沒問題，」他手又伸過來，卻又再次收回去，「真不好意思。」臘腸般的紅唇，發出呵呵笑聲，他扶著繽紛的爆炸頭。

04 延遲調配法

搭乘天際線回到THE NEST已經下午四點，我一進門便聞到肉豆蔻的味道。

「要喝加爾各答咖啡嗎？」老師手拿馬克杯。

將菊苣根部烘焙過，磨成粉後可以當成咖啡替代品。將肉豆蔻粉加入水中，煮到沸騰，再加入中研磨咖啡粉、菊苣粉，靜置五分鐘左右，以濾紙滴進杯中即可，是充滿異國風情的香料咖啡。

「不了，我打算休息。」

「晚餐他們會買回來嗎？」

晚餐……「啊——老師，我們今晚能去黛西家吃飯嗎？」

「咳、咳——幾點？」老師嗆到。

「六點。」

「該死，現在才說，快去準備。」老師走到室內電話旁。

「準備什麼？咖啡嗎？」我每次去都會帶上。

「你該穿正式服裝。」

我面露難色。

「好吧，我沒幫你準備，是我的問題。」

「黛西人很好，那邊是第五平臺的琴巴林街，我們穿平時的衣服就好。」

「我不一樣，這是第一次赴約，前兩次我都被事情耽擱，這次必須展現誠意，代表我重視這個邀約。」老師撥下電話，請帝芬達用最快的速度，送來一套正式服裝給我，還有一塊天然火腿。

接近五點時，一輛黑頭車停在我們店門口，老師正好走下樓，他將淡咖啡色捲髮梳理成油頭，穿著深灰藍的西裝與西裝褲，上面印著似有若無的格子紋，胸前是深藍色領帶，配上紫茄光的皮鞋，我從沒看過老師這樣打扮。

帝芬達與一位瘦小的男子走下車，男子左手拿黑色布袋，另一手是土黃的皮革手提箱，我為他開門。

「西裝是您要穿的吧？」男子戰戰兢兢地問。

「對。」

「請您換上，我會在這立即幫您修改。」

黑布袋兩側有拉鏈，拉開後延伸到地板，裡頭裝有一套灰色的西裝與西裝褲，上面是直條紋，與一條藍底配斜白條紋的領帶。換上後，男子量測我的腿長、肩寬、腰圍……，接著，他請我脫掉衣服，從手提箱拿出縫紉針，到窗邊的位子上開始修改，不一會工夫就完成，我沒照鏡子，但從老師點頭的模樣看來，應該不錯。

「很好，啊——差點忘了，你可以從中選一個。」男子從口袋裡拿出一個盒子，裡面散發十二種不同光源的領帶夾，有虛幻的幽靈白光、單調的硬木色光、強烈的胭脂紅光……最後，我選了沉穩的綠松石光。

「你先上車等我。」帝芬達說。

男子點頭後，收拾完東西，便回到車上。

「什麼情況？」帝芬達問。

「要跟黛西吃飯，我曾提過此人。」老師說。

「她可靠嗎？」
「她沒問題。」我說。
「真是會使喚人，」帝芬達將火腿拿給我，火腿沉甸甸的，他順便調整我的領帶。「我走了。」
「這套西裝——」
「送你的。」他逕自走出門外。
「謝謝——」我說。或許是法令紋的關係，帝芬達總給人一種威嚴，他的頭皮容易出油，所以瀏海經常變成條狀，他雖然比老師柔和一點，不過，我覺得他不妥協的地方比較多。「我也該梳油頭嗎？」
「不用，這樣能襯托我比較用心。」
火腿在出門前，已經用黑色紙袋包起來，因為這裡的治安不是很好。琴巴林街或許是高區最黯淡的地方，這邊房屋老舊，外牆與地磚給人一種陰鬱的感覺，只有青苔欣欣向榮。
「到了。」這邊的房屋沒什麼特色，所以最好記下明確的地址。
老師看向他的淡藍光石英錶，「我們提早到十分鐘，她會介意嗎？」
「我想不會。」我敲門。
門內傳來跟鞋的聲音，黛西開門後，給我一個熱情擁抱，她的黑框眼鏡有許多刮痕，今日她也化妝，櫻桃小嘴塗上淡粉紅色口紅，她的黑長直髮感覺很適合銀河秀髮。
「你看起來好英俊。我找到一些不錯的電影，是你喜歡的老派電影。」她說。
我微笑，把火腿遞給她。「這是禮物。」
「謝謝。而我終於如願見到這位佛斯先生，如果你再不出現，我考慮要去THE NEST找你。」
老師乾笑，「叫我法蘭克就好，前幾次沒能如期赴約，我深感抱歉。我一直想找機會當面感謝妳照顧R。」

「也叫我黛西就好，很高興認識你。」

他們握手後，黛西帶領我們進屋，長廊底部是廚房兼飯廳，客廳在左側，那邊的桌子一樣雜亂不堪。踏進廚房前，香味已經撲鼻而來，黛西在用餐桌上，擺了滿滿佳餚，有炸魚捲餅，青豆與焗豆、金黃薯條、烤馬鈴薯、一盤蘆筍與洋蔥、玉米粒混和的沙拉。

黛西坐在我對面，她問：「上次借你的書都看完了嗎？」

在黛西的幫助下，我的基準失衡症改善許多。「小說很有趣，但《社會協調發展與容器的榮辱與共》，我還沒看完。」

「那很重要，即使每天只看兩頁，也要啃完。」她說完，換問老師：「菜還合你的胃口嗎？法蘭克。」

「很好吃，這炸魚捲餅的餅皮，是妳親手做的嗎？」

「沒錯，調配師果然都有出色的味蕾，這是糕點師傳授給我的，但我沒什麼天分，只學會這個。」黛西望向我，她雖然微笑，但眼裡暗藏惆悵。

「想吃什麼告訴我，不管什麼樣的麵包或點心，我都會想辦法做出來。」在莉迪亞離去後，黛西把她的食譜交給我，想她時，我就努力重現她的每道料理，那時我常帶來給黛西品嚐，一同見證她所留下的甜，試圖用糖霜粉飾我們內心傷痕。

「最近還有在接觸新事物嗎？」黛西問。

「我開始運動了，可能會學拳擊。」

我感受到老師銳利的視線射來，他停止動作。

「挺不錯的，有人教你嗎？還是技能容器？」

「嗯——是一位拳擊手，他叫布雷特，他之後要退休，我希望他能把拳擊技能賣給我。」
「你怎麼都沒跟我商量？」老師平時放下刀叉時不會有聲響。
「這是今天下午的事，尚未定案，而且布雷特明早九點會到店裡。」
「你對R選這個技能不開心嗎？」黛西問。
「不，我沒有不開心。」老師含笑，拿湯匙舀起焗豆。
「但你表現出來了，你的眼神緊迫盯人，雙手扶在餐桌上，你在控制情緒，並不代表你沒情緒。」
我應該有告訴過老師，黛西以前是心理學的副教授，她可以從人的肢體動作中，解讀連當事人都不知道，或想掩蓋的事，她也傳授我幾招，用在解讀客人時非常管用。
「我只是希望，定案前能先與我討論。」
「他已經成人了，你這樣會給他壓力。」
「妳——」
「——想說我不清楚情況嗎？R的基準失衡症是你的放任所造成。」黛西聲音顫抖。
老師露齒輕笑。「妳想說這句話很久了吧？」
「為什麼要讓R如履薄冰？你應該清楚潛藏在高區暗處的危險。」
「危險也可能寄生於光亮中。」老師說。
「R，」黛西面向我。「你要記得，你可以選擇做任何事。」
我點頭。他們在為我爭吵，我插不上嘴，還是沉默是金吧。
「法蘭克，你給我仔細聽好，反對容器是其他政治體的事，不是R應該關心的事，希望下次你來用餐時，我們已經達成共識。」

黛西並不瞭解，其實我已經選擇加入沉默動物。

「妳說得對，這裡是高區，要照高區的規則走。我忘了明天店裡有團體客人，我該回去準備。」老師起身，向外走出。

我站起，苦惱留下還是跟上。

黛西苦笑，「R，很抱歉我毀了晚餐，你今天也先回去吧。」

「這還是很棒的一餐，我改天再來。」我再度與黛西擁抱，她身上傳來洋甘菊的氣味，接著離去，老師站在門口。

在天際線等候區時，我細聲說：「黛西應該猜到我們的身分了。」

「大概吧。」

「我還能來嗎？」

老師眉頭輕皺，卻依然點頭。「她很在乎你，但這件事別讓第三人知道。」

「我明白。」

我們回到THE NEST時，狄馬他們還未回來，我回到房間，行事曆上貼著訓練單，我打算明早五點半起來晨跑。我從一旁的書架拿出《社會協調發展與容器的榮辱與共》，慢慢啃總會讀完。剛好可以靠這本書培養睡意，今日我想早點休息，祈禱痠痛能早點消除。

——隔天清晨，鬧鐘喚醒我後，我發呆好一會兒才下床，喝下一大杯水，換上運動服與完成熱身後，便出門。街上霧濛濛，遠方的天空是檸檬黃光，我漫無目的在街上慢跑，每一分鐘過去，身體的鏽蝕就逐漸減少，十五分鐘後，身體已經猶如上油般順暢。跑步可以讓腦袋放空，涼風拂過全身，令人感到快活。最後我嘗試拚命奔跑，使心臟狂跳，大腦酥麻。此時，天空已經變成柳橙般的顏色，橙色總會讓我想起她；想起被黏在蜘蛛網的我。

回到店裡大約七點，艾絲特正在廚房準備早餐，這個禮拜輪到她，我回房裡梳洗。

早餐後，今日老師教他們煮雞蛋咖啡，這是一種以雞蛋取代牛奶的咖啡，還加入煉乳與糖，非常適合慢跑完的我。

「這種咖啡發源於越南，如今那邊是東方聯邦的一部分。」老師說。

「這比五香咖啡好喝多了。」狄馬說。

五香咖啡裡有芝麻、黑胡椒、肉豆蔻……多種香料。

「你還沒嚐過圖巴咖啡，它跟五香咖啡類似，不過還會加辣椒。」我說。

「我們店有賣那種咖啡？」艾絲特語帶驚訝。

我答：「以前有，不過後來賣得不怎麼好，就從菜單上剔除了，算熟客的隱藏菜單。」

「會點那種咖啡的人，是喜歡喝藥嗎？噢——」狄馬摸著後腦勺。

「別去管別人的喜好。」老師說。

就在老師要繼續唸下去時，門外傳來敲門聲，寬厚肩膀的人影，印在白布簾上。

我前去應門，卸下小丑妝容與爆炸頭後，布雷特頂著俐落短髮，只有瀏海比較長些，他有雙柔和的眼，鼻樑、眼角都有傷疤。莎拉在一旁。

「R先生你好，真抱歉，我遲到了。」

「沒關係。」

「重新自我介紹，我是布雷特。」

這次我們終於握手。「叫我R就好。」

「老天，是布雷特！重生的憤怒冠軍。」狄馬跑過來，主動伸出手。「近期已經六連勝。」

他是冠軍？「進來談吧。」

我回到吧檯內，布雷特到吧檯前坐下，莎拉也坐一旁，她原地旋轉高腳椅。「請問你願意當我的容器助手嗎？只要在上場前幫我調配憤怒水就好，我後面兩場比賽都非贏不可，如果我贏了第一場，之後還要面對不敗王者。」

「——真的！你要跟不敗王者對戰！」狄馬欣喜若狂。

「不敗王者之後要升到我這個量級，他將挑戰我這個量級的冠軍，我只是他挑戰前的練習。」

我看向老師，他用眼神示意要我自己談。莎拉跑到吧檯旁，她詢問老師關於杯子的事。

我問：「為什麼你接下來的兩場比賽都非贏不可？」

「我需要錢償還醫藥費，還有我想栽培女兒，幫她準備一份成功特質，但要訂下那種水晶契約，所費不貲。」

有關成功特質的水晶契約，通常只要有販售者出現在市面上，往往會吸引人們競標喊價，例如：毅力、耐心、勤勞，因為一般人缺乏的都是這種東西，經由水晶契約，可以一次性的大量轉移，不用透過容器。

我問：「你生病了？」

「我很健康，技能沒有瑕疵，我妻子去年過世，醫療費是那時欠下。」

我輕嘆。「我很遺憾，布雷特先生。」

「叫我布雷特就好。」他靦腆地說。

「好的，那請問你退休後，如果有打算賣掉拳擊技能，你開價多少？」

「只要你肯幫我，我願意送給你。」

「送我？」我感到訝異，「這是你的重要知識與經驗。」

「我的黃金時期已經結束，空有那些技巧也沒用。」

「如果是戰勝不敗王者的技能，或許可以賣個高價！」狄馬說。
「我的戰績大起大落，不上不下的技能，沒什麼價值。」
「你退休要靠什麼維生？」他目測四十歲左右。
「可能會去第五平臺的農業區找工作，或搬離高區，到物價低一點的地方生活。」
「在帶我去動物園前，我不要離開蛋糕城。」莎拉抗議。
蛋糕城是高區的別名，由於整座城的外觀猶如蛋糕，但住在最底層或是外圍的人，生活不一定甜蜜。
「在離開前，我會帶妳去。」布雷特說。
「你還答應要讓我染成紅髮，可以用火鳳凰。」
「我們不要打擾大人談話，我們到一旁玩。」艾絲特說。
女生們打算玩伴家家酒遊戲，因為人手不足，狄馬不情願地被徵召。
「你最近連贏六場？」我語帶懷疑，「我聽說，憤怒型普遍弱於慾望型。」
「你說的沒錯，我過去差點連家都輸去。」
「是什麼原因讓你開始連贏？」
他偷瞄莎拉，確認她的注意力不在這邊，他細聲說：「因為那時我還無法接受妻子死亡。」
布雷特神情黯然，老師倒了一杯干邑白蘭地給他。
「那時的我很憤怒，只想摧毀一切，雖然贏了，卻也空虛。當時累積的憤怒也用盡。」
「我明白了，請給我一些時間考慮，可以給我你的聯絡電話嗎？我會主動聯絡你。」
「沒問題，還有住址也給你。」筆在白紙上窸窣遊走，「就不打擾你們營業了，莎拉，該走了。」他一口飲盡白蘭地。

莎拉不情願結束遊戲。「你再多喝一杯嘛。」

我不覺莞爾。營業時間一到，依照慣例，拿鐵、卡布奇諾賣得最好，為了中和牛奶甜味，我請合法藥頭的喬米，幫我留一些帶有堅果調性的咖啡豆。門鈴清脆的提醒，我們四人備戰，第一位上門的客人看似疲憊不堪。

「一杯拿鐵，加入一些熱情。」他鬆開霧面灰領帶，領帶夾是別緻的藍光羽毛，他的雙眼布滿血絲。

「工作還好嗎？」製作咖啡時，我一邊觀察他。

「只因顧客的一句話，我昨晚沒回家。」他苦笑。

「真是辛苦你了。」

「現在是我的關鍵時刻，你……覺得是未來重要，還是家庭重要？」他低頭，眼睛卻飄向我，像是在乞求我給他答案。

我微笑，「喝下後，我想你會有答案。」我不只加入「熱情」，也加幾滴「初衷」。

第二位穿白袍的客人是艾曼紐拉醫生，她左邊領口上是真誠做成的太陽別針，右邊領口是信賴做成的下弦月別針，別針的光，印照在她的雀斑上，她是在第三平臺營業的心理醫生，她曾跟我提到，戴上這些別針，病人會比較願意對她卸下心防。

「早安，R，請給我一杯瑪奇朵，還有『逃離』。」她特別強調。

「早安，遇到難搞的病人嗎？」我試著套出更多情報。

「最近的病人，都常對我破口大罵。他們認為我太直接，解決問題只用理論派那套。你懂的，我是可以開一些『圓融』藥丸給自己，但我內心深處總覺得這樣不妥……」

「所以妳想聽看看別人的建議？」

「不是別人，是你的建議。」她懇切地看我，對我委以重任，又是一個期待從我這找出答案的人。

她是專業的心理醫生，空泛的安慰，飄渺的建議，只會造成反效果。「我不是專家，而且算是直覺派，這樣妳也想聽我的建議嗎？」

「旁觀者清。」她說。

「請問妳的專業技能傳承了幾代？」

「我是第三代。」

我從容器櫃中，拿出裝有銀白光米粒的容器，用銀湯匙舀進一匙到瑪奇朵。「妳不用逃離，也不需要圓融，只要『堅信』妳的專業。」

「不用退讓或改變嗎？」她問。

我將右拳抵在下巴，這個動作，會讓人覺得我謹慎思考。我再度舀進一匙堅信。「還需要嗎？」

「呵，不用了，謝謝。」她走時，回頭說：「你會是一個好醫生。」

下一個客人是麗芙，艾曼紐拉醫生的身影擋住了她，她怎麼會這時候來？難道冷靜與水晶膜的比例搞錯了？

「今天要什麼呢？」我問。

「要給你答覆，我的答案是──我願意跟你結婚。」她說。

我倒抽一口氣，一旁老師手上的鋼杯也滑落，我字正腔圓的問：「我什麼時候求婚的？」

「你用橙色戀人問我的。」

我從腦海搜尋圓滑的說法，但看來果決是最好的選擇。「妳誤會了，那只是一杯咖啡，我泡了許多杯。」

「我的不一樣——我從裡面感受到單相思的痛苦，包括你的真誠、悔恨……調配者的手會連帶影響情感風味，不是嗎？如果你真的這麼渴求我，為什麼不承認？」

我頓時啞口無言，我沒想到有人能這麼清楚的感受到。

——她通通說對。我低頭，輕咬下嘴唇猶豫著，最後決定告訴她實情。「不是妳……當我在製作橙色戀人時，我想的人不是妳。」

當我抬頭時，視線與她交接，她的淚珠不斷從眼睛溢出，她的臉頰、鼻翼旁，今天是彩色的亮粉，熱淚滾下時，沾上亮粉，七彩的淚珠不斷掉落，隨後，麗芙原地蹲下嗚嗚哭泣，雙手環抱抽搐的自己，如寒冬的幼鳥瑟縮在鳥巢，她身後的客人，默默排到老師的隊伍。

艾絲特與狄馬愣住，老師左手搭在我肩上。

「我沒問題，她是我的客人。」

老師抿嘴，點頭。

「麗芙，我今天要給妳一杯特別的咖啡，是菜單上沒有的。希望妳喝下這杯咖啡後，會好過一點。」

我深呼吸，調整思緒，打開磨豆機，轟隆的聲響蓋過麗芙哭聲，將隔水加熱的鮮奶打成奶泡，再加入一些白砂糖，今天我多加了一點。我不假思索地完成牛奶咖啡，這是我第一杯學會的咖啡。

我從容器櫃拿出高劑量的冷靜，還有水晶膜，這次也用延遲調配法，但在最後，我用手帕擦拭我的羊角水晶項鍊，抵著容器，淺黃的光珠從容器內冒出，然後加入咖啡，調配師以自身情感、經驗為客人調配，是常見的手法，但我是第一次嘗試。

調配完後，我察覺到老師剛沒在服務客人，反而一副撲克臉，緊盯我手中的咖啡。

我走出吧檯，蹲在麗芙身旁，「妳會在這找到平靜。」她一臉愁容地看我，所幸我的話語還能傳達給她，她輕啜一口後，神情恍惚，整杯喝完後，她表情變得柔和許多。

「是嗎？我還有這種選擇，但嘴裡還是酸酸的。」

我轉身，從罐子取出一顆方糖，「吃下就沒事了。」

她站起，將方糖含進嘴裡。「可以給我一個擁抱嗎？」

我雙手微張，她抱緊了我，唇貼近我的耳，她輕聲說：「願青鳥也帶你找到平靜。」

我雖不懂她的意思，但她心平氣和地離去。意外解決後，大家都鬆一口氣，只有老師表情凝重。

結束忙碌的一天後，在打掃時，艾絲特問：「你用自身的何種情感？」

「我給她成全——那也是愛情的面貌之一。」

「有些東西得學會鬆手才會看見，我想當麗芙抱著你時，並不是得到什麼，而是發現什麼，你果然也有當醫生的潛力。」

我輕笑，不理會她的胡說八道。

晚餐時，老師果然詢問起麗芙的事，以及我在哪學到延遲調配法。

「以後那種調配法別用。」老師說。

我將酪梨醬抹上吐司，配上芥末。「為什麼？」

「我們只改善短時間的情緒，長時間並不適合。」

狄馬說：「但很適合麗芙。」

「她該去找醫生，不是我們。」艾絲特說。

「我知道她是一個特例，但人有情緒是正常的，我就用冷靜舉極端例子，假設在兩天後，那個女客發生了某件事，急需讓腎上腺素分泌，來度過眼前的難關，如果這時冷靜發揮效用，將會抑制腎上腺素分泌。」

「遇到難關，冷靜也是不可或缺的。」我說。

老師正襟危坐，「正是我們沒辦法預料她會遇到怎樣的難關，會遇到怎樣的事情，所以給她時效性這麼久的情感才不適合。」

「但是——」

「——不用說了，我禁止。」老師提高音量。

氣氛瞬間凝結。

「可以介紹艾曼紐拉醫生給她，這樣是三贏的局面。對了，老師你昨天在黑市裡有看到適合R的實戰容器嗎？」艾絲特打圓場。

老師搖頭。

「那我覺得可以接受布雷特的提議。」我說。

狄馬雙掌拍餐桌，「我贊成——」

艾絲特對狄馬露出不屑的眼神。

「如果翁斯也同意，我沒意見。」老師說。

「翁斯是從哪來的？」狄馬問。

「他過去與我在同一小隊。」

「他也是獵星者的一員！所以你們死光的傳聞都是假的……」狄馬嘶聲說。

艾絲特說：「在我們來之前，不是也曾聽過金絲雀、銀貓早就死了。」

「有這回事？芙瑞雅要是聽到，會怪我們害她笑出皺紋。」老師說。

「這不能怪我們，你們的輝煌事蹟，聽起來宛如傳說。」狄馬說。

「只是往事，其實我比較喜歡原本的面具，比較輕，退役後我們都低調過日子。」

他難掩興奮，「我想知道你們在最美戰爭中扮演什麼樣的角色？你們又是怎樣打敗黑色傑森的菁英——黑幽靈——」

「——住口。」老師拍桌，比剛剛更激動。

狄馬的聲音戛然而止，我們三人都停止動作，看向老師。

「不要相信傳說，那會讓你看不清真相。傳說只會穿鑿附會，我們並沒有那麼厲害，我們跟你們一樣，只是血肉之軀的凡人。」老師說完後便離席，神情有些落寞。

「這些為什麼不能談論？」狄馬細聲說。

「老師一定有他的苦衷，或不想回味的往事。對吧？R。」

艾絲特在邀我同意她的話，是因為我與老師相處最久，所以她以為我最懂老師，那麼她是高估我了。

05 失控

今日身體痠痛已經舒緩許多，今晚是要到訓練所的日子。老師今天沒下來吃早餐，他最近都會睡過頭，不曉得他都幾點入睡？

早餐後，我教艾絲特與狄馬使用土耳其咖啡壺，外觀為銅製，帶長柄。

沖煮出土耳其咖啡的步驟是將冷水倒入壺中，以中火煮至沸騰，移開火源後，加入四湯匙極細咖啡粉、糖，我們店裡還會加入肉桂，然後攪拌至溶解，接著再重新加熱至冒泡，但不沸騰，之後移開火源，冷卻一分鐘，反覆加熱便可以煮出獨特又厚重的口感，在第二次加熱後，舀起些許泡沫至杯中，注入咖啡時避免將泡沫沖散。

「真麻煩。」狄馬一邊抱怨，一邊搔著頭皮。

艾絲特說，「唉，小心頭髮掉進去。」

「這種咖啡，當杯底可以看到咖啡渣時，品嚐就可以結束。」我說。

「我們店裡都不幫別人占卜嗎？」她眼睛為之一亮。

聊起土耳其咖啡，人們第一印象往往停留在濃烈焦苦的口感，以及喝完咖啡後利用粉渣做占卜的樂趣，現在還會觀察殘餘的容器亮粉。

「我們店只給真實的感受，不去承諾飄渺的未來。」我再度將咖啡加熱。

「為什麼還要再加熱一次？」艾絲特問。

「有些客人喜歡加熱三次的口感，包括老師。」

「咖啡占卜好像挺好賺的，你只要講得模稜兩可，講得越玄，或許咖啡可以賣得越貴。」狄馬用手指纏繞瀏海。

「老師聽到可會處罰你。」艾絲特叮嚀。

「妳這是在占卜嗎？他有什麼好怕的。」他嘻皮笑臉。

「你們今天在煮土耳其咖啡啊。」老師從樓梯無預警地下來。

狄馬噤聲，臉色轉為鐵青。

「來得正好，這杯是你的。」我遞給老師加熱三次的土耳其咖啡。

「謝謝。」老師將小咖啡杯舉向狄馬，「讓我們敬今天的美好，乾杯。」

他們杯子輕碰，狄馬只能照做，他面孔猙獰的喝到最後一口。

老師冷不防地說，「你今天訓練會吐得很慘。」

咖啡從狄馬口中噴出，吧檯被他噴得到處都是，幸好他是朝向沒人的地方。

「這是我的占卜。」老師徐徐地說。

營業後，第一位客人是刷上粉紅光睫毛膏的婦女，她帶著兩位孩童，一男一女，點了三份咖啡歐蕾套餐，我們店會附上法式長棍麵包與水果沙拉。她並沒有要求附加其他情感。

法式歐蕾我會使用法式壓壺，深焙的咖啡豆與全脂牛奶最為搭配，成品用小碗裝盛，方便麵包沾來吃。完成後，我繼續製作第二位客人的飲品，一旁的老師已經服務完三位客人。然後，艾絲特忽然慌張的跑回吧檯內，她站在我與老師之間。

她說：「那位婦人從包包拿出胡椒罐，撒了乳白光輝的粉末在咖啡中。」

「R，你去瞭解。」老師斂容。

我請下一位客人稍候。一般來說，客人不行私自在店家調配，因為劑量稍有不慎，可能會影響店的招牌，或衍生出其他情緒問題，有一種例外，是客人自行提供情感，但最終是由我們決定是否經手調配。

我走到婦人旁，問：「您好，請問咖啡歐蕾有什麼地方不足嗎？」

「都很好。」她回答。

「但妳剛加了某種東西到咖啡裡？」

「啊──你是指這個啊。」婦人從向日葵黃的肩背包裡，取出容器胡椒罐。「裡面只是飢餓調味料。」

「飢餓調味料？」我的語氣上揚。「可以借我看嗎？」

婦人將胡椒罐遞給我，我抹了一些底部粉末，放在舌尖，未料一股異常的飢餓感襲捲而來，連吞嚥口水時都變得十分美味。

「我家的兩個小鬼頭，最近食慾不怎麼好，所以吃東西時，我會灑一些，我想這件事應該不用勞煩到你們。我……沒冒犯到你們吧？」她語氣有些心虛。

「我只是來瞭解是否有我們沒做好的地方，這個還是在家中使用比較適合。」我故作輕鬆，婦人也尷尬假笑著。

營業時間結束後，成天板著臉的狄馬，將椅子倒放桌面，他負責掃地與拖地。我負責清洗杯盤，整理吧檯，老師盤點容器櫃的庫存，艾絲特在廚房準備晚餐。

「吃晚餐囉。」艾絲特喊。

今天晚餐是濃湯麵包盅，這道菜是我教艾絲特的，她將黑麥圓麵包挖空，注入玉米奶油濃湯、番茄丁、合成火腿丁。餐桌中間放著一籃水煮蛋與一大盤蘿蔓為主的生菜沙拉。

我坐下時說：「妳把我的拿手料理偷走了。」

她從餐桌對面滾兩顆蛋來，「學費給你。」

即使晚餐以輕鬆開場，但氣氛依然籠罩在低氣壓下，狄馬從聽到飢餓調味料後，就一直悶悶不樂，他在喝完濃湯後，終於按捺不住。他拍桌，「我們必須有所作為。」

「我們可以輕聲細語地談。」老師說。

「生命起源的人在挨餓，就為了那些被寵壞的小鬼，為了使他們吃得津津有味。」

「目前沒有證據指向來自戰敗國。」老師說。

「或許只是來自灰燼區。」艾絲特說。

「那有比較好嗎？」狄馬反問。

我剝下蛋殼，純白的碎片擺在橡木餐桌上，像是一幅世界地圖，現在的世界是由六個政治體相互抗衡，也能說只有五個，因為生命起源是由王環看管，王環會從戰敗國中徵收他們珍貴的資源與情感，我體內的革命也有部分來自那。高區周圍的城市，被我們歸類下區，那邊物價較低，而下區外，就是俗稱的灰燼區。關於灰燼區，有人說那邊是惡人的出生地，貧窮瘟疫肆虐之處，以及無色人的歸屬。

「R，你怎麼想？」狄馬問，話鋒轉向我。

「飢餓調味料的源頭，我覺得比較有可能是來自鄰近的下區或灰燼區。我也認為這不是一個好現象，人的胃口會漸漸變大。」

「什麼意思？」艾絲特問。

「我今天嚐了一點，當下的感覺像兩天沒進食，只想把眼前的食物塞進嘴裡。如果人們習慣這種刺激，或是想追求更激烈的舌尖衝突，市面上就可能會出現飢餓三天、飢餓四天的調味料。」

艾絲特說：「但法律會規範及預防這類事吧？統治者們的腦子可不差。」

「法律是一回事；黑市又是另一回事。」老師說：「有些人寧願壓榨自己，也要為珍愛的人做更多。」

「所以——我才說要有所作為，不能坐視不管。」狄馬說得義憤填膺。

「我讚賞你的激昂，為了讓你早日如願，等下我們會好好訓練你。」

我與艾絲特竊笑，狄馬似乎想起今早的預言，他專心嗑麵包，沒再多說話。

晚餐後，我們出門，在等候天際線時，我走往一旁的中督電腦，這是一個可以回答問題的機器，但在它回答前，必須先付錢。我搜尋飢餓調味料，出現了幾種令我啼笑皆非的選項。有登山飢餓感、游泳飢餓感、慢跑飢餓感，還標示附近可以購買的商店，價格的確依飢餓程度有所不同。

搭上天際線後，我閉目養神，不去看外頭絢麗的世界。今天的訓練內容不知道是什麼，如果將來要帶領那些人，我一定要有能讓他們信服的技能。

我們抵達雛鳥五穀雜糧店時，我特地看了左、右店家，左邊是時令蔬果店，右邊是多汁水果店，沉默動物的副業似乎經營得很好。老師用特定節奏敲門，開門的依然是紅髮彼得。

「我大老遠就聞到四顆咖啡豆。」他髮型不像上次那般可笑。

狄馬翻白眼，說：「既然你鼻子那麼靈，要猜中籃子裡的食物才能吃。」

「我哪敢揣測神的恩典，好了，快給我吧。」彼得開心的接下籃子。

翁斯正在裡面搬運麻布袋裝的穀物，雷伊則是在旁喝酒嗑葵瓜子。

翁斯說：「你們都到地下室。」

「要實戰練習嗎？」狄馬問。

「齊博士來了，他想測試新產品。」

我們一行人走往地下室，中間的巨型緩衝墊，四方豎起透明玻璃，一旁有許多身穿白衣的工作人員，都用白布遮住面貌，只露出一雙眼睛，達克多來到我們面前，站在他身旁的駝背男子，應該就是齊博士，他有張蠟黃的臉與灰白的西瓜皮髮型。一年前的那件意外後，我曾偷聽到老師、帝芬達、芙瑞雅，一起討論要找他幫忙。

達克多說：「這位是我們沉默動物裡的首席科學家，他今天帶來新產品，我請博士親自說明。」他往後退一步。

「大家好，我是齊博士。」他嗓音低沉，「我就直說了，東西還在試驗階段，我需要數據，而你們需要練習，我們可以各取所需。」

接著，他從黑色手提箱取出裝有番茄紅光的容器，上面沒有浮雕字，所以不曉得裡頭裝有什麼，沒有浮雕字的容器，是不允許出現在市面上，這應該是沉默動物自行研發的容器。

齊博士說：「裡面裝的是『傷害』，已經稀釋過，但還是有相當程度的疼痛。」

「你要我們做什麼？」魁梧的金髮碧眼男子問，是上次第一個說要觀摩我實戰的人，我聽到有人叫他阿涅修。

「待會在互相對戰中，會使用鈍化過的武器，相對的要塗上傷害顏料。你們會換上輕薄衣服，沾上顏料的部分，會彷彿被火親吻。」

「我會依序叫人上場，當然我們會在一旁監控，現在開始換衣服。」達克多說。

他們發給我們一套貼身的黑衣，穿起來輕盈又透氣，上面印有我們的名字，接著，我們每個人從一旁的架子或牆上，選取慣用武器，幾乎每個人都不假思索。

第一組是膚色黝黑略帶紅的男子——墨菲亞，他選一把單手戰斧，他的對手是小麥色肌膚的女子——溫翠妮，她選了弓，我認為在空間被侷限的地方，並不應該選弓，他們進入玻璃房，門緩緩降下，門上方有個圓形揚聲器。

翁斯站在緩衝墊中間，他的聲音從揚聲器出現，他說：「當有一方認輸或喪失意識時，比賽就結束。如果你們僵持超過五分鐘，都算輸家，沒有平手這種溫和的選項。」

翁斯舉高手臂，場上的關係劍拔弩張，當翁斯手臂一揮，墨菲亞便往前衝，溫翠妮往後跳之餘射出一支箭，被對手輕易地躲過，但弓箭尾端綁著細繩，溫翠妮宛如體操選手揮舞彩帶，墨菲亞隨後被細繩纏繞全身，他痛得在地上打滾，哇哇大叫，原來她將傷害顏料塗在繩子上。一開始我以為她要拉開距離，殊不知她是在等待獵物踏入火圈。第一場比賽半分鐘內就結束。

第二場比賽的學員，綁著雷鬼辮的男子——皮森，短小精悍的他雙手持長棍，大家都已經明白這場競賽的重點，就是要讓對方沾上顏料。而他的對手，是位正氣凜然的東方男子——唐澤月，在他的修長劍眉下，有雙明亮的眼睛，他嘴巴閉起時，像是一條線，他用的武器我沒看過，是在鐮刀尾部，加上鎖鏈與鐵球，他的紅光只塗在鐮刀的刀鋒。

比賽一開始，皮森用沾了紅光的棍子猛戳、猛揮，但都被唐澤月巧妙地躲過，緊接著，唐澤月開始揮舞鎖鏈，直徑幾乎環繞半個玻璃房，皮森後退到牆邊，想抵擋不知何時飛來的攻擊。鎖鏈如猛蛇般進擊，但攻擊的對象不是人，棍子被鎖鏈纏住，下一秒被一舉扯下，接著他以迅雷不及掩耳的速度往前衝，在皮森的脖子劃過一刀。

「我認輸。」皮森按壓脖子，他看似心有不甘，但他棄權是對的，他們程度差距甚廣。

狄馬與艾絲特也都獲勝，最後，只剩下我與——安德莉亞，學員加上我們三人應該有十三人，所以比賽時理應會有一人落單，看樣子今天有人缺席。安德莉亞個子高挑，有張白皙的菱形臉，感覺她好勝心極強，黑髮綁成馬尾，末端染成鮮紅光，猶似螫人的蠍子。這時，齊博士請人從另個房間推出大型黑鐵箱，那群白衣人將黑鐵箱推進玻璃房時，我聽到某種低吼聲。

「我們的敵人並不只有人類，還有怪物，這裡就有一隻。玻璃是強化玻璃，不用擔心牠會跑出來，不過，不包括你們。」齊博士看向我與安德莉亞。

「裡面是什麼？」老師問。

「鬣狗人。」

「你瘋了嗎——」老師抓起齊博士的衣領。「他們還沒準備好。」

「法蘭克，是我允許的。」達克多說：「我們有做好預防措施，是該讓這些孩子們知道未來要面臨什麼。」

「但是，R——」

「——法蘭克，上面的人只看成果。」達克多加大音量。

老師走到牆邊，雙臂交叉，白袖被他捏皺。

達克多說：「翁斯，你也要出來。安德莉亞妳先上。」

她是現場唯一看到弓箭的運用後，去改變武器的，從原本的彎刀改成鞭子。她進去後，玻璃房降下門，鐵箱上的光源，由紅轉綠，鐵門緩慢打開，裡面是一個蜷縮在角落，長著人手與人腳的生物，腳踝上綁著鐵鏈，巨大的眼珠正從指縫窺視我們。

安德莉亞的鞭子已經躍躍欲試，鞭子打在緩衝墊上，發出巨大聲響。

「齊博士，讓裡面的怪物動起來。」達克多說。

鬣狗人頸上的項圈開始發出陣陣紅光，牠仰天大吼，銳利的指甲將脖子劃出鮮血，牠隨即衝向安德莉亞，她的手臂如同彈簧伸縮，塗有傷害顏料的鞭子在她手上來去自如，鬣狗人從一開始的兇猛，轉為退縮，安德莉亞卻彷彿打上癮，我隱約看到她在暗笑。

「夠了——出來。齊博士，請確保怪物不會衝出來。」

鬣狗人脖子上的項圈，轉為暗藍光。安德莉亞盯著牠，慢慢的退到門外。

「換你了。」達克多說。

我帶著複雜的心情進去，因為獵狗人瑟縮在角落發抖，牠身上的傷害顏料，使牠看起來渾身血淋淋。在我進去後，牠脖子上的項圈又開始發出紅光，這回牠發出哀號，沒朝我衝過來，或許是剛剛的鞭子，已經烙印極大的恐懼，我並不想再傷害牠。

「停止——我認輸。」我大聲說。

達克多厲聲說：「你不瞭解在我們抓住牠之前，牠撕毀了我們多少人，少天真——去做你該做的事。」

斗大的淚珠從牠的大眼睛滑落。牠可能很兇殘，但我無法與現在的牠為敵，我將長劍丟向角落。

「不——我不想傷害牠，我願意認輸受罰。」

「齊博士，給鬣狗人注入殺意。」達克多以命令的口吻。

鬣狗人的項圈轉變成暗紅色，下一秒牠齜牙裂嘴，牙齦上的青筋暴露。

「R，快撿起劍。」翁斯說，語帶慌張。

鬣狗人四腳奔馳，來不及撿劍的我向後跑，想逃到鐵鏈範圍外，老師與翁斯試圖闖入，玻璃房門卻牢不可破。我聽到後方的鐵鏈鋃鐺拉扯著，然後一聲清脆聲響，在我回頭查看之際，鬣狗人騰空跳起，順勢將我撲倒，獠牙朝我襲來，我伸出左臂抵擋，骨頭彷彿要被咬碎，我與牠面對面，熱淚滴在我臉頰，牠仍在受苦。

「不要怕，我不會傷害你，我絕不會傷害你。」我輕聲地說，用我平時安撫客人的口吻。

法蘭克與翁斯在外頭大喊，要我反抗。這時，項圈的光芒又更為混濁、黯淡，牠忽然鬆開嘴，挺起身體，右手高舉，利爪沾滿傷害顏料與牠的鮮血，牠五指併攏，指尖化為長矛。

——之後的事，我一點也不記得。血腥味飄散在空中，地上布滿不明肉塊，前方的強化玻璃碎成滿地，我起身，失魂似的往前走，想搞清楚發生什麼事，我踏出玻璃房外，前方鋼板凹陷，上面卡著鬣狗人的頭顱。

06 靈魂容器

鬣狗人的頭顱，立刻長滿像是黴菌的東西，帝芬達立刻到我身旁來，他摀住我的嘴。「快憋氣，不要吸進任何一口。」

齊博士與白衣工作人員，立刻帶起面罩，並手拿儀器。之後齊博士說：「沒事，只是孢子。」

老師也焦急察看我的傷勢，而我將他推開，抓起我的外套，便往樓上跑，踢倒一旁裝有穀物的罐子，像是逃命般，逃離雛鳥，我在街上使勁地跑著，我跑了很久，再次回到弗拉德爾車站，這次是我處罰自己。

我乘坐電梯前往上方的摩天輪，這個時間點已經沒有人在排隊，我搭上一個檸檬黃的小房間，即使全身冒汗，身體仍微微顫抖。這裡是世界的分界線，右手邊是黯淡的下區與灰燼區，左手邊是絢麗斑斕的蛋糕城，我剛來高區時很嚮往摩天輪，我總共搭過三次，第一次是與莉迪亞，第二次是帶著霍華德的夢魘，而第三次……我也不清楚為什麼要來這裡。

我拔掉水晶戒指與兩條水晶項鍊，在摩天輪到最高點時放聲嘶吼，熱淚滾落我的臉頰——我到底是什麼怪物……

我在上面轉了一圈又一圈，回想一年前的意外，那時狄馬與艾絲特還沒到店裡，老師剛開始教導我運劍的技巧，我們以木劍練習，速度並不快，練習得很順利，直到老師要訓練我的臨場反應，開始加入一些假動作，我有些措手不及，在我踏錯一步後，如果在戰場上，這可能是致命傷，但在練習中不是，在老師面前更不會——我十分清楚，即使如此，看到劍朝我揮來，我本能的感到害怕。

而我的水晶項鍊，反應了我的恐懼，從項鍊中，自動冒出青色的球形防護罩將我包圍，老師的木劍被削去一半，隨後，又從防護罩中伸出許多長刺，其中一根刺進老師左臂，從那之後我就暫停習劍，THE NEST也暫停營業一個禮拜。

營運時間結束，管理員請我下來。車站已關閉，我走到大廳的紀念碑前，當初霍華德曾想逃離高區，或許我應該效仿他，但我摸了摸口袋，錢不夠我買一張單程票，離開車站後，我走到琴巴林街，黛西家亮著燈。我猶豫又徬徨，最終還是上前敲門。

她從窗戶瞄了一眼，腳步聲在屋內繞一圈，我清楚裡面的格局，隨後門打開。

「黛西……我很抱歉，這個時間還——」

「——別說了，快進來吧。」她手扶著我的背，催促我進屋，我們走到客廳。「我去泡一壺茶。咦？你手怎麼了？」

「我沒事。」血染紅袖口。

「你快找地方坐下，我幫你包紮。」

黛西飛奔離去，我坐在柔軟的碧綠色布紋沙發上，桌上相片凌亂，還有雕刻到一半的木頭相框。黛西拿著醫療箱回來。「我在整理舊照片，相框雕刻是我的新嗜好。」她說，一邊為我捲起袖子、消毒、包紮。

「謝謝妳。」

「不客氣。但談話中，絕不能少了一壺好茶，再等我一下。」

我看著桌上的相片，裡面是年輕的黛西，與一名同樣戴眼鏡的男子，男子滿面堆笑，照片是舊時代的容器，雖然不能拿出來體驗，卻能凍結他們的笑容。黛西隨後端托盤出來，空氣中瀰漫薰衣草香味，她為我倒茶。

我輕飲一口，裡面有柑橘味，「照片裡的男子是誰？」我早已看過這個男人的相片，不過這是我第一次問。

「我過世的丈夫——彭提，想認識他嗎？」

我點頭。

黛西喝茶後，眼神放空，思緒彷彿飄向遠方。「我曾經流產過，導致我後來不孕，我和彭提都很失望，之後，彭提夜以繼日的研究，他晚上經常把疲勞、睡意裝進容器裡，然後使用清醒容器。那些年，我常在雙人床上，獨自入眠；孤獨甦醒，我比較理性，在第五年就已經放手，但彭提過於認真的性格不願意放棄，白髮更多的他只說：『再給他一些時間，即使我們都老了，這研究還是可以幫助其他人。』

最後，在第九年，他的研究終於完成，那晚我們舉杯慶祝，喝著紅酒與香檳，跳華爾滋，在天旋地轉後，我們倒臥在地毯上，討論未來要生幾個孩子。」

黛西閉起眼，下頜微微抬起，透過她的敘述，我彷彿看到當時的畫面。

「之後，彭提在梳洗後，這些年第一次比我早上床，然後他深深的沉睡，不曾再醒來。他的死因，醫生說是過勞，不過我看著他的白髮，總覺得他是把清醒的時間都用光了。」

「我很遺憾。」

「是啊，我也遺憾，我應該告訴他，我只要他的陪伴就足夠，但同時我也驕傲，彭提孤獨的開鑿未知領域，讓未來數以萬計的孩童得以誕生。不過這份研究，被政府強制從我這買走了。我對政府並沒有好感，但也不會蠢到與他們為敵。明白嗎？R。」

我看著照片轉移話題。「他的笑容看起來很溫暖。」

「接下來該我問了，你為什麼來找我？」

我不能告訴她關於沉默動物的事，現在我只是想找個人說話，而黛西她也知道我過去記憶被上鎖。「能……告訴我關於最美戰爭的事嗎？」

「你怎麼會想知道這個？」

「老樣子，就是大家都懂的事，我卻不曉得。」

黛西挑眉，喝茶時，她的眼鏡被熱氣染白。「好吧，我該從哪說起呢。」

「為什麼稱那場戰爭是最美的？」

「戰爭哪有美的，那只是種戲謔的講法，雖然存活的人很多，回來的人卻很少。」

「怎麼說？」

「最美戰爭是場容器戰爭，殺傷型的傳統武器也有，但最有效率的，大概還是情感型武器。有些人像你一樣，記憶被奪走後，漫無目的遊蕩在戰場上，變成活標靶，或是被困在惡夢中，陷入瘋狂的人也不計其數。有些回來的士兵只剩軀體，心智已經被摧毀。」

「那些士兵後來呢？」

「我只知道有部分的人去了灰燼區，其餘的我不曉得。」

「是誰挑起的戰爭？」

「嗯——真要說的話，依然是札爾維拉吧。」

「過去生命起源的獨裁者？他不是早就被打敗了嗎？」

「沒錯，他死後所殺的人，可不比他生前少。過去，以我們『王環』為首，聯合其他政治體擊敗了札爾維拉，之後王環接管生命起源，到這邊你都清楚吧？」

我點頭。

「然而，在我們接管後的第五年，也就是札爾維拉被公開處死前，他在各個政治體的代表前，虛構某個至寶，他說：『他將靈魂容器，藏在生命起源的某處』，就是這句話埋下禍因。」

「妳確定是虛構的嗎？」

「事實上我不確定，我只看見世界為了這個撕破臉，我們王環遭到其他政治體群起圍攻，他們認為我們霸佔永生關鍵。」

我知道沉默動物擁有無限容器，因此，假如真的有靈魂容器存在也不奇怪。「但我們獲勝了，因為我們現在還存在。」

「王環曾在一瞬間扭轉劣勢，傳說我們投入比黑色傑森更勇猛的士兵。」

我打了個冷顫，身體冒出冷汗。

「R，你還好嗎？」

我沒回應，只是靜靜的看茶杯。

「如果你不想說，我就不追問。」

我看向黛西，視線隨即又往下，但黛西的確是最適合傾訴的人，她或許能告訴我該怎麼做。我緩緩地說：「我做了一件很可怕的事……一件無法挽回的事……」

「有誰受到傷害嗎？」

「比傷害還要嚴重幾萬倍。」

「是出自你的意願嗎？還是不小心的？」

「不是——不是我的意願……卻是我造成的。」

「如果能回到過去，你當時有什麼選擇？」

「應該沒有……」我腦筋一片空白。

「我想……你不用為此自責。」

「但是我很難過——」我揪住胸口。

黛西輕柔的問：「是法蘭克逼迫你的嗎？」

我搖頭，「妳覺得我該如何避免這種事？」

我無法對她具體明說，這樣問實在很為難她，此刻，我就像店裡那些來找答案的客人們，渴望得到一個解答。

黛西喝完最後一口茶。「我只能建議你，增加你的選擇。因為你沒告訴我事情的始末，我只能給你含糊的答案。」

其他選擇？不用武力就能將合成生物打倒……睡眠粉？鎮定劑？傀儡劑？這樣我必須隨身攜帶這些東西，但練習是不會讓我使用這些投機東西，這麼說的話，如果以強大的能力制伏對手，試著將傷害減到最低，靠拳擊嗎？我有辦法做到這些嗎？應該說，只要能控制革命，或許就可以辦到。

「我——或許有答案了。」我起身，眼前出現一絲希望。「黛西，謝謝妳。」

「要謝，就帶你烤的麵包過來。」她抿嘴笑。

「我會的。」

離開黛西家後，我回到THE NEST已經接近凌晨一點，微微的黃光透過店面的白布簾，我開門，艾絲特從吧檯抬起頭，她一邊臉頰有紅印。

她小跑步到我面前，問：「你跑哪去了？」

「我去冷靜一下。」

「拜託，別再突然不知去向。」

「我很抱歉。」

「在你跑走後，法蘭克和翁斯，與達克多大吵一架。」

「他們吵的內容是什麼？」

「法蘭克認為剛剛的練習太過危險，達克多認為只有這樣你才能發揮革命力量。」

「剛到底發生什麼事？我什麼都不記得……」

「你真的什麼都不記得？」

「告訴我妳看到什麼。」

「我……看到青色的光，從你的水晶戒指、水晶項鍊裡，猛烈竄出數把青色的刀片，然後……鬣狗人瞬間被撕成碎片。我們全都目瞪口呆。」

「或許，強化玻璃防範的根本不是鬣狗人。」我走到吧檯前倒水。

「R……那不是你的本意。」

「但我還是做了──那些學員，或許會害怕有天被我變成絞肉。」

「但我不會，」她站到我面前，雙手捧起我胸前的十字架水晶與羊角水晶。「我喝過你泡的咖啡，我感受過真實的你。」

她現在與我太近，只有半步，可以感受彼此的呼吸，我必須跟她保持距離，我沒辦法與她訂下水晶契約，但今夜，我不想後退。

叮──門被推開。艾斯特退後。

「你這白癡！下次可以直接回到店裡嗎？我跟老師在街上到處找你。」狄馬氣喘吁吁地過來，他推了我的胸口，把我手上的水杯奪走，咕嚕嚕的灌下肚。

老師在狄馬後面，他也到我面前，他唇色發白。

「我很抱歉……」

老師雙手扶著我的臉，傳來炙熱的溫度，「你沒事吧？手呢？」

他們也都絲毫不畏懼我。「我沒事，黛西已經幫我包紮。」

「你什麼時候跑那麼快？我明明追著你出門，卻沒看到你往哪個方向跑。」狄馬說。

我皺眉，「我就跑在大馬路上，並沒有鑽進蜘蛛網巷中。」

「算了。」他又倒第二杯水喝。

「老師。我明天開始想請幾天假，包含訓練所那邊。」

「為什麼？」老師問。

「我打算接受布雷特的提議，我想在那邊自主訓練。」

「我明白了，你今天早點休息吧。」

回到房間後，我坐在床上整理思緒，看著眼前的牆面，上面仍殘有一些膠帶的痕跡。老師房內有個暗房，裡面放著白鯨的面具，我的房內也有個暗櫃，是我做的，書桌下方的地板可以掀起一小塊，裡面有我珍藏的助眠容器——一瓶格蘭利威，要倒多少給自己，取決於我希望多快入眠。

酒的刺鼻味傳到鼻腔，我尚未習慣，所以無法稱為酒香。每次品嚐的第一口都是辣喉的感受，之後嘴中開始分泌唾液，第二口混合口水，變得比較滑順，接著第三、第四口……直到我感到暈眩，我才將酒瓶蓋上。

然後躺到床上，等待入眠。但事與願違，我是睡著了，不過夢裡還是很清醒。鬣狗人水汪汪的大眼盯著我，我們在一個淡粉紅色的空間，周遭沒有牆壁，牠站在一個有大鏡子的梳妝台前，牠不再是赤裸的，牠穿上一件蓬裙的紅洋裝，原來牠是女的，我潛意識這麼認為嗎？

頭髮稀疏的牠不斷原地旋轉，還抓起裙襬，似乎在問，這件衣服好看嗎？這副景象實在怪異極了。

我說：「衣服很好看。」

我不明白，為什麼我在夢裡也要說謊。接著牠戴上水晶戒指，那枚戒指是我的！牠不斷擺弄手指，上面擦的只是紅指甲油，我情願這麼想。

算了，這只是夢，「戒指很好看。」

之後，牠戴上我的兩條水晶項鍊，十字架與羊角，牠雙手各拿一個。

我依然回答：「項鍊很好看。」

鬣狗人咧咧地笑，牠的笑容像道割傷，割開牠的臉頰，直到耳後。我忽然知道為什麼我會說謊了，因為我想讓牠開心，彌補我對牠做的事。

因此，我說：「妳的笑容很好看。」

下一秒，牠朝我飛奔過來，將我撲倒在地，像稍早之前那樣。牠發出嘎嘎的笑聲，伸出戴著水晶戒指的那根手指，在我面前左右搖擺。我不懂牠的意思。

——隔天。我走進浴室梳洗，發生一件怪事，霍華德的水晶戒指，無法取下來。

07 護心者

早上八點，透過上次布雷特給我的住址，我來到他家附近，這裡位於第五平臺外環的東南邊，形形色色的人穿越其中，這邊很靠近高區外的城市，房屋統一是灰磚牆面，二樓屋頂鋪著桃紅瓦片，每棟房子的大門口都有一個小台階。

正當我搜尋門牌時，一個寬厚的身形朝我迎面跑來，我認出是布雷特。

「布雷特——」我喊。

「R？」他停下腳步，他穿灰色的運動衣與運動褲，瀏海豎起，臉頰與耳朵變成粉紅色，脖子掛著數條汗水，「你怎麼在這？」

「我考慮清楚了，我想要你的技能，我會盡力幫你贏得比賽。」

「那真是太好了！」

「不過我有一個條件，我想從現在開始接受你的指導，以不妨礙你比賽為主。」

「我……家是有訓練器材，但我沒辦法一直照顧你。」

「沒關係，我今天可以到你那邊嗎？」

他驚訝道：「今天就要開始嗎？」

「不方便嗎？」

「是可以啦，不過我家有點凌亂。」他苦笑。

「我不介意。」

「那比賽就拜託你了。」

「一言為定。」我們握手。

之後，我們來到布雷特家門前，他的住家跟一旁不同，格局方正且寬大，也更顯得破舊。

「我平常都是自主訓練。」他摸著眼角的疤，靦腆淺笑，「但你放心，我的技能經驗豐富。」他連忙補一句。

「這裡以前是店面嗎？」

「大概吧，這棟房子是政府的，我只是租客，由於破舊，所以很便宜，不過我看上的是寬敞空間。」

布雷特敲門後，門內傳來輕快腳步聲，門開一個小縫，莎拉從門鍊旁窺視。

「通關密語」她說。

「比賽結束後要帶莎拉去動物園。」布雷特對我無奈一笑。

門開啟，莎拉抱住布雷特，她的下巴靠在他大腿。

「這位是R，你們認識了，他之後會跟爸爸一起練習。」

莎拉笑嘻嘻地，「我不只認識R，我還認識A、B、C、D。」

我來到地下室，中間有個擂臺，一旁有重訓設備，牆上有塗鴉，莎拉將我拉到塗鴉牆，一一向我介紹她的傑作。

「這是爸爸得到冠軍腰帶的時候，我那時候還小，不記得了。這是我的媽媽，我們會一起煮飯。還有這是我畫的動物園，有猴子、長頸鹿、小狗——」

「R，把戒指拿掉，戴上這個拳套，然後朝沙包袋隨意揮拳。」

摘戒指前，我想起今早發生的怪異現象，但戒指現在卻能輕易拔出，我百思不得其解……

莎拉充當小助手，將白色拳套遞給我，前端已經龜裂、磨損，我走到白色泛黃的沙包袋前，隨意打在沙包袋上，拳套上面出現一些漣漪。

「重心往前，讓腿部力量，透過扭動腰部，傳達到背部，最後到拳頭上。」他一邊說，一面調整我的姿勢。

沙包袋晃動加大，拳套漣漪擴散的範圍也是。

「爸爸，他是藍色的。」

「R，停下。」布雷特面色凝重。

我問：「怎麼了嗎？」

「你揮拳的理由是什麼？」他問。

「我……只是想保護自己。」

「在第四平臺當容器咖啡師很危險嗎？」

「不是，我……也想保護其他人。」

「好吧，只要你不是想參加比賽就好。」

「什麼意思？」

「藍色是悲傷的顏色。」莎拉說。

「這是情緒拳套，通常揮出藍光拳的人，都是情緒低落的人，氣勢弱的人連輸好幾場也不奇怪。」

「爸爸以前也有揮出藍光拳。」

布雷特笑笑的捏了莎拉臉頰，「莎拉乖，去樓上玩，我想單獨跟R說話。」

莎拉嘟嘴，悻悻然的收拾畫筆離去。

「如果我情緒低落，能發揮出多少拳擊技能？」

「如果沒有要比賽，我是覺得沒有太大關係。」

「情緒真的在擂臺上影響這麼大嗎？」

「你跟我來。」布雷特帶我到一旁的櫃子，他拿出鑰匙打開，裡面擺著各式各樣的憤怒容器，火紅光的尖刺物、岩漿的砂礫、血色的泡泡。「這些雖然是我上場的能量，但我不把這東西當成動力，在上場前，你就必須做好獲勝的心理準備，強大的情感能牽引出更大的力量。」

「你連勝時期，是使用何種憤怒？我未來調配也好參考。」

布雷特表情落寞，說：「我一開始會連勝，是因為我父親是一個酗酒的家暴混蛋，我曾以為暴力是最強大的力量，但我不想像他一樣，我要把怒氣用在有價值的地方，因此我成為憤怒拳擊手。在我拳擊生涯初期，母親剛好去世，我感到非常懊悔、非常憤怒，當時即便打到第七回合，憤怒也絲毫未減，還得過冠軍腰帶。

只是不管多濃烈的情感，終究會被時間稀釋，而平時存下來的憤怒容器，也逐漸用光，連輸後，我漸漸力不從心。後來遇到我妻子——瑪莉安妮，她鼓勵我不一定要靠憤怒，憑實力就好，但成績只有中等，直到她病倒，無法接受的我才又開始連勝。說來諷刺，或許憤怒拳擊手被淘汰是注定的，我們依賴怒氣這種東西，只是軟弱，就像我酗酒的父親。」

「我認為你揮出的拳頭，跟你父親不同，本質上有相當大的差異。」

他笑咪咪，「這話從容器咖啡師口中說出，格外有說服力。你也要找出你的本質，悲傷的拳頭無法保護任何人。」

莎拉不知何時偷溜下來。她在沙包袋上黏了氣泡紙，布雷特問她為什麼要這麼做，她回答：「把氣泡紙用破時，就會感到開心」。她的天真，總是令人莞爾一笑。

結束一天的基礎訓練後，布雷特留我下來吃晚餐，但我婉拒。他的下一場比賽是一個月後，他也託我尋找強力憤怒，他以為我們容器咖啡師有特別的門路，我說會嘗試，但這種東西仔細想想，還真不好找。

我返回THE NEST時，已經晚上七點，裡面傳來吵雜聲，當我推開門後，則轉為一片靜默，他們一同看向我。老師、艾絲特、狄馬、翁斯、帝芬達、芙瑞亞、雷伊、達克多，連齊博士都在。

他們圍在吧檯旁，上面有一只不鏽鋼手提箱。

「R，首先我想為昨天的事道歉，我的做法的確太激烈，很抱歉。」達克多說。

「你是故意的嗎？」我問。

「鐵鏈斷掉不是，其餘是我們刻意安排的，為了逼出你潛藏的革命，結果令人非常吃驚。」齊博士用衣襬擦拭眼鏡。「我們預期你會受點傷，但不會讓你受到永久性傷害。」

我緊握雙拳，「不是只有看得到的傷口才會痛——」

「這的確是我們的疏忽，我向你道歉。」齊博士對我彎腰低頭。「同時，我們仍要繼續前進。」

「R，控制情緒，像我們練習時。」帝芬達語氣平緩的說：「快過來吧，在齊博士跟你講解完盒中的東西後，我們今晚也要繼續鍛鍊心智。」

我加入後，大家重新圍繞在吧檯前。齊博士打開箱子，裡面有一把刀柄。他雙手捧起，像是拿著泡沫。

「我取名為承影劍。」齊博士說。

「這是劍？我根本沒看到任何金屬，連奶油刀都比這個強。」雷伊手上拿著店裡的奶油威士忌。

齊博士依然小心捧著，黑色的刀柄被銀線一分為二，銀線上鑲入六顆水晶，他說：「我昨天看到你的能力後，才決定這個名字，典故出自我的故鄉，中國商朝的帝王三劍之一，蛟分承影，雁落忘歸，傳說是把無形有影的劍，這把劍只有R能使用，順利的話，他能透過刀柄使革命具體化，不僅攜帶方便，也能根據意志變出不同形體。」

「破壞力呢？」翁斯問。

「上面鑲的水晶是抑制器，讓革命分成六階段，循序漸進的釋放。」達克多說：「R在施展承影劍時，會從底部第一顆水晶珠亮起，刀柄會流出銀色金屬包覆手腕，第二顆開始，液態金屬會向上延伸，此時溫度是攝氏五十度，每多使用一顆水晶，覆蓋面積會更多，且會增加十度。」

齊博士問：「你要使用看看嗎？放心，珠子不會輕易到第二顆。」

「會有如昨天那種破壞力嗎？」狄馬問。

齊博士解釋：「昨天的事，我的解讀是革命私自啟動，也可以說是失控，這是因為R對危機沒有作為，是被動的。承影劍是根據R的意志，階段性釋放力量，並不會像昨天突然使出全力。」

「一開始只用六分之一夠嗎？」老師問。

「你們怎麼能確定昨天的就是全力？」雷伊滿臉通紅，眼神渙散。「說不定那連百分之一都不到。」

雷伊的話使人緘默，眾人又陷入沉思，他本人倒是沉入夢境，趴在吧檯上。

「這點確實需要更多數據。」齊博士眉頭深鎖。

「齊博士，請將刀柄交給我。」帝芬達說。

他若有所思地看著帝芬達，帝芬達收下刀柄後仔細查看，猶如在鑑賞珠寶。

「R，還記得我們的心靈練習嗎？」帝芬達問。

「哪部分？」我反問。

「把握未來。」

我點頭。

「現在就是那個時候，如果你想邁進的話。」他將刀柄放在我觸手可及處。

我深呼吸，拿起刀柄，我想把握住更好的未來。

老師與帝芬達站在我兩側。「我們會陪著你。」老師說。

底部的水晶珠發出青光，刀柄隨即冒出一把青色刺劍。

齊博士說：「很好！試著投入更多，別去設限自己，可以想想看別的形狀。」

照做後，第一顆水晶更明亮，刺劍逐漸變成長劍。

「很好，再試其他形狀。」齊博士說。

「我來幫你。」酒瓶朝我飛來，酒鬼雷伊不知何時醒了。

青劍瞬間扭曲，把酒瓶彈開。

「剛你是怎麼做到的？你在想什麼？」齊博士追問。

「我剛原想用手撥開。」

「太棒了！這就是我們要的結果。」達克多說。

齊博士問：「能再裝些革命給我嗎？」

當初帝芬達帶走一些革命，果然是交給他。容器只能裝進相對應的情感，帝芬達交給我兩個老舊的試管瓶狀容器。「用這個吧。」

齊博士拿到裝滿的試管瓶後，小心翼翼地收進手提箱。「我還有好多實驗要做，我該走了。承影劍請務必小心使用，有問題立即反應給我。」

「告辭了。」達克多跟著博士一起離去。

「R，聽說你去練習拳擊了？」翁斯問。

「對。」

「我期待看到你的成長。」翁斯說完也離去。

雷伊剛丟完酒瓶後，順勢躺在地板上呼呼大睡，與其叫醒他，我們都同意幫他蓋上一條毯子就好。之後，我們開始例行性的心靈訓練。訓練場所在三樓，這裡以前被當成置物間，現在有桌椅、床。在艾絲特與狄馬還沒來時，我早就開始接受訓練。

過程中，主要由帝芬達扮演惡意的攻擊者，芙瑞雅擅長當魅惑者，老師則屬於鎮靜者的角色。我從訓練裡感受過人的七情六慾，例如：高人一等的驕傲，對他人的忌妒，耽溺於色慾，沉浸口腹之慾中，體驗一事無成，絕望的人生，野心之火的肆虐，這些都還只是部分基礎的人性訓練。

真正可怕的是兒時創傷、不醒夢魘症、抑鬱症、恐慌症……這類精神訓練。老師曾說：通常克服一種精神訓練，至少要兩個月，有些甚至會長達半年，因個人的精神力、個性、經歷而有所差異。這類訓練麻煩的是無法密集訓練，一個禮拜兩次已經是極限，太急躁反而可能會加深自身恐懼。

「艾絲特，妳差不多該克服兒時創傷了吧？」芙瑞雅說：「不然，妳連夢魘訓練也不會過關。」

「我再試試。」她無精打采地躺上床鋪，嘴唇毫無血色，心靈訓練前她都會鬧肚子疼。

狄馬則是要克服衝動行事，他已經開始訓練，他要在焦躁的狀態下，畫滿一張複雜的著色畫，畫的主題是隻銀河巨鹿，有數百種相對應的顏色，他過去已經累積十幾個小時在畫上面。

我與帝芬達坐在烏木化的八角桌旁。

「今天要體驗的人生，離你還很遙遠。」帝芬達坐在一張俱樂部椅上說，腳靠在鄂圖曼腳凳上，這些古董家具也是帝芬達提供的，這似乎是他的嗜好。他從黑色外套中，拿出用厚布層層包裹的容器，容器瓶上寫著撕裂。

「那是什麼？」我問。

「與親人骨肉分離。」

「可是我的父母都不在了。」我已經習以為常。

「某天，也許你會有孩子。」

帝芬達看我時，我似乎看見他笑了，那瞬間短到我難以確認。就算是搞錯，我也覺得很溫暖。

撕裂容器裡的東西，像塊殘破不堪的布，紅丹色的微光薄膜千瘡百孔。帝芬達將容器打開後遞給我，我將容器靠近胸前，情感會自動靠近十公分內的水晶，帝芬達的飛鳥水晶戒指，與我的戒指重疊，我會首當其衝，面對情緒的襲來，帝芬達會從旁協助我。

之後，我聽到尖銳的刺耳聲和金屬碰撞聲，伴隨哭喊與尖叫，是這情感的主人在嘶吼。在更深入體驗這情感前，我必須先製造一個通道，我習慣創造一扇門，門後是別人的情感。我閉上眼，在漆黑空間中，假想身後有一道紅丹色的門。

叩、叩，當我聽到敲門聲時，我便知道我潛入情感了，而在門旁提著青色燈籠的小孩，是我的第一位護心者，為了與另一位護心者區分，我幫他取名為——青燈使，有他導引，我便能回歸到原來的自我。後來出現的是羊骷髏頭，帝芬達也感到驚訝，他當時說：「從沒聽過誰有兩位護心者。」他們後來的結論，是認為革命數量太龐大造成的。

帝芬達傳授給我許多經驗，他習慣創造隧道進入情感世界，他的護心者是隻烏鴉。

我打開紅丹門，熱氣從其傳出，裡面是熾熱、龜裂的黃色大地，黃塵滾滾，樹幹粗大，樹枝稀疏的是猴麵包樹嗎？我在現今的生命起源？地面鋪設鐵軌，我伸手去觸摸，鐵軌被太陽烤得燙手，但無法傷害我，鐵軌傳來些許震動。

「快來了。」帝芬達說，烏鴉在他上空盤旋。

不遠處，有個黑色小點不斷放大，黑煙裊裊升起，鳴笛聲高響。

「那是蒸汽火車嗎？」我問。
「動力已經不是靠燃煤。」
「那燒的是什麼？」
「我也不清楚，專心體會情感。」
火車朝我們逼近，黑煙中摻雜亮粉，我的焦慮感驟升，有股想朝火車奔去的念頭。
「現在有什麼感覺？」
我喘氣，說：「焦慮、衝動，難以抑制。」
帝芬達抓住我的右腕，「等體驗完後，才可以行動。」
黑色火車頭已經近在眼前，它從我們面前呼嘯而過，塵土揚起，後面車廂只有簡陋的屋頂，裡面載著好多——銀髮蒼蒼的人，最後一節車廂，裡面載的是擁有正常髮色的孩童，哭喊聲來自那。
火車發出尖銳的煞車聲後停下。
我感到納悶，想上前查看，這時從火車來的方向，傳來金屬碰撞的聲音。有一群無色人朝這奔跑，他們的銀白髮，在豔陽照耀下像是被白雪覆蓋，他們都銬上腳鐐，後面拖著一個大容器。無色人們跑過我身旁，他們身後正是撕裂容器，此時，我的焦慮到極點，透過這個容器，我知道這情感主人，他孩子在車廂上，如果想找回孩子，就必須跳到火車上。
啪——啪——孩童的哭聲更加淒厲。戴著漆黑面具的人站在最後一節車廂中，他手裡拿鞭子，正在抽打某人的孩子，或許正是我的孩子，隨後火車又繼續行駛。剛剛的焦慮已經煙消雲散，不是消逝，而是我適應。
「這是什麼時期發生的事？」我問。
「不可考了，我從塵封許久的地下室裡翻出來。」

「所以王環可能還持續迫害生命起源，或變本加厲。」

帝芬達沉默不語，火車又從剛出現的方向行駛而來，這是場輪迴，在容器瓶中的世界，永遠不會消失。只有適應仍不夠，不能讓情感持續影響，與之前訓練時所遇到的各種無解難題，人類的矛盾相較，要對抗骨肉分離的撕裂並不難。

我站到鐵軌上，羊角與十字架的水晶項鍊同時發出青光，革命將我的頭包覆，我頭部化為一個巨形公羊骷顱頭，有一雙巨大羊角，我朝火車全力奔去，在快要撞上時，我將羊角鏟進地底，插入火車下方，撞擊剎那，我抬起頭，火車頭向上成九十度，接著倒往一旁。

「你真是亂來。」帝芬達說：「要不是你的護心者太過強大，不然一般是沒辦法用蠻力破解容器。」

「這算完美的能力嗎？」

「呵，要不是你早通過驕傲考驗，我會以為教出一個自大狂。但你還是要注意革命的使用量，那沒辦法讓你無限制使用。」

過去在訓練時，我曾因為抓不到要領，使用過量革命，帝芬達那時準備溺水容器，我記得那地方叫做迪恩藍洞，由於我當時並不會游泳，加上藍洞深不見底，我那時相當驚恐，我用革命把整個藍洞凍結才逃出，事後我昏睡兩天。

羊角水晶項鍊持續閃耀，公羊頭從我上身分離，變成正常尺寸，唯有羊角仍大得誇張，他的身形被黑色的斗篷罩住，他是我的第二位護心者，是我在容器世界裡的守護者，他跳上火車，刀從斗篷裡揮出，一刀斬殺黑色傑森，並解放孩童，無色人終於追上火車，腳鐐也被護心者斬斷，他們終於與自己的孩子相聚。

帝芬達說：「即使這麼做也無濟於事。」

「我清楚，」這是虛構出來的結果，但孩子的哭聲停止，無色人也展露笑顏。「我只是不喜歡這個容器。可以回去了吧？」

我們從紅丹色的門離開，門關上後，歡呼聲與慶祝聲戛然而止。

帝芬達按下桌上的計時器，「時間大約過一分鐘，」容器世界中，通常沒有一定的體感時間，有時候會度日如年，有時發生許多事，都只在短短幾秒內，通常與情緒原始的主人有關。「這已經是個不可思議的成績，但我期待能更短。」

容器裡的情感被我摧毀，變成灰色的沙土，不帶一點光彩。我曾問老師在戰場上，黑色傑森可能頃刻將我們拉入這麼深的情感中嗎？老師答，在戰場上能些微影響你就足夠，只要猶豫一秒、躊躇一秒、注意力喪失一秒，結果會大不相同。而現在所做的這些訓練，除了彌補我過去的空白，也有助於逃離黑色傑森所設下的情感陷阱，我曾聽聞那些墜入不醒夢魘的人，只因在搜索時，誤闖某個房間，神智就再也沒回來。

「R，精神上的訓練，你差不多都完成了，我今天幫你準備特別的。」他手上拿著飢餓調味料。

「生理誘導嗎？」

「沒錯。」帝芬達曾說，過去高區為了擊潰戰區的敵人意志，會在我方士兵撤離後，在那地區噴灑口渴粉，不管喝多少水都不夠，會有人把嘴唇咬破，吞下自己的鮮血。

「我前些日子已經領教過，那飢餓感的確令人難耐。」

「你試過了？用多少劑量？」

「一抹細粉而已。」

「那是小巫見大巫。」他將一大匙的飢餓調味料，加入水杯中，要我喝下。我有些遲疑，這麼多的分量，我會不會想把舌頭吞下肚？

我緩緩喝下，他這時不懷好意地笑著，從預先準備的籃子中，端出一盤香氣四溢的義大利肉醬麵，那香味有如毒品，侵襲大腦。

「這義大利麵是艾絲特做的，想吃嗎？」他問。

我的身體與牙齦都在顫抖，很想大快朵頤一番，這感覺比口腹之慾訓練更強烈，甚至會想攻擊別人，獨佔這份美食。下一秒，胃部感覺被填滿，難耐的情緒逐漸緩和。

「一開始的感覺很強烈，會不顧旁人，只想填飽肚子。但我適應了。」

帝芬達從口袋拿出計時器，「竟然只花五秒！這劑量，甚至拿來拷問都沒問題。我已經快沒什麼東西能讓你嘗試，革命成長的很迅速。」他左手搔著法令紋。

「啊——」艾絲特尖叫，「我不要、我不要——」她從床上坐起，並掩面痛哭。

狄馬站起。

老師喝斥：「狄馬——繼續做你該做的事，把這也當成訓練。」

狄馬太陽穴旁的青筋在跳動，他手上的墨綠螢光筆被折成兩半。

「我可以到艾絲特身邊嗎？」

「你要做什麼？」帝芬達問。

「我或許可以幫她。」

「去吧，她也是你的隊員。」

我走到床鋪旁，問：「艾絲特，妳願意讓我進入妳的回憶嗎？」

芙瑞雅用星眸看我，艾絲特沒答話，她全身在顫抖。

「老師、芙瑞雅，你們覺得呢？」

老師點頭，芙瑞雅說：「如果你進入她最悲傷的回憶，她同樣會進入你的回憶，你也會重新體驗那種悲傷。」

「我沒問題。」

芙瑞雅的手搭在艾絲特肩上，「妳還有辦法再試一次嗎？」

她骨碌碌的眼睛看著我，「可以……」

我躺到一旁，艾絲特摘下她的水晶耳環，與我的水晶戒指靠在一起。雖然這個時代溝通距離受到限制，高區的電話只能在高區內使用，如果要打給其他城市，中間必須經過政府轉接，而個人電話要經過嚴格的申請才能擁有，雖然過去可能比較方便，但取而代之是最準確的水晶傳遞，不會誤會；沒有謊言，只剩赤裸的真誠。

我睜開眼，金髮女孩與像是母親的人，在家徒四壁的房子裡跳舞，成年女性梳著包頭，穿淺咖啡色圍裙，女孩穿黃格子短裙，黃色彷彿是房裡唯一顏色。有名男子從房內出現，女孩前去抱住他，他將女孩抱起騰空轉三圈，之後，他推開櫃子，底下有個窟窿，他從裡面拿出一顆蘋果、半條麵包，再切成三等份，最大的給女孩，最小的留給自己。

須臾間，大門被踹開，衝進三名黑色傑森，他們二話不說，先朝男主人大腿開一槍。母親摀住女兒的眼、口。我的視角變成一個小縫隙。

「等等，我們什麼都沒做。」男主人壓著大腿傷口。

「你前幾天幫的人是沉默動物。」帶頭的黑色傑森說。

「我前幾天確實幫助某人，但我發誓，我不知道他與沉默動物有關。」男主人大腿血流如注。

「好吧，我願意相信你，不過你明白的，我需要給這邊的人一點警告。」

黑色傑森語畢，男子頭部中彈，應聲倒地。母親發瘋似的捶打開槍男子，匕首從女子下巴進入，頭頂竄出。他們的屍首被拖出屋外，屍體各被兩根長矛交叉插入，強迫他們保持跪姿。

金髮女孩發抖的走出門口，她不停地落淚，不整齊的指甲緊抓裙襬，絕望如同螞蟻爬上心頭，啃蝕她的心。

那三名黑色傑森逐漸遠離——從這開始介入吧。天空霎時烏雲密佈，響起悶雷。一道青色閃電落在黑色傑森前，女孩早我一步跑去查看。

護心者隨著閃電落下，羊骷顱頭有青色大翼。他使用弓與箭，將他們綑綁住，並用鐮刀割下他們的頭顱，這是雛鳥學員的技巧！接著他用鞭子，將三顆頭顱拋向我們腳邊，之後護心者便張開巨翼，往天空飛去……

「是神……」身旁的小女孩變成我所認識的艾絲特。

隨後，天空開始下起傾盆大雨，墓碑從土壤裡發芽冒出。莊嚴的鐘聲，迴盪在周遭。

艾絲特抱胸蹲下，「好痛，還有好冷，這裡是哪？」

「高區的墓園。」

「是誰站在樹下？」

我看著淡金髮與高挑的背影，「是霍華德。」

我們走過去，霍華德也開始向前走，他始終背對我們，我們走到樹下，有兩座墓碑，分別是葛瑞絲與莉迪亞，她們墳前分別有兩杯咖啡。

「牛奶咖啡與橙色戀人？她們是誰？」艾絲特說話時，呼出白煙。

「她們是教會我『愛』的人。」

「原來如此……」她哭得一把鼻涕；一把眼淚，「好痛、我好痛喔——R，你為什麼都沒哭？」

我淺笑，並撥開她頭頂、肩膀上的鹽分。「我們該走了。」

我彈指，一扇青色大門憑空出現。

「你沒有要改變記憶嗎？」

「我剛並不是竄改妳的記憶，只是從原本的記憶之後，虛構了一小段，妳也清楚這是虛幻的。另外，我很清楚這裡並不是現實，莉迪亞的墓碑不在這邊。如果要改變，我想改變的是現實。」

我的眼睛張開，正好與芙瑞雅的星眸對視，她似乎嚇一跳。

「差點忘了，你可以隨時醒來。」芙瑞雅說。我與艾絲特起身，她換盯著艾絲特看，「你做了什麼？」

「我創造回憶裡的後續。」

「我好像已經可以面對那段回憶了，但胸口依然好痛。」艾絲特的淚珠滑落臉龐。

「抱歉……應該是受我影響，睡一覺就會好多。」

「啊——終於畫完了——」狄馬嘶吼，並將著色畫撕成碎片。「爽啊——」

「你可以細述剛做的事嗎？」老師問。

我將護心者所做的事，還有他使用的招式一一說出。

「這是一種保護機制，」帝芬達說：「用來抵抗難以承受的事。」

「艾絲特，妳後天再做一次兒時創傷訓練，看效果如何。」老師說：「還有狄馬，你要繼續做焦慮練習，下次把你剛撕成碎片的圖畫拼湊回去。」

狄馬露出想打噴嚏時的表情。他說：「讓我們先吃飯吧——」

「沒問題，今天有很多肉醬麵讓你吃。」艾絲特終於破涕為笑。

今晚飯桌很熱鬧，多了芙瑞雅與帝芬達，帝芬達好像是第一次在這用餐，雷伊在我們下樓前已經離去，我打開酒櫃檢查，果然少了一瓶利口酒。

芙瑞雅坐我對面，她用星眸看著我說：「齊博士認為並不是我的眼睛看不透你，而是你不想讓我看到，這跟革命的保護機制有關嗎？」

「我不知道。」

「在妳眼裡R看起來是怎樣？」狄馬的嘴整圈都是肉醬。

「青色的光圍繞著他，除此之外，我看不到其他顏色與變化。」

「今天拳擊練得如何？」老師問。

「布雷特要我探索自己揮拳的本質。」

「既然你要從他身上學習技藝，那麼他也是你的老師，要保持尊敬、謙卑的態度。」老師叮嚀。

「好。」

「法蘭克，嚴肅的說教私底下講，在餐桌上談可是會消化不良。不如，我來說當年你和帝芬達，是如何戲弄未來的統治者們。」

他倆同時嗆到。

「現在不適合說這個，」老師擦嘴巴。「當時我們太年輕。」

「說嘛，說嘛，我想聽。」狄馬說。

「有多想？」帝芬達冷冷地回。

狄馬趕緊低頭繼續吃麵，芙瑞雅與艾絲特呵呵地笑，我也笑了，但與艾絲特對到眼時，她卻不自然的撇開。晚餐後我回房，沖刷整日累積的疲憊，與汗水留下的黏膩感。但奇怪的事又發生，這次是羊角水晶項鍊拿不下來，十字架水晶項鍊與霍華德的戒指都可以拿下。羊角水晶黏在皮膚上，文風不動，仔細一看，水晶與皮膚的縫隙有淡淡的青光，難道說——我把水晶戒指戴上，果不其然，羊角水晶就能拿下。

——為什麼革命不讓我取下最後一個水晶？

08 革命契約

砰、砰、砰——猛烈的撞擊聲，一拳又一拳揮在米白色的沙包袋上。與布雷特訓練一個星期後，我學到如何揮出強而有力的一拳，以及自主訓練。

布雷特在旁跳繩，莎拉在傳單後面作畫，訓練時間過得飛快，過程中，讓我不禁地回想起，剛學習泡咖啡的那段時光。這裡固然辛苦，腦袋卻可以適時放鬆，眼睛不用追著訂單，不用思考如何滿足顧客的感受，不用藉著忙碌來麻痺自己。

慢跑也有助於思緒沉澱，我想了很多關於不能摘下最後一個水晶的理由，以及齊博士的觀點，與鬣狗人對戰時，我太被動，甚至選擇放棄。因此，革命可能判斷至少要留下一個水晶，這樣才能在危急時保護我——這個宿主。這樣說起來，這個決定是誰做的？

「R，跟我打一場練習賽。」布雷特說。

「好。」我鑽過繩索，之前有上來擂臺做打擊訓練，擂臺的抓地力很好，與拳擊鞋底發出唧唧的摩擦聲。

「我會手下留情，我們不屬於同一個量級，我是輕重量級，你應該是屬於次中量級。」

布雷特站上擂臺，雖然他沒有比翁斯魁梧，仍屬於虎背熊腰，與他進行肉搏使我有點不安，希望革命不要又擅自啟動。

「我負責按鈴。」莎拉與高采烈的拿取銀色按鈴。

等我們擺好架式後，叮、叮——戰鬥鈴聲響起。

布雷特展現強烈的壓迫感，沒有平時的憨厚，他露出獵人眼神。

「運用步伐，」他說：「特別是對手比你高大時。」

我往逆時針方向繞去，布雷特以擂臺為中心，始終面向我，他一邊搖擺上半身，我們雙方都用刺拳刺探對方，我拳頭打不進他的要害，攻擊似乎都沒有奏效，而他揮出的刺拳，雖然沒擊中我的要害，但力道沉重，有如槌子。

「上勾拳，肚子。」他語畢，立刻衝入我眼前。

我雙手交叉在腹部，在接受衝擊的當下，雙腳好像瞬間離地，手臂被震麻，我往後跳到繩索旁，如果他沒提醒，拳頭會竄進我的腹部，那力量將會把我貫穿。

「直拳，頭部。」

布雷特一記左直拳，削過耳朵，我驚險躲過後，他的右勾拳又朝我頭部揮出，我來不及閃開，只好將拳套擋在頭部左側，即使有緩衝，那一拳還是對我造成耳鳴。

「繼續移動步伐，三分鐘還沒結束。」

「剩一分鐘——」莎拉喊。

我沿著繩索繞圈。

「切進來，拳擊可不是在跳舞。」布雷特左腹露出空隙。

我切入，揮出右勾拳之際，他左臂夾緊。緊接著，右拳朝我頭部襲來，這次中間沒隔著拳套。布雷特的黑色拳套，占據我大部分的視線，我還來不及感到恐懼，率先感受到皮革的柔軟，與冰涼觸感，一股巨大能量不斷攀升，好比火山噴發，但那股猛烈力道，隨後像是被吸進排水口，最後，我頭部只被推往一旁，幸好革命到最後都沒啟動。

叮、叮、叮，「時間到——選手請退回角落。」莎拉說。

「練習結束。」布雷特又露出靦腆笑容。

「如果你最後一拳揮下去，我會如何？」

「應該會倒地。你太單純，你想怎麼進攻，我看你眼神就知道，下次要加入佯攻。」

叮、叮、叮，「午餐時間到，選手請下場吃飯。」莎拉用按鈴充當飯鈴。

飯桌在一樓廚房中間，為了不給他們添麻煩，我總是自己帶午餐，來這之前，也會送一份給黛西。布雷特在準備午餐時，會打開收音機，而我在一旁陪莎拉玩。但今天收音機的消息讓我有些在意，是有關世界領袖會，收音機播報——我們的統治者們，無預警全換成新一代的統治者，尤其是最高統治者，只有二十出頭，據說來自賢王亞代恩的直系。

「可以吃飯了。」布雷特將他們的餐點端上桌。

「你吃什麼？」莎拉頭湊過來。

「莎拉——妳的午餐就在眼前。」布雷特難得露出嚴肅神情。

「我今天吃三明治。」布雷特他們吃的東西很簡樸，燕麥粥配酸黃瓜罐頭，但桌上一定有水煮蛋與鹽罐。我吃的不算豪華，但食材多樣，吐司裡夾著淋上美乃滋的結球萵苣、鮪魚罐頭、玉米粒、番茄片，外加一包炸薯條。「想跟我交換嗎？」

「R，你不用這麼做。」

「沒關係，這三明治是我做的，有人喜歡吃我做的料理，我會很有成就感，如果莎拉喜歡吃，我以後可以多做一份、甚至兩份。」

「這樣我必須給你食材費。」

「其實我們也都還沒正式談過你的拳擊技能費用，雖然你說可以送我，但我可不打算免費收取。」

「這只是小事一樁。」

「準備午餐，對我來說也是小菜一碟。」我將三明治推給莎拉，換走她的燕麥粥。

布雷特搔著頭，憨厚的他說：「我說不過你，但你每天都還會帶黑咖啡給我。」

「那個就不用準備給我了——」莎拉大聲地說。

布雷特被逗得哈哈大笑。

今天我比較早回到THE NEST，晚上訓練所的人要開始心靈訓練，老師要求我到場。當我回到店裡，便發覺不尋常的氣氛，帝芬達、芙瑞雅、翁斯、達克多、齊博士、雷伊都再次齊聚一堂。

「你有聽到消息嗎？我們正在討論統治者們的事。」老師說。

「我有從收音機聽到。」

「我們差不多該離開了，」達克多說：「但這是個愚蠢的行為，東方聯邦會不惜一切代價攻過來。」

「其他政治體的態度呢？」芙瑞雅問。

「只要王環不打算分享靈魂容器，他們將一起把王環分食。」雷伊說，難得看他一臉正經。

「總之，這次是王環挑釁全世界。」齊博士說。

他們離去後，店裡剩下我們原本四人。

「齊博士是什麼意思？」我問。

「你沒看到畫面吧？統治者全都換成年輕人，這在過去根本不可能。」狄馬說。

「我有聽到這個，所以你們推論這跟靈魂容器有關？」

「不只我們，你沒看到其他政治體代表的臉色，甚至連會議都不開了，直接搭上飛機返回國內。」艾絲特說。

「你們認為統治者們藉由靈魂容器，回到年輕的軀體。」我從他們的話推敲。

老師說：「這不是新聞，這類陰謀論一直都在，只是……我不明白為何統治者們變得這麼明目張膽？」

「會掀起第二次最美戰爭嗎？」狄馬問。

老師搖頭，如果在平時，老師會告誡狄馬不要危言聳聽，所以這次老師也認為有可能嗎？晚餐後，我們一同出門，他們倆人今天配戴情侶首飾，是淺藍光頸圈，上面掛著鵝黃光的星星。

我一踏進雛鳥五穀雜糧店，紅髮彼得就叫我們去地下室，鋼板牆面與強化玻璃房都已經換新，我一到場，學員們便開始交頭接耳。

齊博士向我招手，我走過去，「剛忘了問你，有好好練習承影劍嗎？」

「沒有……我最近在練習拳擊。」

「你放著劍不練？去練拳擊？」達克多一臉不以為然。

我跟他四目交接，「我需要一個安全的地方，我可不想把店裡弄出一個大洞。」

「搞出一個大洞，那可是我的強項耶。」脫下帽的雷伊換了個前衛髮型，應該是他自己剪的，我難以評論。

今天他難得手上沒酒瓶，但仍一隻眼渙散，嘴裡含著棒棒糖，臉頰一邊鼓起，腰際上插著彈弓。

「今天你要上課？」芙瑞雅挑起右半邊眉毛。

「很不幸的，沒錯。」雷伊笑嘻嘻地說，他就算沒滿臉通紅，也依然輕浮。

翁斯說：「他今天都沒碰酒，我可以保證。」

雷伊抱怨：「只喝一點又不會怎樣——虧你人這麼大個兒，膽子卻那麼小。」

「翁斯是對的，因為你的武器影響範圍甚廣。」老師說。

「是，是，是——快開始吧，我等不及要喝一杯了。」

達克多集合大家，他說：「今天主要示範容器型武器，還有心靈訓練，你們應該都聽到統治者的事，我們要加快腳步了。」

雷伊走進強化玻璃房，這時他的腰帶上，掛了一串五顏六色的彈珠，每顆都光彩熠熠。

達克多說：「玻璃房是特製的，容器的影響不會傳到外面，那些彈珠雖然體積小，但容量可不小，如果以TNT炸藥衡量，每顆彈珠大約可以裝進一公斤的威力，連車子都可以炸飛。不過戰場上的危險，並不一定是裝進炸藥。有人可以舉例嗎？」

「可以裝進恐懼。」皮膚黝黑的大眼女孩說，她還有條粗黑的辮子，名牌上寫潔妲，她穿的是紗麗，碧綠色的布纏繞在身上，蓋過胸前後，披在肩上，上面是罕見的四葉草，用祖母綠的光絲刺繡而成。

「沒錯，當你想製造一點恐慌，卻不想讓別人流血時，恐懼就是最好的選擇。」

「還有退縮。」一名長雀斑的女孩說，她是之前使用弓箭的人，她叫溫翠妮。

去年曾流行過雀斑妝，她們會在鼻樑、顴骨、眼睛下方，使用容器製成的化妝品，來藉此改變運勢。我曾看過撲朔迷離的琥珀光、招來好人緣的青蔥綠光、清廉的紫光。

「如何讓對方喪失戰意，自古以來都是雙方的角力戰，容器問世後，可以輕易做到這點，所以每個士兵上戰場前，都會攜帶激動、亢奮等情緒，總之，你們慢慢體會吧。瑞克、潔妲、溫翠妮，你們三人先上。」

「但……他可是佔城者，那些彈珠威力，頃刻就可以把玻璃房填滿。」臉上毫無血色的瑞克說，他的三角眼下有眼袋。

佔城者是指雷伊嗎？

「只是讓你們稍微體驗而已，威力都已經降到最低，」雷伊伸懶腰。「再說，誰會把炸藥的威力用在小房間裡，可是會波及到我耶。廢話少說，快進來吧。」

達克多說：「這裡有些暈眩粉，只有吸入口鼻才有效，你們要想辦法讓他吸入，獲勝就不用額外特訓。」

雷伊問：「那我呢？我獲勝有獎勵嗎？」

達克多一臉無奈，說：「只要你沒輸給他們任何一組，我房裡的格蘭菲迪四十年就歸你，那瓶市面上已經找不到了。」

「一言為定。」雷伊賊笑。

他們有三分鐘討論，選好慣用武器後，他們默默走進房內。

瑞克理平頭，臉上無血色的他，現在嘴唇也泛白，呼吸有些急促，他選擇的武器是盾牌與單手棍。潔妲的眉心中間點著硃砂，兩手都戴護腕，右手腕綁紅光線，暈眩粉在她手上。溫翠妮紮起馬尾，銀河秀髮變成一束，她的選擇是雙節棍。

「看來他們打算以近戰一次分勝負。」狄馬說。

「佔城者是什麼意思？」我小聲地問。

艾絲特說：「是雷伊的綽號，他曾經獨自一人佔領小鎮，沒有造成城市任何損傷，聽說那景象如鬼城，整座小鎮如同等著被我們接管。」

訓練開始，他們三人果不其然立即衝上前，瑞克舉盾首當其衝，其餘兩人緊跟在後，雷伊朝盾牌射一顆彈珠，沒發生任何作用，他準備發射第二顆，瑞克已經近在咫尺，這時，他突然重心不穩，往一旁偏移，而第二顆彈珠不偏不倚射在毫無防備的潔妲，她的頭被綠色黏液包覆住，溫翠妮注意到地上的小鋼珠，她避開同時揮出雙節棍，而瑞克也重整步伐一起進攻。

雷伊往後跳，他雙眼緊閉，隨後，瑞克的盾牌瞬間發出白光，瑞克、溫翠妮呆若木雞，雷伊趁機奪取雙節棍，順勢將他們擊倒在地。

他們三人皆被抬出。

達克多嘆氣，「好吧，我晚點再跟他們檢討。有人知道他們犯了哪些錯誤嗎？艾絲特請說。」

艾絲特放下高舉的手，「他們太著急進攻，只注意彈弓，卻沒發現他已偷偷灑下鋼珠，再來他們輕忽第一顆彈珠，沒察覺它黏在盾牌上。」

「很好，謝謝。雷伊剛用的第一顆彈珠是猶豫，而且時間只有一秒，在戰場上，一秒的猶豫，局勢就可能被扭轉。」

「為什麼不用耀眼的閃光彈？」黃珍珠藏在亮綠睫毛下的女孩問，她叫艾莉，有頭大波浪的淡綠色髮，我不記得有在鬣狗人那次看到她，她就是缺席的人。

「如果在容器中裝那麼亮的東西，任誰都會注意到。另外，猶豫並不一定只能應用在視覺，我們可以使它氣化，飄散在空氣中，也可以使用高濃度拉長猶豫時間。」

下一組是四人一起上，一樣慘敗收場，雷伊甚至只用鬼嚎彈珠，就把其中一人嚇哭，他倒是笑得樂不可支，只有安德莉亞那組曾把雷伊逼到絕境，他們有兩人同時雙手持盾，在一上場後，便從兩側夾擊雷伊，他被那兩人卡在牆角，無法逃脫，手無法抬起的他，好比被抓住翅膀的鳥。

「假如是在戰場上，我想你還是有辦法可以逃脫，但現在是密閉空間，而且你無法殺了我們，所以是我們贏了。」安德利亞手持棍棒，她可沒打算用暈眩粉。

「妳真的未成年嗎？妳的身材適合來給我斟酒。」

安德莉亞露出甜蜜微笑，她小碎步跳向前，高舉棍棒。此時，他吐出藏在嘴中的彈珠，她被擊中後，棍棒反而揮向她兩名同夥，掙脫的雷伊，之後使用絞頸將安德莉亞勒暈，所有的事一氣呵成。

「安德莉亞太大意，戰場上瞬息萬變，不能輕易鬆懈，必須全神貫注到最後一刻，你們要牢記這一點。換你們了。」達克多說。

我們是最後一組，也是唯一的成年組。齊博士要我把身上的兩條水晶項鍊、水晶戒指都拿下。我小聲地告訴他，我無法拿掉所有的水晶時，他彷彿陷入另一種空間思考，他並沒有再說什麼，只是退到一旁。

狄馬戴上拳套，艾絲特選了單手盾與棍棒，我也戴上拳套，我還不打算準備使用承影劍，我們三人聚一起討論。

狄馬問：「妳為什麼選那個？」

她說：「雷伊之所以能贏，是因為他總是有B計畫，我們必須像他一樣。」

「妳有什麼計策？」我問。

「你換上大一號的拳套，並且由你拿暈眩粉，而且，要用上承影劍。」

艾絲特隨後說明她的計畫。

「我覺得值得一試。」狄馬說。

「可是我沒試過。」

艾絲特說：「我們來讓所有人大吃一驚。」

輪到我們時，雷伊從一開始就準備好拉弓姿勢，他的準星朝下，只要一開始就會瞄準我們，練習開始——我與狄馬跟在艾絲特後頭往前衝，她跑到一半時忽然停下，跪在地上，狄馬沒鬆懈，他從右側，我從左方，來個雙面夾擊，此時他往前奔跑，躍過蹲下的艾絲特。

「別讓他拉開距離。」艾絲特大吼，並朝空中撒了暈眩粉，原來她也偷抓一把。

狄馬與我再次追擊，他已經拉滿弓，看來他並沒有吸入，他朝我射一顆水藍光彈珠，彈珠破在我身上，而狄馬一口氣縮短距離，抬起腳，準備踢擊，雷伊沒時間再使用彈珠，他卻利用彈弓的橡皮繩，攻擊狄馬眼睛。

現在只能靠我，他面對我時捨棄彈弓，在我揮拳時，他使出柔術將我壓制在地，並用關節技持續制服我。

「看來不管劑量多高的容器，都無法影響你，不然你就會像艾絲特，受鬆弛的影響。聽說你有去學拳擊，但半吊子無法派上用場。」

「我的確還是半吊子，但我有優秀的老師。」

我右拳套炸裂，青光網將雷伊捕捉，剛剛艾絲特給我大一號的拳套，就是為了不讓雷伊看見我把承影劍的刀柄藏在其中。對於計畫如此成功，我的驚訝不亞於任何人。

「R，把暈眩粉撒到他臉上。」艾絲特說。

但他閉氣，並嘗試掙脫革命的網子，正當我希望雷伊能趕快吸入暈眩粉，同時也傳來他的哀號。他說：「好燙——」之後呢喃唸說：「格蘭菲迪四十年……」

我們扶著狄馬走出來，他眼皮腫脹。

達克多鼓掌，「你們幫我省了一瓶酒。」

其他人的眼神從懼怕我，轉變成一丁點的崇拜。

「他們之所以成功，是因為出其不意，也沒慌張，前面幾組想法都太過簡單，等下會有指導員跟你們個別檢討，十五分鐘後做心靈訓練。」

「等等，我有疑問，為什麼他不受藍色彈珠影響？」綠睫毛的艾莉問。

「達克多，別想唬弄我們，」安德莉亞已經甦醒，她揉著脖子。「那青色的光究竟是怎麼回事？」

「有誰知道政府為什麼對我們一直不敢掉以輕心，甚至是窮追猛打嗎？」齊博士用酒紅色的手帕擦拭眼鏡。

「因為我們是革命軍，注定要當他們的死對頭。」安德莉亞說。

齊博士說：「過去政府篩選出有革命特質的國民，讓他們交出反抗特質，其中包含生命起源的人民，這也是為什麼生命起源不斷被壓榨，卻從沒發生暴亂的主因。而他們所蒐集的革命，現在──就在R身上。」

「為什麼在他身上？」艾莉又問。

「這是機密。」達克多能說善道，機密這詞可真好用。

安德莉亞嗤笑，「高區這下可引火自焚了。既然革命如此強大，那我也要。」

「就目前的研究看來，你們要與R訂下──革命契約，」達克多說：「為了得到革命的力量，你們必須用珍貴的情感交換，而你們將無法反抗R。」

「什麼──這不公平。我只效忠自己──」金髮碧眼，手臂又粗一圈的阿涅修說。

「更正你的話，你要效忠的是沉默動物。」達克多厲聲說。

帝芬達說：「革命如果在你們這個年紀放入體內，會跟你們原來的價值觀衝突，造成精神分裂。由於R從小就灌輸體內，才能適應。」

「關於這點，我們有想到辦法，或許可以稀釋革命。」齊博士說：「如果，你們有共同目標，訂下契約不是壞事，任何人都可以宣稱將要掀起一場革命，革命是數項特質的一個統稱，必須具備能力、毅力、統率力、變化與成長……，這些都只為一個目的──塑造自己想要的未來。」

「你想要什麼未來？」艾莉問完後，所有人都在等我答案。

「瓦解黑色傑森。」我堅定的說。

「那我願意訂下契約。」艾莉說。

「訂下契約的事之後再說，放空你們的思緒。接著要心靈訓練。」帝芬達說。

之後，開始下一個課程。我、狄馬、艾絲特因為已經有經驗，因而擔任助手。

芙瑞雅解說：「今天是入門課程，是面對人的基本恐懼，往後才會針對個人做調整，今天要面對的恐懼是——懼高。」

地下訓練室搬進來一根平衡木，長約十五公尺，學員們戴上水晶，輪流使用高空恐懼的容器後，必須走完平衡木，還要跳下才及格。墨菲亞戴獠牙水晶項鍊，他有深邃五官，鼻子高挺，有著平直的濃眉，他花兩分鐘才挑戰完成，他身上有金光的圖騰刺青，淡淡的金光從脖子流洩出，他跳下時，整個人也順勢吐得一塌糊塗。剛剛一直竊笑的人，是獐頭鼠目的皮森，他有用刀削出來的尖下巴，以及細長的眼睛，但自從他使用容器後，笑容便蕩然無存，他反而蹲低，雙手緊抓平衡木。

「皮森，你最好把手拿開，不然今晚別想下來。」達克多說。

皮森被威脅後，花了三分鐘才下來，他嘴裡嘟噥：「拜託……剛剛雲在我腳下……」

安德莉亞與阿涅修只花一分鐘，他們兩位都選擇進階恐懼，在暴風雨的高空中行走，下來時也都氣喘如牛，唐澤月只花十秒就完成進階恐懼。然而，有人連基本訓練也過不了，她是剛被鬼嚎彈嚇哭的東方女孩——梅兒，骨瘦如柴的她前進速度，用肉眼難以分辨，過了五分鐘，連一半都走不到。達克多跳上平衡木，從後面踹她一腳。她慘叫墜地，黑長髮蓋住臉。

「梅兒和瑞克，等下你們要課後輔導。」達克多說。

心靈訓練的第二階段，結合實戰，翁斯先教我們奪取匕首、長劍的招式。然後，我們每人要克服在死亡恐懼下，也能施展技巧。

達克多說：「R，你是第一個，對了，因為恐懼容器與傷害顏料對你無用，翁斯對你使用的是真刀，你失手可是會流血的。」

我站上緩衝墊，翁斯衝向我，他的高大體型給人不少壓力，但布雷特給的壓迫感更強烈，我依照剛所練習的，躲開、捉住，並反折他手腕，匕首便掉在地上，那只是未開鋒的刀。在我成功後，我竟然聽到掌聲，雖然不清楚是誰拍的。

其餘的人，在服用死亡恐懼後，同樣必須負責抵擋翁斯，當我變成旁觀者時，翁斯的動作更容易看清，他步調刻意放慢一拍，學員其實有很充裕的時間反應，但在恐懼下，學員動作變得僵硬，且容易誤判，有一半的人仍然被傷害顏料沾到，那些人必須到訓練結束才能清洗。

當中最慘的是瑞克，他不斷重來，雙手像是十根辣椒，其餘的學員在第二、第三次時都成功了，而瑞克到第五次仍不見起色。到晚間十一點，其他人都能回去休息，除了梅兒、瑞克之外，他們還要再去走獨木橋。

「你們要成功克服暴風雨的高空，才讓你們洗手。」達克多轉頭對我說：「你負責教會他們，放水將來會害死他們，我們指導員現在要開檢討會。」

我請狄馬、艾絲特先回店裡。大家走後，偌大的地下訓練室只剩我們三人。瑞克與梅兒重新站上平衡木後，使用高空恐懼，他們身體在發抖，容器不能造假，他們現在真的是處於冷冽高空中。

「專注在目標，不要一直往下看。」我說。

「我沒辦法。」

「我也是。」梅兒又掉下淚。

「你們現在是安全的，只要走過就好，走路對你們來說是不需要多想的技能。」

「我知道安全，也清楚兩側都是軟墊，但我就是無法往前，腳好像變成石頭，不聽使喚，移動就死定了，心裡一直這樣告訴我。」

「手伸出來，讓我進入你的恐懼。」

「但……我手上都是傷害顏料。」

「那對我沒效，手快給我。」

瑞克朝我緩緩伸出手，我們的水晶戒指輕碰。我同樣試想在漆黑的空間建造一扇門，待聽到風的呼嘯聲，才睜開眼，我打開烏雲灰的門，狂風迎面襲擊而來，但我絲毫不畏懼，高空恐懼我很早以前就體驗過，甚至還向帝芬達多要些，讓我在輾轉難眠的夜晚能沐浴在星辰下，編織最璀璨的夢。

「你仔細看，雷雲非常美麗，這是特別的體驗。」

「你……有翅膀？」

「這是我的護心者對高空恐懼所做出的反應，你也想要嗎？」

他雖然沒答話，但我明白他的渴望，我現在是與他共享容器。之前進入艾絲特的兒時創傷，是我初次嘗試，我也無法預料能干涉到何種程度，然而，事情就自然發生，瑞克也有了翅膀，連眼神也改變，從懼怕轉變成能欣賞這片景緻的人，呼吸也平穩許多。

在我帶領下，瑞克不疾不徐地走完平衡木。我也回頭牽起梅兒的手，她用的是水晶尾戒，櫻草色黃光的腳環，從她褲管若隱若現，她小心翼翼地跨出每一步，但每次步伐都加大。

他們都成功嘗試後，我走往平衡木另一端。「現在，你們往我這邊走。」

暴風雨的氣候轉為更險惡的冰雹，如此嚴苛的條件也能克服的話，以後這類恐懼都不足畏懼。

瑞克如履薄冰，也仍持續前進，碰到我的指尖後，我感覺他如釋重負，他回頭看，「好像沒那麼可怕了，而且手的燒灼感消失了。」

梅兒進步更顯著，她跑過平衡木，然後騰空跳下。隨後，老師與其他所有指導員都來了。

達克多說：「要不是我們監看著，一定會以為你施了魔法。」

「我已經聽說護心者的事，真是不可思議。」齊博士說。
「你們都在看？」我問。
「會議室有這邊的畫面。」芙瑞雅說。
「你做得很好，回去休息吧。」老師說：「該上班了，你不在令許多客人感到失望，派地先生說後天無論如何都要見到你，他想要大量的專注力咖啡。」

09 酷刑容器

我比平時早起，這個禮拜輪到我準備餐點，昨天放了一個充實的假日，看了黛西借我的三部舊電影，容器時代的人不愛舊電影模式，這個時代的電影，除了放映外，座椅旁附有容器輔助，在觀賞時，可以更清楚男女主角的愛恨糾葛，至於藝術電影，導演可以明確表達出意涵，不會再有觀眾看不懂，但好不好看還是因人而異。而動作片，觀眾也更看得情緒激昂、血脈賁張，甚至無法悠閒抱著爆米花桶，因此爆米花在動作片時的生意十分慘澹。

而舊電影不一樣，只是單純地觀看，考驗演員演技，導演與觀眾的默契。我喜歡用自己的想法去解讀，想錯或多想，都沒關係，只是想在不可能交錯的時空下，尋找一絲共鳴。

今日早餐要做布里歐許麵包，麵團因為奶油含量多，必須透過低溫長時間發酵，才能產出最佳風味。為此，我昨晚已經將麵團揉好，冷藏低溫發酵一晚。我不知不覺地多準備了布雷特、莎拉、黛西的份，昨天我有跟布雷特告知，說我要開始工作，以後只能休假日來，莎拉為此還悶悶不樂，直到我私底下與她達成協議，下次見面時會帶一顆巧克力給她。

「早安，R。」艾絲特進廚房。

「早安。」

昨晚艾絲特與狄馬一起幫我準備麵團，艾絲特說想學製作麵包的技巧。

「有什麼能幫你？」

「把這個麵團分割成七十克的小麵團，然後滾圓。之後再發酵十分鐘。」

在等待發酵的時間，艾絲特似乎有點不自在，因為我們通常都是三人相處，「R——」她僵硬的叫我名字。「有些咖啡會有故事，這麵包也有故事嗎？」

我在心裡竊笑，她是不習慣與人相處時的靜謐嗎？這點，我和老師倒是很有默契，現在我們的關係已經轉變成無聲勝有聲。

「剛好我知道這個麵包的故事，」過去在看不懂莉迪亞留下的食譜時，我會拿去中督電腦前查詢，有些麵包會記載簡介或由來。「西元十六世紀時，有一位大主教需要興建高塔的資金，想出徵稅奇招——奶油稅。因為布里歐許麵包的配方運用到大量奶油，主教的新政策上路後，能吃到奶油陡然變成權力和財富的象徵，布里歐許麵包忽然鹹魚翻身，變成上流社會才吃得起的麵包，甚至可以牽涉到法國大革命。」

她驚呼：「你懂好多！不過，布里歐許麵包使用這麼多的奶油、糖和雞蛋，現在看來還是很奢侈。」

「直到現在，它仍被戲稱為有錢人才吃得起的高級甜麵包，它口感柔軟、香甜、富有空氣感，因此也被歸類成甜點，經典吃法是配果醬，甚至有專門的麵包模型。」

「不曉得我父母有沒有聽過這種麵包。」

她說「聽過」，而非「吃過」，我清楚這個意思，對她兒時來說，這是遙不可及的麵包。

「只要是那個穿黃格裙女孩烤的麵包，他們一定會吃得很開心，或許在天堂有那種麵包吧。」

艾絲特默不作聲，紅了眼眶，我才驚覺自己說太多，竟脫口而出「天堂」這個不負責詞彙。艾絲特轉過身，她著急地拿出口袋裡的袖珍容器，倒出一把後，立刻塞進嘴裡，接著，又馬上跑到流理臺嘔吐。

「艾絲特——」我上前輕拍她的背。「我很抱歉……」

「你不需要道歉，傻瓜——我只是嗆到。」她破涕而笑。

配給車剛好來了，「那我先去採買。」

我從觸控螢幕上，採買民生用品與食材，生鮮食品我不會買太多，有需要再去阿茲曼傳統市場購買，最近雞蛋用量很大，要多買一點，然後，再選些罐頭或者是方便料理的加工食品，開始夜間訓練後，大家的時間都被壓縮。

艾絲特湊過來，「R，可以幫我買一瓶佛手柑精油嗎？我再拿錢給你。」

「不用了，公費剩滿多的，這次從公費出吧。」我說。

她輕聲說：「謝謝小老闆。」

「精油的話，我車上沒有，要明日請人送來。」配送人員說，他從頭到腳都是天空藍的顏色。

「好的，麻煩你了，我今天買這些就夠了。」

早餐時間，我泡了四杯瑪奇朵，老師撕開熱騰騰的麵包，拿到鼻子前嗅著，如同做咖啡杯測，他問：「這不只有香氣，你們覺得還有什麼？」

狄馬回答：「當然是幸福的味道。」

「不只是表面，布里歐許這款經典的法國麵包，有著濃厚的歷史味道。」

我答：「當中摻雜主教的貪婪、皇后的天真、歷史學家的心機和人民的盛怒。」

老師淺笑，「我很少在別人面前感到自嘆不如，你說得很好，小小的麵包與法國歷史錯綜交織，頓時讓它充滿魅力。」

早餐後，狄馬與艾絲特進行杯測，訓練味蕾分辨咖啡的能力。老師用不同的咖啡豆沖泡兩杯Espresso。首先，裝杯後先用鼻子嗅著，參照風味輪思考，看是果香、花香、堅果……。啜飲後，再一次使用風味輪，但要更深入，如果是果香，是比較偏熱帶水果，或核果。

狄馬喝完鎖眉，艾絲特則輕咬下嘴唇。

第二次啜飲後，應該能決定咖啡的酸質屬於哪一種，強烈、芳醇，抑或單調。咖啡的口感是柔順，還是清爽。嘴中吐出的氣息，餘韻是苦澀、柔潤，或中性。風味輪不是絕對，但他們必須從外圍的餘韻輪，找出最恰當的詞彙形容口中的咖啡。

狄馬說：「我這杯咖啡芳香，酸度鮮明，」他的舌頭在唇邊探索。「我覺得餘韻帶有柑橘的酸味。」

「咖啡豆品種呢？」老師問。

「阿拉比卡……」

「R，你說呢？」

話鋒轉向我，我也啜飲一口狄馬的咖啡。「是阿拉比卡種的K7。紅土出產的嗎？」

「非常好，這是咖啡豆店的老闆——喬米，用特殊管道，特別從生命起源的恩布地區引進，那有獨特的紅土，土質含鋁、鐵，造就咖啡獨特風味。」

「換我了，我的是衣索比亞原生種的阿魯夏，餘韻是巧克力與堅果。」艾絲特說。

「不錯，妳比狄馬有天分多了。」

狄馬的笑容僵住，眼睛不知看向何方，狄馬曾跟我抱怨，老師對他能有對客人的一半客氣就好。

「R，印度茶粉庫存剩多少？」老師問。

「大約密封罐的一半。」

「差不多該用掉了，不然就不新鮮，今日把印度茶咖啡變成促銷品。」

印度茶粉市面上有現成的，但老師喜歡自己製作，好掌握品質，茶粉裡有荳蔻、薑、黑胡椒、丁香、甘草……。我將鍋子裝入兩公升的水，才想起派地先生說要大量的專注力咖啡，然而，何謂大量？這也是一個不負責詞彙，只有當事人明白。為了保險起見，我又倒入一公升的水。放入三十茶匙的印度茶香料，與三十包大吉嶺紅茶包，煮沸後，再轉小火煮五分鐘。接著，再注入三公升的鮮奶，用文火持續煮著。

按照以往的經驗，促銷品會非常熱銷，所以用愛樂壓沖煮咖啡比較有效率。愛樂壓能沖煮出醇厚的濾滴咖啡，或濃烈的濃縮咖啡，靠不同的研磨度與咖啡粉分量，以及不同壓力，便可變出新花樣。成品只要將咖啡與印度茶等量混和，即可完成。

做好準備後，營業時間隨之將近，這是我來到高區後，第一次停工這麼久。營業時間一到，客人魚貫進入，第一位上門的是阿德戴先生，已經退休的他全年都會戴獵鹿帽，上頭有酒紅光的絲帶。他原本要走向老師，看到我在吧檯，便走向我。

「R先生，你嘴角怎麼有瘀青？」阿德戴問。

「我最近開始接觸拳擊。」

「拳擊嗎？你讓我懷念起年輕的勇猛。」

「但這不適合在早午餐時間飲用，不如加點活力，今日有促銷咖啡，要來一杯嗎？」

「就聽你的。」

第二位是住在隔壁街的亞曼達夫人。

「R——你最近都到哪裡去了。」她眼神充滿責備。

我有點不知所措，只好苦笑。「我放了長假。」

「你都不曉得，我老公的老毛病又犯了，他又開始拈花惹草，我要加入『標準愛情』的馬克蘭咖啡，這是他的最愛，希望他之後會安分點。」

「夫人，我們這邊只能做到改善，如果想要改變，去容器交易所比較恰當。」

「可是、可是，我沒那麼多錢買愛情……」她開始啜泣。「都怪我當初盲目，明知道他在外面留有許多愛情債，卻還是跟他訂下契約。」

「——今日印度茶咖啡有促銷價喔，錯過實在可惜。」艾絲特刻意加大音量，吸引其他客人注意力。

「好——我會給妳加入兩份愛情，以及一份承諾，這樣時間應該可以延長，但我必須重申，我們這裡不是賣解藥的地方。」

「至少我還買得起這裡的咖啡。」她喃喃自語，然後走往一旁等候區。

我心想這種情形大概會不斷重複，狄馬私下會稱這種客人——穩定金源。

當來客潮較緩和後，派地先生氣喘吁吁地，邊跑邊喊著我的名字衝進店裡。「R、R、R——」

「早安，派地先生。」剛剛路過的人們大概會想，這個男人為何要模仿烏鴉叫？

「太好了，你可終於上班了。我今天有個家族聚會，想請你泡二十杯咖啡，大杯的，記得加入『專注』。」

「確定要這麼多？」

「今天要討論遺囑事宜，我可不想對那幾個駑鈍的表親，一再重複。」

「要不要帶走印度茶咖啡？今日有促銷價，而且你很快就可以拿到。」

「聽起來是個明智選擇。」

光是派地先生一人，就消耗八成以上，我慶幸自己有多準備，但等下要抽空再煮印度茶。忙一整天後，印度茶粉遵照老師的期望，罐子空空如也。我跟老師面對馬不停蹄的人潮已經習慣。反之，艾絲特、狄馬已經累癱，他們倚靠在吧檯邊。

「今天可真是場災難。」狄馬趴在吧檯，四肢癱軟，「老師也能做出同樣的咖啡，為什麼大家非要找R不可。」
「代表客人很信賴R。」艾絲特趴在吧檯另一邊。
門鈴響起，是芙瑞雅、帝芬達與齊博士。
「你們這是怎麼啦？難不成你們剛使用『疲勞』？」芙瑞雅調侃。
「哈、哈，我還使用了一整天的微笑，臉都僵了。」狄馬說。
「客人因為R回來了，都跑來喝他的咖啡，路人看到大排長龍，也跑來湊熱鬧。」艾絲特說。
「我早有耳聞R的手藝，能否讓我也品嚐一杯？」齊博士問。
「當然可以，你們想要喝什麼？」
「我要一杯白雪公主，加入『童話幻想』。」芙瑞雅說。
這是一種加入甘草香料、草莓香料的咖啡，風味獨特，鮮明的紅、黑，讓人想起白雪公主的紅唇與秀髮，因而得名。
「齊博士呢？」
「Espresso，再給我一些紓壓。」
「不加料的的Espresso。」帝芬達說。
芙瑞雅閉眼喝下，她喜歡先含在嘴裡，細細品嚐一番，她睜眼時，眼裡已經滿溢著星星。「這幻想是去容器市場買的嗎？」
「是在店裡收購的，來源是一位童話繪本的作家。」
「很出色，我好像又變回小女孩。」
齊博士喝一口Espresso後，停頓了幾秒，接著，他用食指，沾了咖啡到一片抹片上。用像顯微鏡的儀器觀察。「我想，我知道你的咖啡，之所以令人著迷的原因了。今天是來告訴你我的研究進展。」

老師、艾絲特、狄馬都湊過來。

「我看到白色的光源周圍，圍繞著些許青色光膜。」

「你把革命加進去？」狄馬的音高八度。

「我沒有。」我比他更訝異。

「我想是你無意識的舉動，這種光芒微乎其微，可能半小時後就會消散。」

「喝下去後會有影響嗎？」艾絲特問。

「短期內能增強感受。」

「革命強化了情感嗎？」老師問。

齊博士點頭，「強化是歸納後的結果之一。」

「之一？」老師皺眉。

「第二項是增殖。在實驗過程中，我們把革命分成三等份，由大到小，分別標示A、B、C，我們發現在一定距離內，C的數量會逐漸接近B，然而，無論分裂多少，又增殖多少，合起來後的總數永遠不超過A，分子永遠不會大於分母。而這個分母源頭，可以追溯到R體內。」

「你們上次分裂多少出來？」老師問。

「以上次帶走的量，分裂成一百份也沒問題。」

「那又如何？」狄馬問。

齊博士回答：「理論上，R有可能創造上百支服從他的革命軍隊。」

「他們都會有R的能力嗎？」艾絲特問。

齊博士瞄向我，「如果，妳是指對上鬣狗人時施展的能力，答案為否定，原因R體內的革命太龐大，才有這種力量。但最有價值的發現是阻斷心靈接觸，而且還擁有能力去抵抗，這或許能成為突破第一平臺的關鍵。」

「怎麼說？」我問。

「第一平臺除了一般人禁止進入外，應該說是根本無法潛入，除了身分認證外，還有心靈認證，通過者必須是兩樣都安全無虞的人，革命者、叛亂分子，絕對無法通過。」帝芬達說。

老師說：「過去曾有人想靠強大的催眠，封存記憶矇混，也都被他們揪出。」

「你認為靠革命就能突破？」芙瑞雅問。

「有這個可能性，我還需要研究。」齊博士說。

在帝芬達與芙瑞雅離開前，我請他們幫我在組織裡尋找強烈的憤怒容器，我最近去容器市場補貨時，那種東西根本沒人賣。

「我會幫你留意。」芙瑞雅說。

隔天晚上，我們再度回到訓練所。做完基礎體能訓練後，是學員間的實戰演練，瑞克與唐澤月是最後一組，我聽到其他學員都會叫他——唐，比較順口，原本我以為這會是場一面倒的比賽。但是，瑞克沒拿以往必備的盾牌，他改雙手戴上指虎刀。唐選一副雙手勾爪。

比賽開始，唐的勾爪贏在距離優勢，他非常順利的在瑞克肩上、大腿劃上傷害顏料，瑞克勇往直前，應該說是奮不顧身，在這種練習賽中，無法給對手致命的一擊，所以瑞克能靠蠻勇，衝進唐懷中，並在他肚上揮出幾拳。

唐的表情痛苦，他試圖拉開距離，並持續劃著瑞克，瑞克即使全身像是被火焰圖騰圍繞，仍不畏懼。接著，當我們以為勝負有可能逆轉時，唐攫住他的手，右腳如同魚槍射出，右前腳掌踢向下巴，瑞克當場倒臥不起。

「他真的是瑞克嗎？他何時變得這麼有種？」阿涅修問。

安德莉亞大聲的說：「你去問隊長啊——上次他們留下來練習。」

大家紛紛看向我，我不太習慣這種注目禮，而艾莉竟真的到我面前問：「你跟瑞克訂下革命契約了嗎？」

我對她的直接感到吃驚，卻也喜歡她的直來直往。

「沒有。」我說。

金光刺青的墨菲亞問：「你們上次做了什麼？」

「我讓他感受到他的可能性。」

「同時具備勇敢與膽怯的人，才能衡量得失。」達克多說：「接下來的時間，我們要心靈訓練，今日會比上次激烈許多。」

今天的課程是意志力。

達克多講解：「一般來說，入門的意志力考驗，不外乎是抵擋美食誘惑、桃色陷阱，及長時間反覆進行某件事。但今天要使用最激烈的拷問，也是黑色傑森抓到我們後，最常對我們使用的容器。拷問容器有很多種，有老套的拔指甲戲碼，以及摧毀你們心靈為目的恐懼蔓延、不醒夢魘、怪物世界……。」

瑞克問：「如果真的不幸被抓到，那該怎麼辦？」他甦醒後，臉色比平時更蒼白，眼袋也更明顯。

「要是我的話，一定會二話不說就自殺，」達克多笑答：「立即致死性毒物是後期課程，我保證——會確保你們都學會。」

「既然被抓到後，立刻死亡還比較幸福，為什麼我們要費心訓練意志力？」潔妲手臂交叉，「還有，我的宗教不允許自殺。」

「親愛的，妳搞錯重點了，所謂的意志力，是克服萬難只為實現目標，而被黑色傑森抓到是結果，但在落入那樣的結果前，我要你們每人都奮力掙扎到最後一刻。這樣大家還有問題嗎？」

「你還沒說明，自殺與潔妲的宗教衝突這點。」艾莉問了一個不著邊際的問題。

「這個嘛……我個人是無神論者，的確是不太能理解，但我剛說了，被黑色傑森逮到，這種情況也算是到生命的盡頭，就這麼跟妳的神解釋吧。」

「難道沒有奇蹟？從沒人獲救嗎？」溫翠妮問，她剪了齊瀏海。

「奇蹟？難道你有看過那種容器嗎？」雷伊在旁訕笑。

工作人員準備了一個抽籤桶，裡面有十二支籤，除了我以外，狄馬與艾絲特也要抽籤。艾莉第一個自願抽籤，抽完後，穿著白衣，臉上摀著白紗的工作人員遞給她一瓶容器，容器瓶上的浮雕字寫——水刑，艾莉一打開容器，她的水晶珍珠狀項鍊便充滿暗藍色的光輝，她隨即跪下，大口喘氣。

達克多說：「對她來說，現在不管怎麼吸氣都不夠。」

「效果維持多久？」老師湊過來，他的手搭在艾莉背上。

達克多說：「五分鐘。」

「她這樣下去會過度換氣。」芙瑞雅張開星眸。

「只是五分鐘，她必須覺得這沒什麼大不了。」達克多說。

「這還不是籤王，嘻嘻——」奸笑使雷伊的眼睛彎成下弦月，頓時覺得，酒醉的他還比較討人喜歡。

第二位是墨菲亞，他的獠牙水晶項圈，猶如被墨水染黑，他走沒幾步路便跌倒，奇怪的是他無法爬起，整個人在地上蠕動，甚至發出吼叫聲。

達克多說：「這是剝奪五感，現在他已經沒有感知能力，那種感覺彷彿變成雕像，在宇宙中漫遊，是種絕對的孤寂感，他要體驗三十分鐘。」

他語畢後，墨菲亞身軀蜷縮，像是個嬰兒。

狄馬是千針之刑，艾絲特則是體會嚴重脫水，她必須撐過半小時，才能喝下手中的水。我不曉得是否有天堂存在，但地獄確實就在眼前。

「啊——」安德莉亞發出淒厲慘叫，我從沒聽過有人發出那種哀嚎，雖然革命能阻斷感情，卻無法阻止我聽到後的想法，光是慘叫聲，就使我從頭到腳起雞皮疙瘩。

「中獎了！」雷伊說。

安德莉亞在慘叫後便跌落在地，並不停抽搐，她卻在一分鐘內爬起，她撫摸著手、腳，隨後，兩道眼淚滑過她臉頰，她蒼白的臉轉為漲紅，她跑到牆邊，取下棍棒，衝向準備籤的工作人員。

翁斯早一步擋在他們之間，他奪下棍棒後，把安德莉亞壓制在地。

「放開我，我要敲碎那人頭顱。」她惡狠狠的瞪著工作人員。

達克多要該名工作人員馬上離開，幸好工作人員都沒露出真面目。

「這不是他的錯。」翁斯平靜地說。

「我不管，他竟然讓我經歷這些。」

「安德莉亞，別遷怒，我明白妳經歷了什麼，那些拷問容器是我親自挑選的。」達克多說。

老師打開鎮靜容器，將綠蘋果光的煙，朝安德莉亞吹去。然後她放棄掙脫，放任眼淚滴下。她起身後，步履蹣跚的離開地下訓練室。

「她經歷了什麼？」老師問。

「醉骨，一種東方的古老酷刑，砍斷手腳後，浸入酒甕中。」

「你從哪拿到這種容器的？」老師目露凶光。
「是戰爭時期的拷問產物。」
「這些該全部銷毀——」老師與達克多對峙，「你太超過了，他們還只是孩子，只要我在這，我就不允許使用邪惡的拷問容器。」
「拷問是必要的，但我可以調整強度。」
「醉骨啊，聽起來真不錯。」雷伊在旁說風涼話。
「那你去試試，說不定這會讓你戒酒。」芙瑞雅說。
訓練結束後，許多人都倒地不起，狄馬用指甲刮著皮膚，留下淡淡的紅痕，艾絲特則是一口氣喝下約一公升的水。
我走到帝芬達身旁，小聲地問：「一個人如果受到醉骨那種酷刑，可以裝滿多少酷刑容器？」
「我不清楚明確數量，但到死前……或許可以裝進好幾打。使用拷問容器很有效率，也不用清理血汙，只要容器瓶空了，再換另一瓶，如此反覆數回，直到此人的心智被摧毀。」
所有人的訓練時間結束，我與指導者們，一對一詢問學員狀況。
「你還好嗎？墨菲亞。」我問。
從他的厚嘴唇中，呢喃說著，「剛才彷彿切斷我與這世上所有的連結……我無法想像……我父親是多麼痛苦……」
「你的父親？」
「年幼的我還未記下他一件事，沒從他眼神得到關愛過，他死的時候，手腳纖細如枯枝。母親說他去祖靈的聖地了，在祖靈的草原上，他又能幻化成狼，再度奔跑。」
「你父親是游狼隊的嗎？」溫翠妮問，她躺在一旁氣若游絲，雙眼紅腫，使她的雙眼皮更明顯。

「對，他們負責偵察與游擊，他在某次的任務裡掉進容器陷阱。」

「妳狀況如何？」我問。

溫翠妮說，「還行，只不過是幾道鞭子，還有幾隻蛆在爛肉裡鑽著而已。欸，跟你訂下革命契約後，就不用再忍受這種痛苦了吧？像梅兒那樣。」

梅兒？經她一說，我也好奇她與瑞克的情況，我一抬頭便發現他們倆，瑞克、梅兒好端端地站在房裡另一邊，老師與齊博士正與他們談話。我走過去，其他人也拖著步伐前往。

「那些燒紅的烙鐵一點也不燙。」左眼角有顆淚痣的梅兒說。

「你說——你剛抓住了刀？」老師問。

「對，在刀尖要刺到我眼球前。」瑞克說。

「你的手有感覺嗎？會覺得痛嗎？」齊博士問。

「那不是我的手，只是當我想阻擋刀時，手就出現，並保護我。」

「是什麼樣的手？」齊博士追問。

瑞克低頭沉思，然後他望向我，並持續注視著。

「很有趣的現象，看來還有些革命殘留在你體內。」

達克多說：「今天大家辛苦了，可以回去休息了，有不適感的人可以留下，我們會幫你輔導。」

學員們竊竊私語，似乎對達克多說的輔導心存疑慮，跛腳的皮森也選擇離去。老師與幹部們照往常一樣開會。我們三人先回店裡。

回程路上，狄馬說：「以目前來說，革命契約似乎沒有壞處。」

「不知道老師他們怎麼想。」艾絲特說。

「不如，就來得知第一手消息吧。」狄馬從口袋拿出一個四方的小機器。

「這是什麼？」我問。

「我拼湊的竊聽器，剛裝在翁斯身上。」

「什麼——你不要命了！」艾絲特驚呼，她想搶下狄馬手中的機器。

「不要緊，他們不會發覺的，木已成舟，不聽白不聽。停——再走就收不到訊號。」他調整天線方向，雜訊逐漸轉為清晰。

「上面的人太急躁。」是帝芬達的渾厚嗓聲。

芙瑞雅說：「我們才剛開始不久，而且R的力量仍是未知數。」

「我贊成，科學裡欲速則不達。」齊博士說。

「想這麼多做什麼，學員們已經見識過R的能力，一定有人想跟瑞克一樣，得到強大的心靈防禦。」雷伊說。

達克多說：「我建議把剩下的酷刑容器都用在瑞克、梅兒身上，如果他們挺過的話，我比較有籌碼說服上層。」

「看來你把我的話當耳邊風。」老師說完後，傳來一陣翻箱倒櫃的聲響，翁斯大喊住手，雷伊的笑聲也混雜在其中。

「哇嗚——沒想到法蘭克這麼衝動。」狄馬賊賊的笑。

我也驚訝，總是訴諸理性的老師，會在開會時大打出手，難道理性的一面，也只是另一層面具？

「你們不要再胡鬧了！」芙瑞雅說：「停——有奇怪的波長。」

艾絲特說：「快關掉，芙瑞雅情緒激動時會張開星眸。」

他手忙腳亂地想趕快關掉，卻意外把聲音轉大，同一時間，機器傳來老師冷峻的聲音，「狄馬——你死定了。」

狄馬的臉轉為慘白，他用氣音說：「他怎麼會知道是我？他不可能知道……」

她冷笑，「你最好趕快調適好，你繼續這副表情就是不打自招。」

接著，竊聽器又傳來，「在一旁的人，也都跑到弗拉德爾車站，才能搭天際線。」

這回換我與艾絲特臉都綠了。

10 雪球

時間剛過下午兩點，豔陽灑在窗檯，上面的波絲菊盛開，壁鐘上的布穀鳥跳出來報時。現在店內才四組客人，如果客人不多時，老師會把店交給我，去樓上打個盹。有些不喜歡熱鬧的熟客，會選在這個最靜謐的時間來。例如：退休的葛斯明先生。

他進門時，鞋子夾帶一片染紅的楓葉，他走到櫃檯前，「R先生，你看起來似乎很疲憊，早上很忙碌嗎？」

「只是昨晚睡不太好。」

葛斯明望向揉眼睛的艾絲特，與哈欠連連的狄馬。「我猜昨晚有人請你們喝黑咖啡，還是很苦的那種。」

我含笑，默默點頭。

「我同樣不喜歡苦咖啡，今天能幫我介紹甜一點的咖啡嗎？」

「要不要來一杯香蕉船？它除了煉乳外也加入焦糖。」

「這個好，並附上一點往日情懷。」

「好的。」

製作過程中，我餘光瞄到他胸前生鏽的胸章，上面有皇冠圖案，一點也不閃耀，我說：「那個胸章似乎年代久遠。」

他在胸章上來回撫摸，「這是我的第一個胸章，是童軍胸章。以前為了得到更多胸章，因而從軍。」

「我喜歡你那個胸章。」

他笑盈盈的，「雖然我有許多胸章，但這是唯一一個用歡笑換來的。」

之後，葛斯明先生步履蹣跚的走到窗邊位子。

添加往日情懷的香蕉船，以陶杯裝盛，更能感受到回憶中的柔軟，我還附贈一些童趣的七彩光粉末。接著，進門的是一位一頭蓬鬆亂髮的女子，下眼線暈開，唇上的桃光也龜裂。老師正好下樓。

「給我一杯適合我的。」她的氣息夾雜酒味。

「請問妳現在想要什麼感覺？」我問。

「你是專家，你決定就好。」

老師介入：「小姐，請問妳是喜歡真話，還是謊言？」

「誰喜歡聽謊言啊。」她不耐煩的說。

「我懂了。」老師轉身拿取大馬克杯，倒滿水後，放到女子眼前。「這杯本店招待。」

「你什麼意思——」女子拉高音量，店裡氣氛變得劍拔弩張。

「等妳清楚要的是什麼，我們才能幫妳調配，喝下這杯水後，先回家休息吧。」

「我懂我要什麼，你有把握能滿足我嗎？」

老師說：「就別拐彎抹角了。」

女子用力捶吧檯，「——我想要重來！我想要重新選擇工作，我也要一段新戀情。對於這些種種不滿，你——」

老師將水潑向女子的臉，女子的話被打住，現場全都瞠目結舌。

「妳需要的不是重來，是認清現實。沒有誰的人生是一帆風順，工作再找就好，男人也是。」老師走出吧檯，遞上手帕。

女子接下手帕，手帕在她手中皺成一團，然後她轉身離去，從腳步聲與開門的動作來看，她並沒有生氣，比起剛才病懨懨的進來，她的步伐現在輕快許多。老師回到吧檯，其他客人繼續喝咖啡，狄馬收拾地板上的水灘。

在地上的溼氣還未消散時，住在第三平臺的詩人——安菲也到來，她總是喜歡點繁瑣的咖啡與複雜的情感。

安菲到老師面前說：「請給我一杯愛爾蘭咖啡，我想要加入許久不見心儀對象的思念，可是一方面又不希望見到對方，只想記住年輕時的他。」

「好的。」老師到我身旁輕聲說：「幫我使用百分百的半日曬卡杜拉，手沖煮出濃郁的咖啡。」

愛爾蘭咖啡的別名是——天使的眼淚，相傳是一位酒保調給心儀的對象，為了使她成為第一個客人，酒保替她準備專屬菜單，並默默地等待某天，她能點到這杯飲品，但女子卻在時隔一年後才點愛爾蘭咖啡，在她點餐後，酒保流下眼淚，並將思念的淚水，抹在杯緣。

老師準備這種咖啡的專屬咖啡杯，與製作器具。

愛爾蘭咖啡杯上有兩條金線，加入一顆方糖後，再倒入愛爾蘭威士忌至底部的金線，放上專門的烤架後，用酒精燈烤杯子，握著杯腳等速均勻旋轉，同時觀察方糖是否有融化，待杯口出現霧狀的酒氣後才熄火。

我之後將濃郁的咖啡遞給老師，咖啡注入到第二條金線時，再放入暗金橘光的往日光球、紫晶光屑的惆悵與一絲櫻花粉光的暗戀，最後鋪上黏稠而不僵硬的鮮奶油，才大功告成。

安菲坐在吧檯最旁邊的位子，她在檯面上已經準備好紙筆。通常她喝第一口後，都會扭動脖子，舒展筋骨，喝下第二口，她眼神迷濛，恍惚的看著前方，直到第三口後才振筆疾書。

半小時過後，安菲再次走到吧檯前。

「我要把這首詩，獻給當代最偉大的藝術家——法蘭克。」

老師靦腆的微笑，他整理好領帶後，立正站好，現場的客人們見狀，給予熱烈掌聲，掌聲的源頭是狄馬。

安菲開始朗誦：「一杯咖啡；一口威士忌；一滴眼淚。

是誰用炙熱把糖心融化？是誰許下金線的諾言？又是誰，留下遺憾的苦、酸、澀。這一切源頭，是沾滿鮮奶油的吻。」

掌聲在安菲鞠躬後再度響起。

「謝謝妳讓我聆聽到這麼美的一首詩。」老師說。

「這是回禮，是你讓我體驗珍貴的情感。」

在醉女、詩人離開後，今天經營咖啡豆店，合法藥頭的老闆——喬米也來捧場，他剃成光頭，頭皮黑的發亮，唯有落腮鬍茂密，手臂粗壯的他，給的擁抱使我雙腳離地。他還帶了兩位咖啡供應商，老師與供應商閒聊，供應商說：「現在咖啡豆產量遞減，由於高區是優先供應區，因此還未受影響，可是再這樣下去，早晚都會受影響。」

打烊後，我們開始整理店面，芙瑞雅也來了。

艾絲特跟她說：「今天來了許多有趣的客人。」

我到廚房準備晚餐，前幾日配給車有來，所以現在廚房有許多新鮮蔬果，而我也感受到物價確實有上揚，以前四貝茲能買到一袋洋蔥，現在要多付五十貝令，青椒與蘆筍都快變奢侈品，蘋果卻比以前便宜，聽說是新品種，脆、甜、又多汁，也買了新口味的咖哩塊與合成雞胸肉丁。

決定菜色後，我在黑鐵鍋加油燒熱，爆香蒜末，接著將洋蔥炒到香味散出，拌入薑末和些許辣椒，再加入番茄罐頭，滾了之後，小火煮到番茄完全融化為止。

「需要幫忙嗎？」艾絲特頭探進廚房。

「幫我把凱薩麵包加熱，德國香腸一人一條。」

「沒問題。」

趁空檔，我把馬鈴薯與紅蘿蔔削皮後切塊，加入一起煮。

「你動作還是一樣乾淨俐落，這果皮都能透光了。」她拿起一圈馬鈴薯皮。「如果革命不是在你身上，你會想去當廚師嗎？」

「這我倒真的沒想過。」

放入咖哩塊後，我一邊攪拌，一邊試味道，然後加入孜然、荳蔻、肉桂、黑胡椒，與一小杯牛奶，讓口感更滑順。

「好香喔——」狄馬飄進廚房，「可是老師不是討厭吃咖哩嗎？」

我說：「他不是討厭，是你上次在早餐時間煮咖哩，那會影響店裡的味道。」

「沒錯，」老師與芙瑞雅走進來，「而且你煮的咖哩令人心煩，少了很多香味。」

狄馬背對老師，翻白眼外，還露出上下排的牙齦，他們三人都拉開椅子坐下。

艾絲特說：「咖哩還沒好耶。」

芙瑞雅剝著水煮蛋，「只要是R做的，就值得等待。」

今天的晚餐是咖哩、凱薩麵包、德國香腸、水煮蛋，蘋果與洛神花茶。

「R，你會害我比踏進門前多一公斤。」芙瑞雅說。

艾絲特說：「如果讓安菲吃到，她一定又會滔滔不絕。」

「差點忘了，」芙瑞雅從奶油光的手拿包，掏出一瓶火紅的容器瓶，內容物恰似玫瑰花瓣，如層層火焰燃燒著。「R，這是你要的容器，這是我與帝芬達目前所能找到最強烈的憤怒。」

「一定要小心使用。」老師叮囑。

「好，我瞭解。」

我們等全部人就位後才用餐。

「老師，今天這樣突然對陌生人潑水，一般人都會生氣吧？」狄馬撕開麵包，沾著咖哩。

「我也想搞懂。」艾絲特說。

「R，你覺得呢？你當時離我最近。」

我說：「那應該不是普通的水。」

老師淺笑。

狄馬說：「我親眼看到從水龍頭流出來。」

「難道是用了魔術裡的障眼法？」艾絲特猜著。

「答案是這個，」老師捲起長袖，裡面有顆水藍色的暗扣，「這只要用指甲，就能輕刮一些下來，這是鎮靜用。」

鈕扣沒有閃耀，由此推測不是容器加工後的產物，而且加工後的產物便只能當裝飾品。

「你都一直戴著嗎？」我問。

「不，最近才開始。」

「為了在開會使用嗎？」芙瑞雅露出狐狸般的笑容。

老師冷笑，「你覺得我昨晚的表現如何？狄馬？」

「很好……」

芙瑞雅開懷大笑，「你裝錯人了，翁斯的光芒通常是最平靜的，如果有雜亂光絲的話會相當明顯。」

熱鬧的餐桌，使我內心暖烘烘的。剛來高區的我，害怕一個人在餐桌上吃飯，但芙瑞雅、狄馬、艾絲特的加入，逐漸填補我心裡的空缺。早晨的體能訓練、夜間訓練、假日拳擊訓練，已經漸漸融入生活。

所有事情像雪球，越滾越大，其中之一是布雷特的比賽就在下禮拜，我跟他約明晚八點到店裡碰面，我告訴他，我有一種憤怒提供他參考。心靈訓練時，我同樣扮演著輔助學員的角色，但學員們漸漸無法承訓練所帶來的身心折磨及情感壓力，痛苦也像滾雪球，越滾越大……

「我快不行了。」皮森躺在緩衝墊上，攤開雙臂，他剛經歷電擊酷刑，他前陣子把雷鬼辮染成月光，電力彷彿停留在上面。「達克多哪來這麼多花招？你們有想過這些酷刑容器是從哪來的嗎？」

「我知道喔，翁斯說是從動物身上取來的。」艾莉說，她抱著一個用紅布包裹的熱水壺，她剛經歷的是天寒地凍。

「什麼動物？該不會是猴子吧？」皮森問。

「不只是猴子，一般動物也有感情。」潔妲說：「那些從工廠、生產線出來的肉品，生前都經過殘忍的對待。」

皮森說：「我們飼養牠們，提供牠們安全與食物，並確保牠們有後代，所以牠們以性命回報是公平的。」

潔妲忿忿不平的說，她的水晶手鐲發出紅光。「公平？你只是照顧牠們生理需求，你有考慮牠們心理需求嗎？小牛一出生就必須與母親分開，雞的一生只能在無法展翅的鐵籠生活，與牠們的排泄物為伍，而運氣不好的雄性，更是一開始就被丟進螺旋刀片裡絞成飼料。」

「不然妳想怎樣？難道妳都不吃嗎？」

「我告訴你，小牛會想與其他牛交流、玩耍，雞也會想要去探索世界，這是牠們演化出來的天性，而不是自願待在籠子裡——生命不該如此冰冷。還有，我是一個素食者。」

「牠們只是蛋白質，別對牠們有多餘的同情心。」

「我不會阻止你吃，但你應該要嚴肅看待吃肉這件事。」

「我哪裡不嚴肅了，我把每根骨頭都舔得乾乾淨淨，連骨髓都吸出來，一點也不浪費，這樣妳就沒意見了吧？吃素的。」

皮森吮指回味，還吸出聲音，他一臉得了便宜還賣乖，使潔妲掉頭就走。之後，另一邊傳來安德莉亞的淒慘尖叫，達克多站在她身旁，她被五花大綁在一張黑花崗岩桌上，她的頭部上方擺著銀光、血紅光交織而成的濃煙，煙像蟲般蠕動，鑽進她的水晶耳環。

「她是個瘋狂的神經病。」狄馬來到我身旁，他嘴唇像是沾上麵粉，毫無血色。

「你還好嗎？」

他搖頭，「我今天抽到下下籤，是削臉之刑，除了削去臉頰肉外，牙齒也被一顆顆拔掉，而那只是開端。幸好法蘭克出面阻止，今天是我有史以來最感謝他在的時候。但安德莉亞自願嘗試，老師也就不多說什麼。後續還有削唇、割耳、切鼻，最後是挖眼……」狄馬肩膀微微顫抖。

聽完描述後，我感到不寒而慄，若非我有革命守護我，我能經歷得起那種痛苦嗎？她的尖叫迴盪在地下訓練室，大家啞口看著，眼裡充滿驚恐，在這明亮的訓練室形成一種詭異氛圍。那不是常人能發出的聲音，彷彿是死亡逼近的腳步聲。

當安德莉亞停止哭喊時，容器也空無一物，此刻，室內安靜到我連狄馬的吞嚥聲都聽得一清二楚。達克多攙扶安德莉亞的上半身。「做得很好，妳比在場所有人都要堅強。」

她嘴角抽搐，手指彷彿有意識，像是兩隻白蜘蛛，從脖子上爬到耳朵、臉頰、嘴唇、眼皮，最後兩隻手掩住臉，她開始瘋狂大笑。

她說：「我活了下來，我是倖存者，我的血是藍色。」

當晚，達克多帶著安德莉亞先離去。

「妳怎麼看？芙瑞雅。」老師問。

「她身上散發瘋狂的氣息，」芙瑞雅張開星眸說，「我會格外關注她。」

那次訓練之後，聽說潔妲去找達克多，她要求把跟動物有關的禁閉、宰殺容器，用在皮森身上，作為交換，潔妲自願承受削臉之刑。之後皮森有陣子都吃素，至於潔妲，精神狀態變得極不穩定，她的心靈訓練被迫暫緩，現在她的臉上如果沒有戴著面具，就會陷入驚恐，她穿著純白的厚外套，蜷縮在角落，像是一顆雪球。

11 激戰

店裡打烊後，在布雷特抵達前，我先嘗試芙瑞雅帶來的憤怒容器，用銀夾子夾出一片花瓣，放到我的水晶戒指上。隨即一陣狂風在我內心肆虐，這感覺非常強烈，又充滿怨恨，在好奇心驅使下，我創造一扇玫瑰色的門，門上有斑駁黑點。

門後狂風呼嘯，是灰色的暴風，暴風摧毀周遭，我受困其中，這是怎麼樣的憤怒？為何如此模糊？接著，風暴中出現一個黑影——是他——白鯨！齜牙裂嘴的他，手持長劍，利牙與劍上都殘有鮮血。這憤怒花盛開在鮮血上，這憤怒的主人，只要他可以，便會把我父親碎屍萬段……為什麼他如此恨我父親？此時，護心者現身，擋在我與白鯨之間。

「R，你沒事吧？你臉色很難看，很不好受嗎？」艾絲特問，她一臉擔憂。

我茫然地點頭。

狄馬問：「你覺得這適合給布雷特比賽用嗎？」

「我不清楚。」

「也對，你的革命會阻擋這種情緒，讓我來嘗試，才能確定影響時間多長。」

我猶豫了一下，狄馬沒有潛入容器的能力，他應該無法感受到容器內的故事。之後，我調配一杯憤怒水，只先加入一片憤怒的花瓣。我們到店裡的獨立包廂，這邊有張躺椅，當客人想要更深層的感受，或者是向老師兜售體內情感，就會用到這。狄馬要求我們將他綁在椅子上，老師也站在一旁。

「我不會有事。」狄馬對艾絲特說。

她親吻狄馬額頭，手離開被固定的狄馬。
「準備好了嗎？」我手拿計時器。
「來吧，兄弟。」狄馬喝下後，效果在下一秒顯現，他口述感覺，「仍在增強。」
五秒鐘後，他身體在椅子上扭動，想要掙脫。
我問：「如何？」
「——我很想把眼前的東西都砸爛，包括你。」
「感覺還在增強嗎？」
「我不確定，我從沒有過這種感受——如此氣憤又不甘心，」他前後擺動，椅子搖晃，「離我遠一點，我想咬你——」
「R，已經一分鐘了，我們是不是該停止。」艾絲特淚眼汪汪。
「不——我還行，你們把我綁得很牢固，繩子沒鬆掉，這跟酷刑容器相比不算什麼。」
啪——椅子應聲倒地，他猶如中了陷阱的野生動物，不斷掙扎。
「R——」她再次呼喊。
「再等一下——」我內心也是天人交戰。
狄馬這時大喘一口氣。
「——按暫停。」老師說。
我攔著艾絲特，「現在貿然接近很危險。」
「兄弟，幫我鬆綁吧。」他額頭冒出大大小小的汗珠。
「情緒還有殘留嗎？」我接近。
「暴風雨已經走遠。對了，我想跟你借錢。」

我將繩子鬆開，「為什麼？」

「我要把所有的錢都壓在布雷特身上。」他露出狡詐笑容。

「──你這笨蛋，剛真的快嚇死我了。」艾絲特也過來幫忙。

「我現在還是想咬妳。」

「時間多久？」老師問。

我看向計時器，「九十秒。」

「所以如果要撐完一回合，就要兩片囉。」狄馬拉開衣領散熱。

「有什麼地方感到不適嗎？」艾絲特問。

「有點恍惚。」

「這是正常現象，畢竟你才剛經歷強烈的情感。」我說。

老師說：「R，這次由我來嘗試憤怒水，你加入等量的革命，我深入這情感看看。」

我的心揪著，老師不行，老師有護心者的能力，雖然我與老師沒有交流過，記得帝芬達說過是金絲雀，金絲雀也是老師在沉默動物的代號。

「你在想什麼？」老師見我躊躇不前。

「沒事。」

「我們快把老師給綁得緊緊的。」狄馬嘴角淺淺上揚。

老師冷眼看狄馬。

「以防萬一……」他補充。

老師被綑綁在躺椅上，他配戴的是水晶手鍊，他平時很少戴上，革命聚集在我的十字架水晶項鍊底部，注入到憤怒水中，老師喝下後，他重重的吐一口氣，表情如湖水般寧靜，他盯著鞋尖──他察覺了嗎？

「老師？」艾絲特輕喊。

「我很清醒。」

狄馬蹲到躺椅前，問「你沒感覺到躁動不安嗎？」

「離遠一點——」我說。

老師脖子與耳朵紅通通的，眼神銳利如刀，神情冷峻，艾絲特把狄馬抓回去。

「這感覺很強烈、冰冷，的確充滿不甘心與怨氣，我現在或許可以把一個毫不相干的人生吞活剝。」老師說出恐怖的話，但沒提及白鯨，他依然冷靜，沒像狄馬躁動。「時間過了多久？」

我看向計時器，有點訝異。「已經超過兩分鐘，時間延長了。」

「效果已經開始消退，加入革命後，即便是身處憤怒的漩渦中，依舊能保持自我。」

「你看到什麼？你的護心者有出現嗎？」我刻意問，觀察老師臉上最細微的變化。

不過老師連眨眼的頻率都沒改變，「我身處在青色的龍捲風裡，剛剛的情緒算穩定，只有在不安或疑惑時，我才會讓護心者出現。再嘗試一次，革命的量與剛剛相同，但用兩片花瓣。」

青色的龍捲風？加入革命後，景色也改變了？革命把白鯨那部分遮蔽了？我決定先把心中疑問放到一旁，之後，我們依不同的使用量，試了幾種排列組合，並沒有發現特別變化，革命越多不代表越穩定，或時間延長。

八點一到，布雷特與莎拉準時到來。

「晚安。」布雷特說。他摘下米色露營帽，莎拉黏在他腳邊，骨碌碌的眼睛巡視店裡，最後停在我身上。

「抱歉讓你多跑一趟，但我們店裡的包廂比較適合嘗試。」我說。

「你們顧慮是對的。」他將莎拉留在原地，走進包廂，神情凝重。

經過剛剛的嘗試，我打算提供一比一的憤怒與革命，我們並沒有綑綁他，但老師在一旁備好鎮靜煙。當他一口飲下後，兩手便握拳。

「一邊告訴我感受。」

「這是很出色的憤怒，我覺得有一股力量源源不絕，呼吸不凌亂，感官變得敏銳。我準備的憤怒，遠遠比不上這個。」布雷特朝沒人的地方揮拳，發出陣陣咻咻聲，直到確定效果消退，我們才離開包廂。

莎拉剛溜進吧檯，她眼睛盯著咖啡器具。她說：「R，下次帶這些到我們家玩。」

「艾絲特，廚房有製作摩卡咖啡用剩的巧克力，可以幫我拿給莎拉嗎？」

她對莎拉伸出手，「我們走吧。」

「所以比賽時，要使用這種憤怒嗎？」我問。

「你找到的憤怒很特別，強烈又相當深沉。你從哪找到的？」

「這是機密。」我淺笑。

「爸爸，R是巫師。艾絲特說沒有什麼難得倒R的。」莎拉的嘴角沾著一些巧克力。

「其實我是拜託了魔女。」我用手抹去殘餘的巧克力。「既然這憤怒沒問題，明天我們再測試一次。」

「——不可以，如果習慣那種憤怒，在場上的效果就會減弱。」

「所以，我們之後都不用嘗試嗎？」我問。

「我相信你，下次測試就在比賽前一天就好。」

「布雷特先生，這樣會不會太冒險？」老師問。

布雷特苦笑，「已經冒險了，我將所有財產抵押，我們父女倆的未來都賭在這兩場比賽。」

我手心冒汗，我竟攬下這重責大任。之後幾天，我持續改良憤怒水，直到找出最佳的比例。然後在比賽前一日，我特地休假，帶去給布雷特嘗試。

「這杯憤怒水，是我認為的最佳比例。」

布雷特面色凝重地拿著，「莎拉，妳先出去玩吧。」

「喔——但R等下要陪我玩。」

莎拉走後，布雷特喝下憤怒水，他倒放沙漏，走到沙包旁，步伐輕快，拳頭好比銳利刺劍，擊中後的聲音沉厚，猶如藏在烏雲裡的雷獸。周遭空氣在顫抖，他的汗水持續沸騰，背部緊黏汗衫，背肌輪廓如綿延的山脈，揮出重拳時，下盤穩如泰山。他停止動作，沙漏剛好傾瀉完。

「你覺得如何？」

「太棒了！這種不滿足感，一點也沒有被消耗的感覺，而且，這當中還有股寧靜、安定的力量，讓我在狂亂邊緣，依然可以保持理性。不過，我同情擁有這種感情的人。」

我點頭，不答話。

「能幫我準備十二分鐘的量嗎？」

「這樣扣除休息時間，你只有三回合的時間，這樣夠嗎？」

「我跟下一場的比賽對手，不會是持久戰。」

「我知道了。」

「R，你好了沒？快來陪我玩。」莎拉從樓梯喊。

「莎拉，R也要休息。」

「玩就是在休息。」

「沒有關係，我可以陪莎拉玩。」

「那你快點上來。」莎拉燦笑，然後跑上樓。

「抱歉，給你添多餘的麻煩。」

「不，我覺得很有趣。」

我到客廳，莎拉在矮桌上擺出杯子、小狗茶罐、橢圓形奶油盤，以及所有可充當器皿的東西。我很享受與她的玩樂時光，我猜可能是因為缺乏過去記憶，所以才自然想填補。我問：「今天要玩什麼？」

「玩咖啡店的遊戲。」

「好。」我自然地走到像是吧檯前位置，這邊擺著各種花色的茶杯、茶壺。

「嘿──那是我位子，我才是老闆，而且你要出去敲門再進來。」

我苦笑，起身走出門外，並依莎拉要求敲門。我聽到她以飛快的腳步來應門。

「歡迎光臨莎拉咖啡屋。」

她幫我準備圓形絨毛軟墊，我盤腿而坐，看著桌上的手寫菜單。「請給我一杯拿鐵，就是咖啡加鮮奶。」

「我知道──請問你要加入什麼情感？」

這倒是新鮮，我沒去別間店體驗過容器。憶起我初來乍到時，老師也為我調過一杯快樂的柳橙汁。「請給我快樂。」

「好的，請稍等。」莎拉依樣畫葫蘆，手穿梭在杯子中，我瞄到罐頭裡裝有五顏六色的玻璃珠。

「客人，請問你想要怎樣的快樂？」

莎拉的話，使我愣住，現在的我想要什麼快樂？假如，能瓦解黑色傑森，我會感到快樂嗎？雖然這是我的決定，但成真後，我真的笑得出來嗎？在累積生活經驗後，原本可以使我開心的事，現在卻習以為常。這樣算成長嗎？

「給他一杯單純的快樂咖啡，像吃蛋糕那樣。」布雷特說。

「那是很多快樂。」莎拉將玻璃珠放滿茶杯。

「你想太多了，你該去跑步。」布雷特說。

「不建議我買一個裝煩惱的情緒垃圾桶嗎？」我笑問。

「那是我這輩子聽過最沒用的東西，問題依然存在。你雖然會繼承我的拳擊，但我希望你不會用它去解決問題。」

他察覺了什麼嗎？「我答應你，不用拳擊傷害別人。」我說了謊，布滿荊棘的拳套，怎麼可能不沾血。

「呵呵，就算你繼承我的技能，如果還是揮出藍色拳的話——你會輸。」

「R，看來你真的要多訓練跑步了。」莎拉說。

「為什麼？」

「打不贏，就要跑啊——」

我試圖地憋笑，但最後還是克制不住大笑起來，被莎拉的童言童語逗得一發不可收拾，腹部笑到抽痛，眼角擠出淚水。幸好自身情感的使用，必須年滿十八歲，這樣就不會有人奪走孩童的單純。不過，即使沒人奪走，也會被我們捨棄或遺忘，或許這是成長的代價。長大後還保有童真的人寥寥無幾，所以童真在容器市場上，不管何時都是缺貨中。

我手搓著臉。「謝謝妳，讓我體驗到最單純的快樂。」

隔天，我們三人到競技場，距離布雷特的比賽還有一小時。今日人潮似乎比上次還要多出許多。

攤販已經開始營業，除了會發光的球類與運動用品外，今天還看到運動體驗容器，有登山的巔峰容器，裡面有翠綠盎然的翡翠光輝，醞釀容器可以讓人體會到馬拉松選手跑步時的堅持，以及感受漸漸僵硬的腿部肌肉，一旁簡介建議——躺著使用。另一種跑步容器——急速容器，使用者能夠領略百米選手在衝刺時，所產生的爆發力與速度帶來的景色變化，感受人類潛能被激發的當下。

攤販上方升起一面透光白旗，上面寫著七十一比零。咻——碰！從競技場的方向射出一道道煙火，此時，有支隊伍行經我們身旁，成員雙頰塗上容器顏料，左邊臉頰畫著藍紫光的惡魔翅膀，右臉頰是珍珠光澤的天使翅膀，他們手持漆黑旗子，上面有白光與紅光拳套交叉。

「他們是什麼團體？」我問。

狄馬說：「那些是不敗王者，天堂與地獄的支持者，他已經連勝七十一場，他是有史以來最偉大的拳擊手，甚至有人說他是心靈革命後的英雄，是完美的拳擊手，他曾經一個月比賽三場，全都毫髮無傷。」

有這麼厲害的人？但我真正好奇的是另個名詞。「什麼是心靈革命？」

「指容器問世後的世界，繼農業革命、工業革命、科學革命，現在則是心靈革命的時代。」艾絲特轉為細聲：「與你體內的那種無關……」

我們跟著那些狂熱的加油者，一同進入競技場，布雷特給我通行證，讓我們得以容器助手的身分進入選手休息室。布雷特已經在休息室等候，裡頭有兩張長桌以及兩排置物櫃，日光燈跟外頭的容器飾品相比，總是顯得有些黯淡，莎拉無精打采地坐在一旁的鮮黃軟墊椅上。

「狀況還好嗎？」狄馬問。

「你說呢？」布雷特看向我。

「我不是醫生，不清楚你身體狀況，但心靈上你不會輸。」

他們露出滿意的笑容。然而一旁的莎拉卻潸然淚下，發出啜泣聲，眼淚直接從兩座淺棕色的湖泊中滴下，她不斷摳著褪色的桃紅裙。

「怎麼了？」艾絲特輕柔的問，但莎拉只是不停地搖頭。

「沒事的，我比賽前她都會這樣。妳可以代替我陪伴她一下嗎？」

「當然。妳想跟我去外面走走嗎？外面很熱鬧喔。」艾絲特說。

莎拉沒答腔，她伸出一隻小小的手，艾絲特帶她出去。布雷特興嘆，「自從有次看到我滿臉鮮血被抬下擂臺後，競技場就成了她心中陰影。」

「如果她長大後還是揮之不去，我可以介紹不錯的心魔摘除者給你。現在我要調配憤怒水。」我偷偷朝狄馬眨眼。

我與狄馬在這換上容器助手的衣服，我們已經套好招，在我調配的這段時間內，他負責吸引布雷特注意，不要讓他看到青色革命。

「你以前在開賽前都會準備什麼？你有信仰嗎？你是怎樣培養情緒的？」狄馬連環式的問法，充分展現他的粉絲特質。

「我該做的訓練都做了，我並沒有信仰，以前我會聘請賽前調整員，他會極盡可能的羞辱我，甚至打我巴掌、吐痰，那人的羞辱技巧很厲害，他還會牽扯到我的母親、妻子。我曾經在比賽開打前，就想先打趴他。」

「哦——我想，我們應該用不著這樣。」狄馬面有難色的說。

我已經調配好，「我準備的憤怒，不是那麼膚淺的情感。」

門上的綠光轉為紅光，並傳來廣播：「請選手立即到預備位置，再重複一次，請選手立即到預備位置。」

「我們走吧。」布雷特說。

走廊燈光昏暗，只有天花板與地板的接隙中，透出蛋白光，紅光箭頭在牆面上行走，告訴我們該往哪去。布雷特走在前面，他背部厚實，肩膀寬厚，呈現倒三角，腿部肌肉猶似小山丘鼓起，等注入憤怒後，這些肌肉便會像火山爆發。

我們在一扇鐵網門後，等待指示，步入擂臺場時，刺眼的白光以及鎂光燈此起彼落，使我一度睜不開眼，布雷特高舉雙手入場，觀眾們激動的喧嚣聲足以將耳膜震破，主持人不斷拉大嗓門，才有辦法讓人聽見選手介紹。布雷特擁有明星般的光環，抬頭挺胸，充滿自信地接受觀眾們的瘋狂喝采。

「紅色角落進場的——是現存不多的憤怒拳擊手，昔日冠軍，近期已經連續六場勝利，與他對決有如挑戰一場風暴，他就是——泰坦神斧，布雷特，招牌絕招是左右勾拳。」

觀眾席上歡聲如雷，擂臺的柱子噴出火花與紅色亮粉，那似乎有助於讓人精神更亢奮，緊接著換對手出場。

「而他的對手，出現在藍色角落的是令對手聞風喪膽，有如鬼魅般存在的男人，他曾不聽裁判勸阻，依然對倒地選手的面容猛攻，使得對手面目全非，從此他得到一個響噹噹的稱號，棲息在藍色角落的惡魔——變臉師！他今晚能證明自己是比較優秀的一代嗎？」

狄馬在我耳邊說：「他近期戰績是五連勝，而且風評很差，是會故意犯規的那種人，他向大會登錄的慾望是——明知故犯，他是會從犯罪中得到快感的人。」

「別擔心，雖然在賠率上，觀眾比較不看好我們，但投機的技巧無法干擾布雷特。」我倒出憤怒水，交給一旁工作人員。

布雷特與變臉師站上黑色的正方擂臺，他們的腳步在黑色擂臺上形成漣漪，裁判站中間，仔細檢查他們拳套，與我們將要使用的情感，是否符合登記。

「擂臺怎麼跟上次看到的白色不一樣？」舊電影裡全是白色。

「喔，上次那場比賽是傳統的，這種是為了增加聲光效果，連聲音都能加大，老練的拳擊手能從聲音、漣漪大小判斷對手是否佯攻。」

裁判檢查完後，布雷特回到角落，但他表情像是一顆雞蛋卡在喉嚨。

狄馬問：「怎麼了？」

「他問我女兒在哪？還問她鼻子是否像我？他等下會打斷我的鼻樑，如果我沒看管好女兒，他也會打斷她的，讓我們繼續像對父女。」

「他這是在挑釁你，別上當。」狄馬說。

「我們所登錄的情感是毀滅憤怒，等下鼻樑斷的是他。」我說。

布雷特點頭，鐘響是採倒數計時，布雷特喝下憤怒水後，蓄勢待發。

戰鬥鐘響起，比賽即刻展開，雙方便從角落快速衝到擂臺中央，他們沒有互相對峙，雙方揮出的刺拳不像是刺探，而是準備隨時要一決勝負，一切節奏之快，黑臺上的地板恰似場煙火秀，布雷特的黑色拳套，只要連續打擊，前端就會逐漸變紅，最後如同燒紅的煤炭，每次撞擊便迸出零星的火紅光。變臉師的湖水藍拳套，時時刻刻都有水的波光，表面光滑的像面鏡子。

在這樣的激烈比賽中，即便是變臉師想犯規，恐怕也沒機會，一旦分心，布雷特將會緊咬進攻機會。在第一回合的後半段，變臉師轉攻為守，雙方在都沒進展的情形下結束這一回合，我們積分略占上風。

「狀況還好嗎？」我在休息的時候問。

「非常好，就像上油的齒輪一樣順暢。」

狄馬說：「對方在保留實力，他想讓憤怒迅速消耗你的體力。」

「我清楚，這是對付憤怒拳擊手的標準流程，但這憤怒不一樣，它讓我更敏銳、更深入，現在我冷靜的唯一理由，是我正在盤算如何對他造成更大傷害。」

休息時間結束，擂臺上再次響起深沉的鼓聲，布雷特是鼓手，規律的節奏，打在變臉師身上，每一拳都相當紮實，變臉師靠在角落的柱子動彈不得，然後，變臉師抓準揮拳空隙，擒抱住布雷特，裁判上前分開時，變臉師趁機用頭槌攻擊，這一撞，布雷特的鼻子立刻血流如注，他單膝下跪，觀眾發出噓聲，裁判上前對變臉師判了一個警告。

「下一個就是你女兒。」變臉師狂笑，他也跟安德莉亞一樣，沾染狂氣。

布雷特不等裁判評估傷勢，他擺出備戰姿勢。觀眾們要求比賽繼續開始。

比賽再度開始，變臉師頭部一開始就遭受一記猛烈的右直拳，他的頭向後仰，彷彿要被連根拔起，布雷特再對腹部使用左、右勾拳，等變臉師彎腰時便用上勾拳攻擊下巴，接著是對頭部的左、右勾拳猛攻，血滴在擂臺上，觀眾看得熱血沸騰，直到變臉師癱軟倒下。布雷特依舊打著角落柱子，柱子撼動擂臺，拳套火光四散，從我們這個距離才能看到細微的青光夾藏在其中，狄馬也注意到了。

他細聲說：「那像來自幽冥的鬼火。」

漣漪從柱子底下一圈圈擴散，直到第二回合結束，布雷特才停止攻擊，他仰天咆嘯。

觀眾高喊：「泰坦、泰坦、泰坦——」

他高舉雙臂，回應觀眾的歡聲雷動。場上的漣漪逐漸散去，奄奄一息的變臉師臉部浮腫，被助手拖下台，我頓時想不起比賽前的他長什麼模樣？

「剛剛在比賽前，你的眼神露出凶光。」狄馬說。

「聽到那話，我想任誰都會生氣。」

「沒錯，但我沒看過你的那一面。」

「革命失控不算嗎？」

「嚴格說起來，那不是你的想法。」

布雷特從擂臺上走下來，我立即遞上舒緩的冷靜水，他喝下後，醫護人員馬上為他檢查傷勢。

「恭喜你打贏。」我說。

布雷特燦笑，「R——謝謝你，因為你，我才能贏得這場比賽。」

布雷特輕拍我肩膀，這時，我隱約看到他上唇附近飄散出細微的青色光芒，他的血止住了！同時，我能感覺到，他喝下的革命，還未消失……

12 不敗王者

我們回到休息室時，艾絲特與莎拉已經在裡頭等著，莎拉手上多了花朵棉花糖。她上前環抱布雷特，並仔細查看他的臉。

「有流血嗎？」莎拉伸長手，想觸碰布雷特鼻子。

「只流一點，我沒事，比賽很順利，我一下就解決對手了。」布雷特環抱莎拉。

廣播這時傳來：「頂級拳賽，半小時後，將在A場地舉行。」

「是天堂與地獄。」狄馬說。

「你們有通行證，可以站在牆邊觀看。」布雷特說。

他是下一場比賽的勁敵，也是人們歌頌的完美拳擊手。「我想去觀看。」

「布雷特，你要去看比賽嗎？」狄馬問。

「你們去就好。」他露出上場時的神情，我想他一定做過無數次的假想練習。

「我會照料這裡。」艾絲特說。

「約在售票處吧，我們看完比賽就過去。」狄馬說。

我與狄馬去A場地，蒐集下一場比賽對手的資料，這裡已經人聲鼎沸。等待時，他問：「你怎麼看剛那場比賽？」

「有件事讓我有點在意。布雷特的鼻血很快止住，我覺得是革命的關係。」

「一般人流血都會想趕快止住，因此革命可能回應他的需求。」

「我也是這麼想。」如果我繼續成長，革命也會跟著變化嗎？這樣革命就變得更難捉摸。剛從入口處拿一份簡介，頂級拳賽是天堂與地獄對上來自群星塔的索命人。

簡介上說天堂與地獄的名號，是因為他早期的對手，曾在比賽後說過，當腹部吃上他的左拳時，腹部絞痛如身處地獄，而當他右拳擊中下巴後，那一拳使人忘記痛苦，也忘記比賽，當有意識時，已經被抬出場外。

索命人的勝績也高得嚇人，二十七戰二十五勝，一敗一平手。簡介上說他的拳頭會追到天涯海角，只要還站在擂臺上，就得小心索命亡靈的追擊。

隨著比賽時間接近，觀眾席逐漸填滿，這個場地是剛才的數倍大，開場前十五分鐘已經座無虛席。時間一到，場上先是噴出乾冰白煙，磅礴音樂隨之響起。

主持人頂著火鳳凰髮型，站上舞台中間，他手持麥克風，介紹紅色角落的索命人，他身上與手腕都纏繞鐵鍊，他不只剃成光頭，連眉毛也都剃除。緊接著，出場的是藍色角落的天堂與地獄，群眾歡聲雷動，他身上布滿像是經文的藍光刺青，背後刺上爬滿荊棘的十字架，從他的眉宇之間散發剛毅。

「他們都是真材實料。」狄馬對這場賽事的評價頗高。「他們這次登記的慾望是什麼？」

「天堂與地獄是存活，是非常低階的慾望。」

「他的情感應該被施加壓力。」

我們店裡從不購買施加壓力的情感，那是刻意形成的情感，老師說那類情感會壞了咖啡風味，而加壓後的情感有個特性，只要搖晃容器瓶，瓶裡就會附著一層黏稠物，要等一段時間才會消失。

「那可以用在比賽上嗎？」

他說：「那就像Espresso，不違法，而且效果卓越。這也是慾望拳擊手會取代憤怒拳擊手的原因之一，慾望很容易被加壓，渴望金錢的人，只要讓他變窮，或者是丟出大筆獎金，都是既快速又有效的加壓方式。反觀憤怒，本來就是處於高壓下的情緒，所以即使加壓，效果也不明顯。」

「存活要怎麼加壓？難道說輸了就會喪命嗎？」

「這是商業機密，不一定只對本人加壓，也可以對旁人，例如：只要輸了，女兒就會少一根手指，或是父母會淹死在家中浴缸。」

「警察難道會放任這些事嗎？」

「你看簡介的下方，有登記選手來自哪個平臺或城市，而天堂與地獄是來自第零平臺，意思是他沒有登記的城市，是從像灰燼區那種地方來的人，那邊即使發生不幸的事，或少幾個人，警察根本不在乎，除非牽扯到高區的人，不過以他現今地位，不會發生那種事。索命人的慾望是什麼？」

「提升境界。」我說。

「看來是異常者。」

我用手肘頂向狄馬，他看著皺眉的我才意會過來。

「簡單說，就是培養精神異常的人，例如：自閉症的人可能有極高的注意力，強迫症可能會讓人把一件事做到完美無缺，利用偏執狂的焦慮，藉此激發出更大潛能。所以——提升境界這點，可能對索命人來說非常重要。」

「我懂了。」不曉得索命人的情感是何種模樣？提升境界又代表什麼？

比賽鐘響後，雙方都到擂臺中間，以刺拳試探，比賽節奏雖快，但雙方都沉穩應對，與布雷特截然不同，沒有爆發式攻擊，索命人的拳套是鐵灰光，他在空中揮拳時，會隱約殘有一道弧線，就像條鐵鍊。天堂與地獄的身手俐落，靠著擺動身體，利用輕快的步伐閃躲攻擊，他左手拳套是火紅的地獄烈火，右手則閃著神聖的純白光輝。

在第一回合剩一分鐘時，天堂與地獄忽然切入索命人懷中，巧妙利用左肩抵擋住直拳，並順勢揮出閃光般的上勾拳，擊中索命人的橫膈膜，索命人肺部的氧氣被強制排出，他痛苦地往後踉蹌，並轉攻為守，但地獄烈火已經熊熊燃起，天堂也毫不留情，場上交織著紅、白光，鐵鍊無法再施展，第一回合在觀眾的亢奮中結束。剛剛狄馬也忍不住跟著一起揮拳擺動。

「你賭了天堂與地獄獲勝嗎？」我問。

「當然──上一場我也有下注布雷特贏。」

雙方各自回到角落，天堂與地獄站著休息，一副游刃有餘的模樣。索命人則坐在板凳，第二回合同樣是天堂與地獄占上風。第二回合結束，休息時，索命人的容器助手拿出一顆金色鈴鐺，吊在他的眼前，索命人的眼神變得飢渴，宛若無色人的眼神。

「是催眠戰法，對方要拿出真本事了。」

「那有用嗎？」

「別小看催眠，那可能引出連自己都不知道的力量，容器只能反應現有的，而催眠則能激發出無限潛能，特別是異常者，那顆鈴鐺對索命人一定有特殊的意義或制約。」

狄馬說的沒錯，索命人眼角抽搐，他用拳套將鈴鐺捧在懷中，一副哀戚的模樣，這是我目前為止看過他最豐富的表情。

叮、叮──第三回合開始。

他們倆人展開攻防戰，雙方擊中彼此的次數變多，索命人承受刺拳同時，會立刻回敬一拳，臂長較長的他占優勢，而且他出拳速度變快，鎖鏈再度出現。不過，地獄猛獸沒因此受困，他再度衝到索命人面前，想如法炮製，而索命人往後一跳，隨即又往前蹬，天堂與地獄被突如其來的舉動嚇一跳，連忙中揮出閃光一擊，這次是索命人奪得先機，不論是時間、位置都恰到好處，雙方的手臂交叉而過，但被擊中的是天堂與地獄。

索命人的拳頭一開始筆直向前，擊中對方頭部後，拳頭角度向下，硬是把對手打倒在地，天堂與地獄的身體彷彿在擂臺上彈跳一下，整個擂臺散發出巨大的蜘蛛網光絲，天使被鎖鏈拉扯到凡間。

裁判開始倒數，觀眾也一起數著，數到二時，天堂與地獄已經翻身，第四聲——他半蹲，雙拳抵著地面，他虎視眈眈地對著索命人，第八聲時——他起身，擺出戰鬥姿勢，十字架仍矗立在場上，這一回合結束。

「真是激烈——」我剛不自覺屏息。

「我全身都起雞皮疙瘩了。」狄馬興奮地發抖。

短暫休息後，下一回合開始，索命人採取猛攻，天堂與地獄被釘在角落，偶爾揮出幾拳反抗，難道不敗要被終止了？但場上瞬息萬變，天堂與地獄瞬間繞到索命人後方，情勢霎時顛倒。

「高招！」

天堂與地獄左右開弓，左、右直拳連打，沒有空隙。換索命人被逼往角落。

「剛發生什麼事？」我問。

「天堂與地獄被困在角落時，他刻意只在索命人面前揮出紅光拳，製造出視覺疲勞，之後再改出白光拳，趁那瞬間繞行到後方。而且左右直拳連打是天堂與地獄的絕招，平凡無奇卻強大，一旦開始，在鐘響前是不會結束的。」

狄馬向我解釋的同時，這一回合還剩一分鐘，天堂與地獄的連擊，規律的猶似某種物理定律，如果不是記分板的時間在倒數，我會誤以為在看重複畫面，索命人後方的柱子如同某種樂器，衝擊力傳到柱子後，被擴音、放大，鼓聲越澎湃，觀眾也越激昂。如果是布雷特，他會怎麼脫困？他最後會進入天堂山，還是地獄谷？

在連續打擊後，地獄之矛冷不防地貫穿索命人腹部，索命人表情猙獰，他防禦鬆懈，天堂之拳見縫插針，塞進側腹中，現在的他像陷入泥沼，最後，是一記天堂的右勾拳擊中顴骨，結束了比賽，裁判連倒數也沒有，直接宣布獲勝。

場下慷慨激昂，我的心情卻很沉重，那十字架所背負的東西，或許比我想像得還要沉重。

我與狄馬來到競技場大廳，他要我先去售票處，他喜孜孜地去兌換獎金。

「狄馬等下就過來，他又押對寶了。」我說。

「比賽精采嗎？」她問。

「很精采，雙方都很有實力。布雷特的下一場比賽，將會是一場硬戰。」

「你別皺眉頭，布雷特可是有你幫忙。莎拉說等下要舉辦慶祝打贏的派對，我想她是指慶功宴，他們父女已經去買蛋糕，布雷特也邀請我們。」

「我們要注意時間，別耽擱晚上的訓練。」

在等待時，艾絲特問：「R，你喜歡小孩子嗎？」

「算喜歡吧，為什麼突然這麼問？」

「因為莎拉說你是她最好的朋友，你都會陪她玩各種遊戲。」

「那些對我來說也是新鮮體驗。」我淺笑，想起莎拉的童真。

「你將來……有考慮……結婚嗎？」她吞吞吐吐地問。

「我——沒想過這個問題……但我沒辦法訂下愛情的水晶契約，大概很少有人能接受這點吧？」

「——一定有的，一定有人可以接受。」她耳朵發紅。

狄馬小跑步過來，「大家都押天堂與地獄，那賠率是我看過最低的。還是布雷特讓我賺比較多。」

「我們要去參加布雷特的慶功宴。」我說。

在我轉頭之際，瞥見艾絲特從包包中拿出袖珍瓶容器，從裡面倒出白色小光球，她迅速含進嘴中，但她表情古怪，五官皺在一起，那種東西不像能保持好心情。之後她挽著狄馬手臂，「你要負責帶路，只有你去過莎拉家。」

我們搭乘天際線，天色已經轉暗，我抬頭仰望透明天花板，腳下的星光，已經讓我快忘記天上的星斗。在找不到半顆星星後，我低頭，一名女子手上拎著菊花般的橘光手提包，那應該是用笑容製成的，她身型高窕，臉頰有些凹陷，看起來冷豔，難以親近，所以配上笑容可掬的橘光包，才不會讓人退避三舍。

另一名女孩就不太懂得搭配。她看起來只是個青少女，竟用沉穩製成的孔雀綠光披肩，雖然她可能想讓自己看起來成熟點，但容器飾品搭配的不好，反而自曝其短。

今夜的搭配滿分，是一名老紳士，他的油頭與鬍子有些斑駁，不過他的右半邊頭部，塗抹銀白光髮蠟，如果用梳子梳理，就顯得呆板，但那位紳士，應該只用五指撥弄，猶似一群白狼，在芒草的草原上奔跑，或許哪天，這種髮型也會在高區流行。

「差不多要下線了。」我說。

「R，布雷特在下面向我們揮手！」狄馬說。

布雷特的鼻子瘀青腫起，手上多了一個金緞帶的粉紅禮盒。我這時才有獲勝的感覺，第一場比賽已經順利結束，雖然有些意外插曲。革命也還有許多未知數，但要打贏不敗王者，我覺得關鍵在此。

下線後，莎拉跑過來問艾絲特：「妳猜我們買了什麼蛋糕？」

「戚風蛋糕嗎？」

「不是。」

「起司蛋糕？」

「不是。」她們很自然地牽起手。

「巧克力蛋糕？」

「我也想吃那個，但我們錢不夠。答案是——沒有任何情感的椰子蛋糕。」

「那我改天為妳烤一個巧克力蛋糕。」我說。

「你會烤蛋糕！」莎拉驚訝。

「莎拉，別麻煩R，他沒有義務幫妳烤蛋糕。」

莎拉看著地上，失望之餘也沒多說什麼。

「沒關係，是我想做的。」

莎拉的水汪汪大眼，痴痴地望著布雷特。

「那……我付你材料費……」

「不用啦，材料費剛已經賺到了，」狄馬左手勾著我的脖子，右手掏出剛賭贏的鈔票。「再說，我們也都沒吃過R烤的巧克力蛋糕。」

我們一行人抵達布雷特家。進門後，莎拉興奮的擺出盤子與刀叉，布雷特打開禮盒，蛋糕上覆蓋白色糖霜，以及椰子薄片。莎拉在旁指揮，艾絲特將蛋糕切片裝盤。

「R，我真的很感謝你，剛是我成為憤怒拳擊手後，最佳的一次狀態，下次比賽也拜託你。」

「好的。」我擠出笑容，他可是出了個難題給我，由於那種憤怒已經用光，而且……我覺得普通憤怒不足以撼動天堂或挑戰地獄。

「交給R沒問題的啦。」狄馬用叉子切開蛋糕，塞進嘴裡。「你覺得今天的變臉師算厲害嗎？」

「他是個狠角色，即使不靠骯髒技巧，也是一個出色的拳擊手。如果只靠我去應戰，可能會陷入膠著。」

「拳擊比賽不是還有判定勝利嗎？」艾絲特問。

狄馬說：「現在的比賽很少會用判定，因為情緒高漲的關係，通常會有一方被擊倒。」

我問：「下一場比賽是什麼時候？」

「一個月後。」

吃完蛋糕後，狄馬與艾絲特陪莎拉玩扮家家酒。我趁布雷特一個人時找他談話。

「在比賽的最後，你有感覺到什麼嗎？」我問。

「我感覺勝利就在眼前，怎麼了嗎？」

「沒事，只是想確認調配出來的品質。」

「你是個出色的調配師。還有……雖然我不想麻煩你，但老實說，如果你肯為莎拉烤蛋糕，我想她會很開心的，當然我也很想吃。」他彆扭地說，下擂臺後就變回怕給人添麻煩的布雷特。

「這只是小意思，但我烘焙技能是自學的，味道可不保證。」

「你是有才能的人，味道一定不差。」

「R，我們缺客人。」莎拉跑來抱住我的大腿。

我問：「今天是什麼店？」

「當然是蛋糕店。」

我與布雷特被欽點去當客人，艾絲特一樣當招待人員，她穿起廚房的舊圍裙。狄馬拿擀麵棍，假裝在製麵團。

艾絲特問：「請問要什麼呢？」

「請給我一份椰子蛋糕。」

「爸爸——這裡是我開的店，你可以盡情點你想吃的。」莎拉訓斥。

我們其餘三人會心一笑。

「那我要惡魔蛋糕。」布雷特說。

我知道那會用上大量巧克力，我還沒嘗試做過。

「好的，沒問題，有指定情感嗎？」莎拉問。

「請給我一些童趣。」

莎拉說：「選得好，小時候吃的甜，特別甜。」

「哈哈——」狄馬捧腹大笑，「我們店裡有缺人手嗎？法蘭克一定會聘請她。」

「客人，你想要什麼？」莎拉換問我。

我說：「綜合水果蛋糕，也請給我一份童趣，謝謝。」

我曾經嘗試過店裡的童趣，雖然我無從比較，但那種感覺真的很熟悉，對事物重新燃起新鮮感。

晚間六點，道別後，我們搭乘天際線到北區，下線後改用行走。

「我們以後要生幾個小孩？小艾。」狄馬冷不防地問。

「你胡說什麼——」她捏狄馬手臂。

「我沒胡說啊，生個像莎拉一樣，機靈又可愛的小孩。R，你也喜歡小孩吧？」

「嗯——算喜歡吧。」他們可真有默契。

「我就知道，而且你滿有孩子緣的耶。」狄馬說：「你觀察小孩子的心思，這點可能連法蘭克都不如你。」

「有這樣嗎？」我一邊回想，老師的確常把帶小孩的客人推給我，但那些小客人們其實很容易滿足，有時只要加糖就好。

她說：「我曾在中督電腦的免費政府文章裡看過，『父親的角色』對於兒童在性別角色、道德、智力與成就、以及社會能力與心理的重要性，都——」

「——停，」狄馬果斷地說。「等下還要訓練，別害我現在頭暈。」

我們走到雛鳥五穀雜糧店前，用特定節拍敲門。紅髮彼得前來應門，他今日的龐克風與雜糧店格格不入，他來回查看。「今天有淺烘焙、重烘焙，最慘的就是你？你的果肉都還沒去掉。」

他是在說我們三人的髮色，艾絲特是淡金髮，而我則是黑髮，狄馬是紅髮。

狄馬說：「快讓我們進去，你這個雞冠頭。」

彼得張開手臂，擺出鬥雞眼，故意問：「你說誰雞冠頭？」

「你們兩個不要那麼喜歡拌嘴。」艾絲特說。

「達克多他們會晚點到，先預告你們，今晚可是有很可怕的遠足喔。」

「要外出訓練嗎？」艾絲特問。

「是啊，所有人一起。」他陰險的笑。

「啊——」從店內深處傳來尖叫聲，應該是從地下室。

彼得臉色大變，「該死！快進來。」

他鎖上門後，便飛似的跑往地下室，我們跟在後頭。到地下室後，看到穿著厚外套的潔妲躺在地上，學員們紛紛圍繞著她。

「——她怎麼了？」彼得問。

大家面面相覷，下一秒，彼得跑去一旁的桌子旁，打開不鏽鋼的手提箱，盯著內容物瞧，隨後他大發雷霆，怒視學員。

「有兩瓶數量減少了。是誰——」彼得怒吼，我沒看過他如此失態，他平時都吊兒啷噹，如果能讓他驚慌失措，代表情況一定很嚴重。

「是他拿走的。」綠睫毛的艾莉指向皮森。

皮森不打自招，汗已經從額頭流到脖子。

「——你為什麼這麼做？」彼得衝過來，掐住他的脖子，皮森的腳離地，我不曉得他力量這麼大。

「——這些是六大惡夢，一不小心就會毀了那個人。」

「我、我……不知道，我只是……想惡作劇。」他臉色慘白，被丟往一旁。

「因為她讓你體驗動物的情感，你就懷恨在心。」彼得踹向皮森肚子。「但她經歷更殘酷的容器，她並沒有欠你。」

「我真的不曉得會這麼嚴重……」皮森的牙齒在打顫。

「不好了——潔妲的髮色變淺了。」梅兒說。她摘下潔妲的帽子與面具。

「她承受不住……」彼得喃喃自語，「要找誰幫忙？達克多嗎？時間夠嗎？」

「她的髮色為什麼會變淡？」我問。

彼得搖頭，「她的心正在死去。我要去找達克多，你們都留在這，誰敢再碰那些容器，我就宰了誰。」

彼得走後，只剩下我們十三個學員。隨著時間流逝，潔妲髮色變化加劇，從髮尾慢慢結成霜。彼得說——她的心正在死去，一個心死的人，會是什麼樣的情況？以高區的價值觀，一旦潔妲變成銀髮、銀眼珠的無色人，就不算是一個人。看著潔妲在我眼前慢慢變成一個無色人，異常的焦慮感驟然襲來。

「只要進入她的內心，說不定就有辦法幫她。」我說。

「不可以，容器之所以對你沒用，是你的護心者把種種的惡意抵擋在外，但你現在是進入逐漸崩毀的內心，如果失敗，你很可能會被困在其中。」艾絲特說。

——我環視現場學員，並緊握水晶項鍊，我無法忍受這種事。「我必須去，如果我選擇袖手旁觀，又有什麼資格擁有革命。」

13 六大惡夢

「我也可以幫忙，她是我的朋友。」梅兒說，她淚光閃閃，並緊握潔妲的手。
「你瘋了嗎？」艾絲特將我拉到一旁。
學員們也開始爭執。
「這都怪你，皮森。你怎麼會這麼幼稚——」溫翠妮大罵。
「對——都是我的錯，我想報復她，誰叫她之前那麼雞婆。但我沒想到那些容器裡面裝的是六大惡夢，反正達克多遲早會逼我們去面對。」
「別再吵了——事情已經發生，既然我們無能為力，就讓我睡個好覺。」阿涅修大吼後，躺在軟墊的角落。
之後大家都沒說話，只剩梅兒的啜泣聲。
我問：「你們知道何謂六大惡夢嗎？」
「我聽過——」狄馬說。
艾絲特立即用手遮住狄馬的嘴。「——不准說。那些……或許不要說出來比較好。」
「為什麼？」我問。
她解釋：「恐懼由心所生，其中有一種幻影惡夢，是你害怕什麼就會出現什麼。」
「又不是每個人都怕蛞蝓。」
艾絲特瞪向狄馬。

「我是假設啦……」

她嘆氣，「我們不清楚潔妲面對的是什麼，而且還是混和惡夢，因此貿然進去很危險，再加上她前陣子面對的削臉之刑，她的惡夢可能異常兇猛。」

「不、不——」梅兒抱起潔妲的上半身，摟著變成灰髮的她，她原先有一頭烏黑亮麗的秀髮，銀白色從髮尾向上延伸。

我握拳，我明白珍貴事物從懷裡消逝是什麼感覺。「我還是要去。」

「不行——我已經苦口婆心的——」

「——艾絲特，我們來這是為了改變未來，但要以犧牲別人為前提，我做不到。每個人都很重要，每個人我都不想放棄。」

「你想抗命嗎？」狄馬問。

「誰說我們一定要聽彼得的話。」安德莉亞坐在板凳上，修剪手指甲。「我倒是沒有進入別人內心的經驗。」

「我也想幫忙。」瑞克說。

阿涅修起身，再度大吼：「你們腦袋有什麼毛病？都急著去送死。」

「大個兒，我們未來要面對的就是這種危險，難道你想永遠待在這，或是你擔心讓我們瞧見你的軟弱。」安德莉亞挑眉，語帶挑釁，她走到潔妲旁。「不然你就在一旁看著，假如失敗，你負責把我頭顱敲碎。」

「激將法對我沒用。」阿涅修靜默幾秒。「但這件事妳說得對，我們不可能永遠在這，潔妲這個人太認真，賣她人情或許不錯。」

艾莉跑來我身旁，她拿來一條水晶做成的長鏈。「我想你會需要這個。這放在六大惡夢旁的箱子，有這個就可以讓大家一起進入潔妲的內心。」

彼得稍早前說過，今天所有人會一起去可怕的遠足，今日的課題是要大家一起克服六大惡夢嗎？

阿涅修也走到潔妲身旁。「快點，趁我還沒改變心意。」

當我走過去時，全部的人都往潔妲靠攏。「你們全都要去？」

「瑞克說過，你在容器世界中所向無敵。」墨菲亞說。

狄馬說：「R，千萬不要小看六大惡夢。」

「老實說，我沒經歷過六大惡夢，也沒有一次帶這麼多人進入內心世界的經驗，之後的事連我也不知道，我覺得你們留——」

「——少囉嗦，你真以為有資格指揮我們？看看潔妲吧，她撐不了多久。」安德莉亞說。

「我也要去——」艾莉說，她跑到安德莉亞旁躺下。

「就見招拆招吧。」唐說。

我無奈，「你們身上都有水晶嗎？」

「有——」大家異口同聲的說。

「已經無法回頭了吧？」狄馬挑眉問。

艾絲特鐵青著臉，顯然不認同我的行為。我們把潔妲移到軟墊右側，大家都躺下，排成一排。

艾莉說：「大家放心，我有留張字條，如果我們回不來的話，翁斯會打碎我們的頭顱。」

「妳有什麼毛病？有其他更好的死法吧——」皮森抱怨，沉默寡言的墨菲亞也點頭如搗蒜。

「是安德莉亞提的啊，不然你也提一個，讓翁斯做決定。」

安德莉亞挺起上半身，「那只是我隨口舉例。」

「那妳還要再舉例嗎？」艾莉問。

安德莉亞躺回去。「算了，反正回不來，一切都不重要。」

我將長鏈纏繞在潔妲的水晶手鐲上，這是我看過最精細的水晶，上面有複雜的雕花，還有酒紅色的珠子鑲在其中。之後，每個人都將水晶鏈子繞過手腕，手裡握著自己的水晶飾品。我離潔妲最近，艾絲特主動排第二，狄馬第三，其他人依序。

我閉眼，說：「放輕鬆，闔眼就好，等下你們聽到敲門聲才睜眼。」

我話說完，感覺腳底傳來一些壓力，敲門聲傳來，睜開眼時，門已經在眼前。

「四周一片漆黑，但我還是看得到你們。」墨菲亞說，他的金光圖騰，依然耀眼，容器光輝在這世界不會受影響。

我說：「惡夢在這扇白色的門後面，等下如果有任何奇怪、危險的事發生，就逃回這裡。」

「呵，是逃生門嗎？」安德莉亞說，她笑起來其實很漂亮，缺點是總帶有一絲輕蔑。

艾莉問：「門旁的孩子是誰？」

「他是我的護心者之一——青燈使。」

「之一？你不只有一個護心者？」溫翠妮問。

我點頭。

「燈籠與斗篷，又不是在過萬聖節，真是詭異的小孩。」對於阿涅修的批評，我沒打算理會，但另一位護心者突然從空無一物的地方出現，將他踩在腳下。

「——怪物出現了！」阿涅修驚慌失措，像是在地面划水。「救命啊——」

「離開他——」護心者跳到我身旁，其他人也被羊骷顱頭嚇得退一步，神色慌張。「這也是我的護心者，他會負責守護我們。」

「守護個屁，他攻擊我耶——」

「或許是你剛對青燈使不禮貌，所以羊骷顱頭才有這種舉動。」我說。
「別繞圈子，說來說去，他們是反映你的內心。」
阿涅修的邏輯很好。
「你說的沒錯，只要我有一絲不開心，護心者就可能會攻擊你。我醜話說在前，並不是想威脅你，但你要知道，在這裡跟我作對，下場可能會跟鬣狗人一樣，即便我不願意。」
「所有的人都要謹言慎行，懂了吧？」狄馬幫腔，他特別看著安德莉亞說。
我走到青燈使前，他給我一個燈籠，這是種危險徵兆，我必須在燭火熄滅前，回到現實世界，燭火燒得很旺盛。
「我們快走吧。」我打開門，率先走入。
奇怪的是，門的另一邊同樣漆黑，但青燈使站在門後，我們確實已經進來。
「有沒有搞錯啊？這次是伸手不見五指的黑。」皮森說。
大家的臉龐被陰影遮住，變得模糊不清。
梅兒說：「你們看——這邊門上有像是刀砍的痕跡。」
「我怕黑。」艾莉走到我身旁，因為我提著燈籠。
安德莉亞說：「媽的——妳幾歲啊？」
「這還好對付。」護心者從羊角裡發射出一顆光球，青色光球在我的上方兩公尺，以我為中心，隨我移動。「這樣至少看得到周圍。」
「R——地上有蛞蝓！」狄馬大驚，無數的蛞蝓爬進視線內。
「那又沒什麼。」阿涅修說。
「救我，」溫翠妮說：「我的四周有看不到的牆壁，好擁擠，我的幽閉恐懼症快要發作了。」

阿涅修、墨菲亞、梅兒試圖要幫助溫翠妮，但他們都無法觸碰到她。
溫翠妮跪下，四肢無法伸展，如同被擠壓。她發瘋似敲打看不見的牆，「快放我出去——」
緊接而來的是周圍傳來嘎嘎作響聲。
「是響尾蛇——我認得這聲音。」墨菲亞說。
艾絲特正幫狄馬拍掉身上的蛞蝓。「R——這就是我們剛提到的幻影惡夢——它會映照人們心中的恐懼。」
對於純粹的容器來說，這裡的東西實在是太雜亂，之所以會出現這麼多種恐懼，是因為我們進來的人太多，等下應該會有更多惡夢來襲。剛好偏偏是幻影惡夢，如果要一次對付這麼多種恐懼，只能破壞這個容器。「護心者——保護我們，搜尋潔妲，把恐懼燒光。」
青色光球長出枝繁葉茂的枝椏，把我們隔絕在內，護心者張開巨大雙翼，從空中吐出大量的青焰，從天際燒往地平線，另外從枝椏上也長出武器，大夥各自選取擅長的武器。
「R——快救溫翠妮。」梅兒說。
我從口袋取出承影劍，劈開隱形的牆，我聽到蛋殼破碎的聲音，溫翠妮從裡面爬出，她跪趴著乾嘔。
「R，你看外面，這簡直是怪物世界……」狄馬說。
我從枝椏的縫隙窺視，巨大蛞蝓被燒到翻肚，響尾蛇也被火燒得劈哩作響，其他還有一些鬼魅般的怪物，但不論是什麼惡夢，都會被青焰燒得精光。
「門！那裡還有一扇門，護心者飛往那了。」梅兒指著前方的火海。
「我們衝過去。」我揮下承影劍，劍的風壓一路吹向門邊，從青焰中開創一條路。
「我的老天——這是什麼威力——」狄馬驚呼連連。

我帶領大家跑向那扇門，青色燈籠的蠟燭只剩一半，使用革命會讓時間更快縮短。護心者俯衝向下，他旋轉身體，衝破另一扇生鏽的鐵門，直搗黃龍。我率先進門，裡頭燈光昏暗——是條長廊，其中一面牆鑲著鹵素燈，這讓我想起帝芬達製造的心靈通道，長廊瀰漫著消毒水與血的氣味，以及滴答聲，從沒有燈泡的另一面牆發出，牆上掛著某樣東西，應該說整面牆都是，我走近一看，倒抽一口氣，吸進的空氣冰冷無比。膚色與額頭上的紅點——整面牆都是潔妲的臉皮。臉皮被釘子固定在上面，並釘成各種不同表情。

除了梅兒尖叫外，大家看到後都嚇得說不出話。

瑞克走到一旁的長方餐桌，上面鋪著牛奶白桌布。接著瑞克跌坐在地，他喃喃自語：「是誰……會做出這種事？」

我也走向餐桌，一旁有個餐具櫃，裡面擺放許多雙手，那些手比出各種動物造型，有天鵝、狗、貓頭鷹……

「R……」艾絲特臉色慘白，她拉開抽屜，裡面擺放滿滿的眼珠，與一盒眼皮，上面的睫毛還沾著血水，我忍住不去回想潔妲瞳孔的顏色。

「這到底是怎樣的惡夢？」我問。

「他們是妳的朋友嗎？」從長廊深處傳出一個中性嗓音。「竟然把門弄壞，真是沒規矩。」

黑暗中逐漸浮現一個身影，手腕綁著紅光線——是潔妲。

「潔妲——我們來救妳了。」梅兒扯著嗓門說。

她步伐奇怪，用跳著過來，她的身形慢慢變得清晰，之後她往前跳一大步，她脖子被繫上粗麻繩，被削去的臉暴露無遺，雙眼只剩窟窿，鼻子被切除，沒有嘴唇的她，牙齒露在外面。她似乎聽到我們的聲音，她的上臂在前方摸索，發出嗚嗚聲——聽得讓人心疼又憤怒，我現在就要把她救出。

「你們都是壞孩子。」潔妲身後出現一個巨大身影，比翁斯還要高大，可能將近三公尺。

「是母親！是六大惡夢中的初始惡夢。」艾絲特說。

母親綁著兩條辮子，椒紅色的香腸嘴，像個小丑，穿著很短的裙子，大腿肌肉鼓得像氣球，她一腳踢向潔妲，原來潔妲剛都是被她踹著前進。

「開什麼玩笑——誰媽媽長那樣？」狄馬歇斯底里地說：「那傢伙根本是男扮女裝，為什麼我們要懼怕母親？」

「母親是統稱，有人說她是雌雄同體。對於脆弱又懵懂無知的孩子，父母是他們的一切，當父母震怒時，就代表世界天崩地裂。孩子們還不會抵抗時，只能逆來順受。」艾絲特說。

母親朝我們逼進，她微笑，露出森森白牙，脖子圍繞七彩領巾，她有一個圓滾滾的大肚子，手指被血弄得汙穢。

皮森冷汗直流，囁嚅的說：「這是受虐兒的惡夢……」

唐問：「我們該怎麼做？」他緊握鎖鏈鐮刀，他並沒有膽怯。

「護心者會去對付母親，我們趁機把潔妲救回來，之後立刻逃回現實世界。」我瞄了燈籠的蠟燭，想要速戰速決。「狄馬、唐、瑞克、安德莉亞、阿涅修跟我一起打前鋒，其他人支援我們，誰有機會，誰就把潔妲救出。」

護心者左手持盾；右手持劍，大翅揮動，猛烈的朝母親飛去，劍朝母親的脖子揮下，卻被母親用脖子夾住，我第一次遇到這種情況，容器世界中竟有我斬不斷的東西。護心者用盾牌朝上揮擊，把母親的頭部往上頂。

我們六人利用空檔衝入，唐動作最迅速，他的鐮刀已經準備斬斷繩子，但無奈粗麻繩相當堅韌。

「我來——」我將承影劍變成電鋸，開始鋸繩子。

「——小心！」皮森大喊。
母親大臂一揮，我們全部被波及，同時潔妲被母親拉回腳邊。「壞孩子都要懲罰——」
護心者回到我身旁，他左半邊翅膀被折斷，是什麼使這個惡夢如此強烈？
「我會當個好孩子，請不要處罰我。」皮森說，他蹲下摀著耳朵，這個舉動吸引了母親注意。
母親無視我們，大步跑向皮森，她笑說：「把你關進老鼠籠之前，你要變成好孩子的模樣，就像這樣。」潔妲像布偶被擺布，母親將空蕩蕩的臉，擺到皮森面前。
「我不要——我不要變成那樣。」皮森哽咽。
「壞孩子都要接受懲罰，每個人都有份，你之後還有下一個。」
皮森慢慢抬頭，細長眼睛布滿血絲，他怒吼：「妳這個女巫——」他撿起放在腳邊的匕首，往上一刺，尖銳的刀鋒卻刺不進母親下巴。
母親依然面露微笑。直到兩支紅光箭，射進母親雙眼——是溫翠妮，她用塗有傷害顏料的箭。我見機不可失，便投入更多革命到護心者身上，護心者衝向前，斬斷麻繩，並將潔妲、皮森抱走。
我大喊：「快逃到門外——」我雙腿癱軟，像身陷及腰的雪地中，寸步難行，革命消耗太多……狄馬與瑞克注意到，他們返回攙扶我。我們一行人全部逃回上個夢境，青焰仍在肆虐。
「R，不能就這麼回去，潔妲的心你還沒挽救。」梅兒淚眼婆娑地說。
「狄馬，帶我過去。」
「老兄，你還行嗎？」
「我一定可以做到。」我想拯救她，我不想讓她變成無色人，我不斷催眠自己，對自己的焦慮加壓。
潔妲已經奄奄一息，我把手放在她的水晶手鐲上，全心全意想治療她，只要在容器世界，革命就沒什麼不可能的事，她的面貌逐漸恢復，耳朵、嘴唇、鼻子，然後是眼睛，最後，她面貌完好如初。

「潔妲？」梅兒呼喚她。

潔妲張開眼，見到我們後，眼眶隨即溼潤，熱淚滾落，她放聲嚎啕大哭。

「我們快出去吧。」我心裡鬆懈下來。

這時，我彷彿隱約聽到吹氣聲，燈籠的蠟燭熄滅了。

「快逃出去——」我吼。

我們逃往第一扇門，青焰已經將那包圍。唐試圖闖入，卻被青焰逼退。

「好燙——沒辦法穿過去。」唐說。

燙？照理來說，青焰沒辦法傷害我們，我伸手想觸摸，卻只是接近就難以忍受。

「壞孩子——」母親從生鏽的鐵門爬出，她眼睛已經恢復，她飛快的朝我們奔來，「跟我回家吃晚餐。」

潔妲瑟縮，不停顫抖，「不要……不要……」

母親體型比剛剛更高大，現在可能有四公尺，我們連她一半都不到，在她眼裡，我們真的就像群小孩子。

「開什麼玩笑——誰要再回到那個房間。」阿涅修吼。

「——你這傢伙沒辦法好好控制革命嗎？」安德莉亞說。

沒辦法控制革命……青焰失控了……我恍然大悟，這是我的惡夢，是我最恐懼的事。除了護心者之外，這個世界已經不再讓我隨心所欲，我感到筋疲力盡，但我必須擋下母親，這裡只有我辦得到。

「你們全部往後退，護心者——」我呼喊他，讓他附著在身上，我頭頂著巨大羊角，筆直朝母親奔去，在她快要抓到我時，我改變方向，往右跳，再從她的左側腹刺入，衝擊力從前額傳到脖子，脖子似乎快折斷，卻依然刺不進去她的身體，這力量應該連火車都能阻止，母親像座文風不動的銅像。

她單手抓起羊角，將我甩到一旁，護心者用翅膀包裹我，讓我不至於被青焰灼傷。母親這次又找上潔妲，大家雖然都持武器攻擊，但她不為所動，看來母親的目標，是最懼怕她的人。在母親伸手要抓潔妲時，皮森鑽入母親的手中，他拿匕首，看準指甲縫隙插入，母親霎時鬼哭狼嚎。

「我不會再讓妳傷害她，妳這個女巫——」皮森面目猙獰的說。

溫翠妮趁勢又補一箭，射進嘴巴。我將承影劍變成網狀，將母親束縛住。我讓護心者脫離。「護心者——先護送大家通過門。」

矮小的皮森抱起潔妲，奮力往白色的門奔跑。

「壞孩子——不准跑。」母親撕破網，追上去，護心者只好回過頭抵擋她。母親說：「大家都餓了吧？今天晚餐吃魚喔。」

母親佔了絕對的上風，護心者對她來說只是隻小麻雀。母親越強勁，大家就越恐懼，那使她更厲害，這是最糟的發展。我看著手中的承影劍，目前仍在第一顆水晶，情況明明已經這麼危急，為什麼還無法使用第二顆？這也是我惡夢的一環嗎？

一旁青焰持續燃燒，青火在我眼中搖曳，這是內心世界，一定有可以破解惡夢的方法。可惡——我不甘心的捶地面，水晶戒指濺出一些青色螢光，霍華德？心中的無力感讓我不自覺地想起他，我將莉迪亞的愛情墜子拉出衣服外，捧著橘光的愛情。我害怕的並不應該是革命失控，而是再次……無力挽回。

我主動將手伸入青焰，我咬緊牙根，皮膚像被無數根針扎下，指甲掀起，手猶如要被撕裂，承影劍依然沒有動靜。

「——R！你在做什麼？」艾絲特大喊。

革命——如果你不希望宿主被燒死的話，就幫助我。我踏入青焰的懷抱，眼皮猶似融化在眼珠上，我睜不開眼。難以忍受的高溫，逐漸轉為像是洗澡水的柔和溫度，原來被燒死是一件這麼舒服的事，不對，手腕上傳來陣陣刺痛，我眼睛已經能睜開，第二顆水晶發出光芒，銀色金屬液體爬上手臂。

護心者的羽翼也出現變異，變得碩大又耀眼，竟然能將母親推向我這邊。而我將承影劍變成刺劍，朝母親刺去，她用手來抵擋，這次我貫穿她的手掌。現在我和護心者與母親勢均力敵，然而，這世界已經開始分崩離析，必須快點出去。

我想要更多力量——青焰襲捲我們三方，但受傷害的只有母親。我能獲勝，就在這麼想時，數根黑色羽毛，射進母親的手臂，那羽毛跟匕首差不多大，她被射中的地方隨即開始石化，並迅速蔓延。

我找尋羽毛來源，門邊的青焰已經褪去，白色門開啟——是老師與帝芬達，他們在門後，其他人已經不見蹤跡。有隻漆黑巨鳥，在門的上空盤旋，牠拖著長長的尾巴，優雅地拍動大翅膀——是隻鳳凰。

「R，快過來——」老師大吼。

我才驚覺母親的大、小腿都被射中，她已經動彈不得。她最後哼著歌：「吃他的耳朵，不讓他聽見你。吃他的眼睛，不讓他看見你。吃他的舌頭，不讓他告訴你……」

護心者抓起我，他的腳猶如鷹爪，將我迅速帶到門邊。帝芬達抓住我的手，將我拖到門外。

啪——我甦醒於巴掌聲，臉頰像是被塗上辣椒。

「——你知道自己在做什麼嗎？」老師抓著我的領子，把我從軟墊上拉起。

芙瑞雅說：「法蘭克，先檢查R有沒有事。」

老師重重地把我摔回軟墊上，我已經心力交瘁，大家都平安無事嗎？我查看周圍，大家都從軟墊起身，只有我與潔妲還躺著，她頭髮已經白了大半。

「潔妲怎樣了？」我問。

「R，我們不得不做出選擇。」芙瑞雅說。

「什麼意思？」

「我們不曉得你們在裡面的情況，只知道你帶著全部的人，一次挑戰兩個未稀釋的六大惡夢。」帝芬達說：「這是種自殺行為，你可能會害所有人被困在惡夢。」

「我剛快戰勝母親了。」

老師大步走過來，他跨過我，這次他賞我一記右勾拳。「你還不夠資格當英雄，你不能把所有人的心靈，都賭在你的自以為是──」

「夠了──法蘭克，他只是想幫忙。」芙瑞雅環抱我。

「但他幫不了。」老師冷冷地說。

「所以……潔妲到底怎麼了？」嘴裡傳來血的味道。

「剛剛射中母親的羽毛，上面沾著死亡，不管是用在現實或內心世界，只要沾上一丁點，就足以摧毀那個人。」帝芬達說。

我茫然的看著帝芬達。

「我與法蘭克看到你跟母親在纏鬥，為了不再冒險，因此選擇讓那女孩的心早一步死去。」

「所以，她還是會變成無色人嗎？」

「更糟，她將不再有心；不再思考。」芙瑞雅說。

我推開芙瑞雅，爬向潔妲，摸著她的銀白髮，我的眼前溼潤，結果什麼都沒改變，不管我們多努力去嘗試，去抵抗最邪惡的夢，依然無法拯救她。我跟以前一樣嗎？面對即將失去的人，只能袖手旁觀。不——這不是我想要的結果。

模糊的眼前，露出一絲青光，我趕緊擦乾眼淚，是從潔妲的水晶手環傳出。是剛治療她時所剩下的革命嗎？那青光像一滴雨所濺起的水花，如此細微又渺小，潔妲仍存在，她沒有放棄。

「還沒結束。」我取出承影劍。

「——你想做什麼？」達克多問。

我兩手握著刀柄，將釋放出的革命，注入潔妲手環，給她力量去抵抗死亡、去戰勝死亡。我能感受到有一股力量在抗拒，如此深邃，深不見底，那幾根漆黑羽毛看似輕薄，實際上卻非常沉重，與我調配過的情感明顯不同。承影劍來到第二顆水晶，水銀般的樹枝再度攀爬，刺癢又難耐，我意識又開始模糊。

「潔妲——快醒來。」我吼著，也像吼給自己聽。

「R——快住手。」老師過來抓著我的手腕。「沒有人能戰勝死亡——」

「我看見光輝，她還有希望。」

潔妲髮色逐漸變深，老師見狀後鬆開手。他說：「死亡一定要完全根除，不然會再度蔓延。」

帝芬達也到我身旁，「還撐得住嗎？」

我沒說話，想必我面目猙獰，現在必須咬著下嘴唇，眼睛才得以張開。

「R，把潔妲帶回我們身邊。」梅兒在我身後嘶喊。

其他人也大吼著，但全都混在一起，什麼也聽不懂。

「R，」這是艾絲特的聲音，她聲音好清晰。「選擇你想要的未來。」

我想要的未來？現在的我無法細細思考這個抽象問題，我只確定，我不想潔妲就這樣失去靈魂。

——承影劍的水晶來到第三顆，剛剛第二顆水晶時，革命宛如瀑布般傾瀉，現在則是匯聚成一道強力水柱，一舉沖刷死亡陰霾。潔妲變回閃閃動人的黑髮，她眼睛是黑珍珠，表情如同第一次看到世界的嬰兒。作為喚醒她的代價，我將深深地沉睡，我倒向一旁，彷彿有人摟住我，我真的好睏、好累，在意識離去前，我聽到有記憶以來最宏亮，最富有生命力的哭聲。

14 製門者、叛徒之子與拍賣師

——我聽到咀嚼的聲音。感覺輕飄飄的，血的氣味——使我瞬間清醒。我彈坐起，環視四周，龐大的母親躺在我身旁，背對我，我在口袋摸索，但找不到刀柄。

「你醒啦，但也不能說你是清醒的。」一開始我以為是護心者蹲在我身旁，但我仔細一看，他的羊角是長直型，護心者是彎刀型，而且從未開口。

「為什麼我會出現在這裡？這個容器還沒結束嗎？」

「別緊張，看上面。」

我抬頭，這個房間沒有天花板，上方是璀璨的星夜，而護心者張開青色巨翼翱翔著，而我依然聽到吃東西的聲音，聲音是從母親那邊傳來。

「這裡是你的內心世界。」他站起，「護心者在這很自在，代表你很安全。」

我也起身，「你是另一個護心者嗎？」

「嘖、嘖……」我被吃東西的聲音干擾。

他搖頭，「內心世界已經不再屬於你一個人。我們是你的分身。」

「什麼？」

「你怎麼會不懂呢？你只是不願意承認，你不就是這樣而來的嗎？一個全新的自己，擁有新名字的人生。」

我起雞皮疙瘩，我產生新人格？

「對，你當然猜得到，我們正是如此聰明。」

「你能讀我的心？」

羊骷顱頭咧咧地笑，笑而不答，我卻搞不清楚他在想什麼？「你可以叫我製門者，我負責管理各種人格。」

「難道還有其他人格？」

「沒錯，一扇門對應一個人格，在你昏睡期間，革命已經創造三個，有些是汲取你的經驗塑造。」

「——怎麼可能！」

「別擔心，我會妥善運用這些人格，我可以自由進出他們的門。」

「革命為什麼要這麼做？」

「嚇、嚇——」這次是吸吮東西的聲音。

製門者說：「因為你太脆弱，你的心不夠堅強，甚至危害革命，所以，繼上次鬣狗人的事件後，為了避免你重蹈覆轍，你身上至少會留有一顆水晶。」我現在是被自己批評嗎？「但這不怪你，只靠你一人無法完全發揮革命的力量，畢竟那數量太龐大，因此衍生出其他人格幫你分擔，也是必然的。」

「具體來說，要怎麼幫我分擔？」

「當你再遇到類似鬣狗人的情況，如果你不願意面對，我會派出其他人格，做你不願意做的事。我們不會讓你死的。」

「那一樣會是出自我手，你們用不著面對外面的人，以及……良心譴責。」對內心說這種話，實在很怪。

「正因為懂你，我們才選擇挺身而出。對於一個領導者來說，你的善良是累贅。」

「我想完美的解決一切，如果你們懂我的話，就幫助我。」

「懂你不代表認同你。雖然現在的你是主要人格，不過，我們會成長、茁壯，如果你再次危害我們，我們將會吞噬你。」

我的手腳變得冰冷，地上不知何時結霜。

「往好處想，你現在可以使用更多的革命力量，不需要依靠那把承影劍。」

「你們目的是什麼？」

「活著。」

「難道沒有比活著更重要的意義嗎？」

「那你存活的意義是什麼？」

「打敗黑色傑森，推翻王環。」

「那是你父母做的事，也是沉默動物對你的期待，是他們賦予意義給你，這真的是你想要的嗎？」

「是。」

「即使如此，莉迪亞與霍華德也不會回來，高區不是有許多喜歡你的客人，你要奪去他們的城市？」

「你住口——」

「你愛做什麼就做什麼，只要在不危害我們的前提下，我們都願意幫你。」

「嘖、嘖——」

「到底是誰在吃東西？」我摀住耳朵，那聲音使我不悅。

「喔？你有恐音症嗎？看來新人格，跟你的個性已經開始有出入。嘿——別吃了，去一旁玩吧。」製門者朝母親的方向說。

那邊傳來啪搭、啪搭的聲響，是赤腳踩在地上的聲音，一個小孩從母親旁竄出，他飛快地跑走，手拿血淋淋的長條物。

「那又是誰？」我只看到他跑走的背影。

「是第三人格，他是母親這個惡夢所產生，因此也可以說是母親生下他。」

「他剛在吃母親？」

「他在攝取邪惡，第三人格是個壞孩子。」

我已經搞不清楚自己內心發生什麼事……

「人性本惡，你該多為自己著想，這一點連小孩都懂，所以第三人格才會以孩童樣貌出現，而他同時也是成長最迅速的。」

「其他人格呢？他們代表什麼？」

「第一人格是承擔，他會承受所有的心靈攻擊。」

「他在哪？難道他不會受不了嗎？」

「其他人目前不在這，如果第一人格不行了，我們會分裂出新的他。」

「你只把他當盾牌用嗎？」

「有趣，我們所想的是同樣概念。」這不是我問題的本意，「第二人格是壓抑，他負責抑制不利你的情感，並找合適的時間讓你宣洩。」

「護心者也會守護他們嗎？」

「護心者並不受我管理。」

幸好護心者站在我這邊。

「別把我們當敵人，我們是異心同體，你存活下來是我們最大的考量，你平日的生活，我們不會干涉你。」

「你們會隨時監視我？」

「你啊——已經習慣是獨一無二的存在，請別忘了，你也是衍生出的新人格，你並不特別。等哪天記憶回來，你覺得你會在哪？」

我頓時啞口無言，因為他說的，我不是沒想過。但我仍忍不住反駁，「過去的我只是個罪犯。」

「我才不在乎你是罪人或聖人。」他轉身，「你剛說想要完美嗎？我會試著創造。等下你就能甦醒，其他人格會代替你休息。」

他彈指，製門者面前出現一扇紅色的門，我以為那是我的專屬能力，他走進去後，我身後又傳來啪搭聲，第三人格朝我跑來，他笑呵呵的繞著我奔跑，我一直沒辦法看清楚他的模樣，他手捧著某種圓形物體，他唱：「吃她的眼睛，不讓她看見你。」

接著，他發出孩童的興奮尖叫聲，我便離開那個異樣空間。隨後，映入眼簾的是熟悉的淡色木質天花板——我回到房間了？陽光灑在我的床上，形成一塊塊光斑，我緩緩撐起上半身，手關節與腿部肌肉發出聲響。床頭旁的矮櫃擺著一杯水。

浴室傳來沖水聲，艾絲特從裡面走出，「咦！你醒啦。」她坐到床緣，「還好嗎？」

「我沒事……」喉嚨好乾，我拿起一旁的水杯。「我睡了多久？」

「你昏睡一天一夜。」

「才這樣嗎？」

「能下床嗎？或我幫你拿些食物上來？」

我看向床頭的紅色鬧鐘，現在是下午兩點。「妳怎麼還在這？今天不忙嗎？」

她淺笑，「你可真是一個模範員工，醒來後第一件事竟然是問這個。不過THE NEST從今日起休息一個月。」

「為什麼？」

「還記得上次去雛鳥時，全部的指導員都不在嗎？」

我點頭。

「因為齊博士找到潛入第一平臺的方法，他用革命做出一種不會被偵測是可疑人物的飾品。」

「這是真的嗎？」

「但還要確認那個玩意兒有多可靠。」

「難不成要派一個想自殺的人去做實驗？」

艾絲特面有難色，「R……法蘭克答應了。」

我想起老師揍我的畫面，他瞠目結舌、怒髮衝冠的模樣還很清晰。舌頭探向被打的頰面，仍隱隱作痛。「為什麼是他？」

「我沒多問……這不是我能左右的事。」

「組織過去嘗試潛入幾次？」

「我只曉得從沒人成功過。」

「不行，我要找老師談。」我掀起床單，快步下樓，老師正好開啟Espresso機器，機器發出嘈雜聲，磨豆聲在靜謐的店裡格外響亮。我們四目交接，老師嘴巴微張，似乎有點詫異，之後他繼續動作，而艾絲特沒跟下來。

「想喝什麼嗎？」老師問。

「黑咖啡就好。」剛剛本有許多話想問老師，現在我卻惜字如金。老師主動為我泡咖啡，似乎是很久遠的事。

「不加些巧克力嗎？例如：摩卡。」

「聽起來不錯。」我坐在吧檯前，自從狄馬、艾絲特兩人來後，我們有多久沒獨處？我們以前曾獨處過一段時間，現在卻想不起那時的感覺。

「艾絲特告訴你我要出任務了？」老師把摩卡遞給我，他則為自己倒一杯威士忌，威士忌上有火雞圖案。

「今天我像是客人。」

「你想滿足什麼？」老師帶著若有似無的笑。

「未知。」

「好，我會盡量滿足你，我也有些事想告訴你，我原先想請帝芬達轉告。」老師輕飲一口酒。

「首先，我被派去潛入第一平臺，是要確認至寶的位置，也就是靈魂容器。」

「那有可能是虛構的，只是個圈套。」

老師看向樓梯，他聲如細絲。「你父親親口告訴我，靈魂容器確實存在。」

我喝著摩卡，感受巧克力香氣。「除了無限容器、靈魂容器外，這世上還有其他特殊容器嗎？」

「這我不敢保證，但我希望沒有，因為強大的力量通常伴隨同等危險。」

「除了你之外，還有誰會去？」

「只有我。這是上面的命令，失敗也算是結果，我今晚出發。」

「為什麼這麼快？革命我們掌握的還不夠多。」

「我們沒有太多時間，東方聯邦要行動了。」

「你曾告訴我，急躁只會加快出錯。」

老師一口飲下剩餘的烈酒。「你父親出於私心，去探尋靈魂容器的下落，為的是拯救你生病的母親。」

「這些我都知道。」有隻隱形的手揪住我胸口，摩卡喝完後，嘴中傳來酸澀。

「統治者們開了三個條件給他，代價是必須交出無限容器，以及高區內的協助叛軍名單，還有至少殺了沉默動物一半高層，你將來一定會不斷聽到白惡魔這個名稱，他就是指白鯨。」

「我父親怎麼可能會答應……」剎那間，有個印象從我腦海竄出，黛西曾說過，黑色傑森曾經在某個時期，忽然扭轉劣勢。「所以我是叛徒的兒子？」

老師沉默不語，不時注意樓梯方向。

「告訴我細節，越詳細越好，告訴我一些其他人不知道的事……」我壓抑憤怒，連同音量。

「他原先就是主要幹部，所以沒人對他提防，你父親能用聲音操控他人，誰也沒想到他會這麼做。」

「最終他被黑色傑森背叛了。」這是老師以前說過的。

「對，他們打從一開始就只是利用你父親，你父親發覺後，除了逃走外，也把他們蒐集的革命偷走，放進你身上。」

「我母親知道這些事嗎？」

「她走得很突然，我們猜……或許當初你父親帶走她，而她的靈魂仍留在第一平臺。」

我茫然的看著老師，「為什麼以前不告訴我？」

「因為以前我們無法突破第一平臺。」老師脖子變紅，他在強忍某種情緒。

「為什麼我的父親要把革命放入我體內？」我是一個叛徒的兒子，這樣我還有資格待在沉默動物嗎？

「可能是情急之下做的選擇，他當時只希望你活下去，以及彌補造成的傷害……」

「你說過我父親是個情感充沛的傻子，看來你說的沒錯。」

「R，我說這些不是想讓你批判他。」

「批判？我有資格嗎？我根本不認識他——」

老師又倒一些酒，也為我倒一杯。「這是我跟你父親最常喝的酒，你就從這裡認識吧。」

我將酒杯拿到面前，晶瑩的琥珀色液體傳來刺鼻味。父親，為什麼你要留下這種難題給我？喝下這杯酒後，我能短暫的與你心神交會嗎？我將酒一口飲盡，嗆辣滋味從喉嚨傳到胃部。如果我有星眸，就能看見老師的情緒。

「為什麼你從不與我進行心靈訓練？」

「我怕會對你有不好的影響。」

我試圖從老師的眼裡找尋答案，這是頭一回，發現他閃躲我的注視。對我有不好的影響？「我」這個定義，已經出現許多種可能性……我們一起生活了三年，我為什麼不選擇相信眼前這個人。

「我……相信你。」但這是不負責詞彙。

「謝謝。」老師淺笑。

「但從沒人成功入侵第一平臺。」

「一定要有人打破那道高牆，我們必須做點什麼，才能讓高層相信你是有價值的。不只是我自告奮勇，帝芬達、翁斯、雷伊都願意去冒險，只是高層選了我。」

為什麼是你——這句話我說不出口，我不能如此自私，大家都拚上命。

電話聲響起，老師去接電話，他簡短的說了幾句，然後要我上樓換套衣服。我失魂的走回樓上，不自覺地換上工作服。也罷——就這樣下樓吧。我走出房門，剛好遇見狄馬，他一臉剛睡醒的樣子，艾絲特在後頭督促。

下樓後，我聞到麵包香氣，才開始飢腸轆轆。

「我剛在烤麵包，應該好了，來吃吧。」艾絲特說。

我們進廚房，她烤了馬鈴薯穀物麵包，她端上桌後，狄馬見獵心喜，開始狼吞虎嚥。

「吃慢一點。」艾絲特叮嚀。

我撕開麵包，有股熱氣撫過我臉頰。在我咬下第一口時，叮、叮——門鈴響起，有許多腳步聲走進店內，我放下麵包去查看。吧檯前的位子被占據一半。達克多、芙瑞雅、帝芬達、翁斯、齊博士，與一個我素未謀面的年輕東方男子，除了東方男子外，其他人都露出吃驚的神情。

「你醒了！」芙瑞雅說。

「這比我們預期的早很多。」齊博士說。

「這對奇蹟男孩有什麼難的嗎？」東方男子摘下紳士帽，黑長髮綁成一根及腰的長辮，持著手杖，上面雕著一隻石榴紅光的東方龍。「你應該對我沒印象，那天我也在地下訓練室。快來吧，別錯過我的自我介紹。」

怪人一個，他的口吻如同這裡的主人，我慣性地走入吧檯，這裡的視野最好，狄馬、艾絲特坐在芙瑞雅旁。

「現場還有幾位不認識我的人。」他特別看向我。「我是劉星，是白玉狐的一員，我在王環是頂級的拍賣師。可以先給我一杯拿鐵嗎？外面風大，喉嚨有點乾，不用特別幫我加料，多加些糖就好，其他人也要來一杯嗎？」

「當然好。」達克多對我微笑。

我開始覺得不該穿上工作服。咖啡豆剛好用光，我到廚房去取，艾絲特過來幫忙。

「白玉狐是什麼團體？」我小聲地問。

她的頭湊過來。「他們是特殊的分支，是東方聯邦安插在王環的監視者，只聽命於東方聯邦的指揮。」

「他們不屬於沉默動物嗎？」

艾絲特搖頭，「這是利益交換，我們有共同的敵人，所以互相幫忙。」

外面已經傳來討論聲，我回到吧檯，開始準備咖啡。

劉星對達克多說：「東方皇帝年事已高，我們已經不能再等，如果要繼續資助你們在生命起源的軍事行動，我們要求獻上靈魂容器給皇帝。」

「我們瞭解。」達克多說。

「哼，」劉星冷笑一聲，他伸出手，白手套上有水晶的光亮，水晶被織進手套。「我好奇你有多瞭解？」

達克多伸出右手，那隻手戴著十字架水晶戒指，藉由這種方式交換想法、情報，是最可靠的，因為不存在造假可能。假設當事人對情報有一絲懷疑，對方也會察覺。因此劉星的舉動，至少展現他的真誠。

達克多握上劉星的手後，臉色蒼白，冷汗直流，接著抽手。「你們已經做好開戰的打算？」

「沒錯。」劉星不疾不徐地喝咖啡。

「難道皇帝沒有繼任人選嗎？這種老掉牙的劇情，要重複幾次？他對權力如此貪戀嗎？」帝芬達質問。

劉星斂容，眼神變得銳利，散發紅光的龍頭手杖對著帝芬達。「注意你的口氣。希望皇帝繼續活著，是全體國民的希望。」他隨即又展露笑顏。「啊——我說了不負責詞彙，不能說全體，但我保證占了絕大多數。皇帝繼位超過五十年，他擊退侵略中國的札爾維拉，把支離破碎的東方整合起來，現在甚至與王環並駕齊驅。我們不是沒有培養繼位人選，而是大部分的人，都希望他能繼續統治，就如同你們的第一位統治者——賢王亞戴恩。」

「你覺得賢王還活著？」達克多問。

「看到前陣子的世代交替，你覺得不可能嗎？為什麼統治者們願意推派出一個年輕的陌生面孔，治理整個王環。」

達克多說：「可能是亞戴恩的知識與經驗繼承者。」

「的確，你們這種培養統治者的方式，可以不發生任何政變，又無縫接軌上任。但一個人的談吐、習慣、王者風範，這些可不能靠普通的容器轉移。」

我偷瞄老師一眼，他無動於衷。

「目前你們的統治者是第五世代，皇帝曾說過——他這一生的對手，自始至終都是同一人，所有最高統治者，都有同樣眼神。」

「靠這些臆測，無法斷定靈魂容器真的存在，所以我們派法蘭克潛入，找出更確切的證據。」達克多說。

「白惡魔——」劉星說，現場的氛圍驟然凝結。「在做出令人髮指、人神共憤的事前，曾來找白玉狐協助。」

「——你再說一次。」老師鐵青著臉，他往前一步。

「先聲明，我們當時不清楚他有何計畫，我們只是對他的情報很感興趣。他當初說只要我們提供協助，他之後就會把靈魂容器交給我們。」

「——原來是你們，你們提供什麼給他？」老師聲音變調，散發陣陣怒火。

「這是機密。」

「狗屁——你們知道害死了多少人嗎？」老師終究吼出來。

劉星面不改色，「我們當初以為他是要用在黑色傑森上。我們萬萬沒想到他會用在同袍身上。我們之所以信任他，是因為他在沉默動物身居要職。」

老師與劉星對峙，之後，老師選擇離開吧檯，走上樓，芙瑞雅跟上去。

「你們與白惡魔，也是透過水晶交換情報的嗎？」齊博士打破沉默。

老師真是料事如神，提前告訴我白惡魔的事，但我情緒已經沒什麼起伏，是第二人格壓抑下來了嗎？

「當然，這是標準程序。那位法蘭克可靠嗎？」劉星看向樓梯。

「我保證，你要跟我握手嗎？」帝芬達冷冷地問。

「不，是我問了蠢問題，他可是——」

「——住口！」帝芬達拍桌，把所有人都嚇一跳，「我很抱歉，但今日不適合談茶餘飯後的話題。」

「也對，我們都還未進入正題，可以給我看那個了嗎？」劉星問。

奇博士從深棕色的油布外套暗袋，取出消光的黑盒子，他緩緩打開，青色光輝從縫隙中釋放——裡面放的是水滴形墜子，只比鈕扣大一點。

「青——底蘊深厚而不張揚，清脆伶俐而不圓滑。」劉星說著異國語言。「青色，在中國具有極其重要的意義，象徵著希望、堅強、莊嚴……，還有春季的到來。而在古代中國，青亦指黑色。」他視線停留在我的黑髮。

「由於不曉得革命契約，後續會對本體造成什麼影響，我們試著做出攜帶型革命，這不是加工，而是將革命與水晶一起鍛造的成果，戴上去後，理論上不會被偵測到。」

劉星玩弄他的黑髮辮子，「這東西不會太招搖嗎？青光飾品前所未見。」

齊博士說：「可以染黑墜子的外表，效用不會受影響。」

「為什麼這東西如此神奇？」劉星喝著拿鐵。

「我們認為是某種自我保護機制，我們已經研究歸納出某些特性，但依舊充滿未知。」達克多說。

「如果有用的話，之後也請給我一些，心靈防護網不只存在於第一平臺，國界也有布署。」劉星起身，戴上高頂帽。「我該走了，白玉狐期待你們的好消息。」

他的手碰到門把時，達克多叫住他：「劉星——不論法蘭克有沒有找到靈魂容器，你們都打算發動戰爭嗎？」

「只要有萬分之一的可能性，我們東方就願意為皇帝而戰，他就是如此受到愛戴。另外，這戰爭是你們統治者挑起，如此大搖大擺的展現出寶物，其他政治體也都會感興趣，或許我們會再次聯合攻打王環，這次我們會派出更精銳的部隊。但那都與我無關，打仗的事，就交給年輕人去做吧，我說的沒錯吧？齊博士。」劉星的側臉露出淺笑，之後他便離去。

「你跟他是舊相識嗎？」帝芬達問。

「我們都是最後一批移民。」

「原來如此，他去凍結面貌了啊，你知道他幾歲嗎？」達克多問。

齊博士搖頭，「我遇到他時，他已經是這副模樣。但我猜測，或許還要比我大上許多，他喜歡一種老牌的水果糖。」

之後，齊博士將墜子放入黑色液體，液體迅速包覆墜子，然後硬化，他要我轉交給老師。接著，他與達克多、翁斯起身離去，翁斯若有所失，他剛剛連一句話也沒說。

「給我一杯含酒精的咖啡。」帝芬達說。

我泡了一杯鏽色雪利丹，作法是源自於鏽釘這款雞尾酒，以威士忌為主角，並加入雪利丹、蜂蜜酒提升甜味。

「你比預期的提早清醒很多，革命又成長了嗎？」

「對。」

「救回潔妲只是你誤打誤撞，別以為你之後能抵抗死亡。」

「但R確實成功了。」艾絲特說。

「狄馬，可以請你把店內最大的容器拿來嗎？」帝芬達說。

狄馬拿來一公升的快樂容器，不管是咖啡店、酒吧、甚至是餐廳，都會準備許多快樂的庫存。帝芬達拿出一瓶很小的容器隨身瓶，跟拇指差不多大，他也從外面拿一盆檸檬黃的波絲菊進來。

「這是自殺瓶，裡面裝的是死亡。」狄馬與艾絲特都退一步，艾絲特拉了我的手。「很好，你們還懂得敬畏死亡。」

帝芬達將他的飛鳥戒指放入花叢，接著打開死亡容器，裡面飄出黑色粉末。須臾之間，花朵枯萎後，轉變成灰色，如同被火親吻後。

隨後，他迅速將死亡容器蓋上。「上次用在潔妲身上的量，大概這麼多。而一個人的死亡，瞬間就可以填滿十瓶這種大型的快樂容器，甚至可以擴散到整間房間。」瀏海變成好幾束的他，雙手搭在我肩上，正視我。「所以，你所抵擋的量，根本是九牛一毛。你能成功純屬僥倖，仔細聽好，這是我教你的最後一件事——絕對不要想去抵抗死亡。明白嗎？」

我第一次聽到帝芬達用如此溫柔的語氣說話。

「這就是你被稱為灰燼商人、死亡商人的原因嗎？」我看著枯萎的波絲菊。

「不是，是因為我曾在灰燼區待了很長的一段時間。」

「為什麼？」

「我在找尋相當重要的情感。」

我想起霍華德交易愛情時，年輕的帝芬達也在場。

「黑色鳳凰呢？那不是你或老師的護心者。」

「為了駕馭一丁點的死亡，最好兩人聯手，你所看到的是我與法蘭克的護心者，結合後的模樣。」

「你看到死亡鳳凰！」狄馬訝異。「原來有些傳說是真的。」

「這是險招，沒有必要的話，我們絕對不會使用，稍有不慎，死的是我們。」

他跟老師也賭上性命，雖然我當初有把握能成功打贏母親，但如果因此捲入其他人，這樣就本末倒置。我回想起那天老師在耳邊說——死亡一定要完全根除，不然會再度蔓延，老師也有對抗過死亡的經驗嗎？

「我很抱歉……」

帝芬達點頭，他慢慢品嚐鏽色雪利丹。

艾絲特問：「聽說過去上戰場的每個人都會配戴自殺瓶，是真的嗎？」

「是真的，這次法蘭克去執行任務，同樣會配戴一瓶。以後你們也是，我們全都是。告訴法蘭克，我今晚八點來接他。」

之後帝芬達也離去，只剩下我們三人。艾絲特把門上鎖，「我們別待在這，以免被誤認為有在營業。」

「那我們今天要做什麼？」狄馬問。

「我想想，但得先去告訴老師出發時間。」艾絲特咚、咚的走上樓，她今天穿有跟的鞋子。

「記得你失控的那一晚嗎？」狄馬冷不防的問。

「怎麼？」

「那天我追在你後頭，但你出門後就突然消失不見。」

「我真的跑在大街上。」

「嗯，附近沒有小巷子，也沒躲藏的地方。後來，我知道你的革命具有阻擋能力，所以我想，你是不是能遮蔽自己？」

「不可能，我絕對沒有變成透明人過。」我篤定的說。

「如果只是單純我們看不見呢？就像躲在鏡子後面，或者是革命賦予你保護色，使我們看不見你、忽視你，但你就在眼前。之前，我們去看過運動選手的結晶，艾絲特曾告訴我，你碰過的展示櫃沒留下指紋。」

咚、咚，樓梯又傳來腳步聲。她說：「走，我們去逛街吧。」

「去哪逛？」狄馬問。

「出去再想，總之立刻離開這。」艾絲特推著狄馬。「R，你也一樣。」

「至少拿個錢吧。」他說。

「我已經拿了，別再拖拖拉拉。」

對於艾絲特的急促，我也感到不解，「樓上發生了什麼事嗎？」

「出去再說——」

「該不會他們……」狄馬露出賊笑。

「你是聽不懂人話嗎？」她揪住狄馬的耳朵，幾乎扭轉一圈。

「痛、痛、痛，快放手。」

艾絲特不管狄馬哀號，硬是將他拖進廚房，朝後門走去。「R，請把多餘的好奇收進容器。」

15 繼承

我們三人漫不經心的在街上徘徊，一路上我思緒有點昏沉，是睡太久了嗎？啊——麵包我只咬一口……

「他們是什麼時候在一起的？」狄馬問。

「我也不曉得，他們沒在我們面前展現過什麼。或許他們過去曾有一段感情吧。R，你知道嗎？」

我搖頭苦笑，愛情從不是我瞭解的情感。

「會是一時的激情嗎？畢竟——這次的任務，可能回不來……」狄馬說。

「我覺得他們不是這樣的人，至少法蘭克絕對不是。」艾絲特勾起狄馬的手。

「如果老師沒回來，雛鳥會解散嗎？我們還會待在THE NEST嗎？」狄馬問。

我停下腳步，如果老師不會回來，我重新思索這一句話。

「別再說不吉利的話。R，我們到第五平臺逛逛。」艾絲特過來挽起我的手。

我們搭上天際線，今天的風不安分，玻璃房微微晃動。如果，我只剩下幾個小時跟老師道別，我該做什麼？我想做什麼？我頭倚靠在玻璃牆，感受如嬰兒床的搖晃。下線後，我們仍然沒有目標的四處閒晃。直到我看到路邊郵筒，一旁的蜘蛛巷，這是老師第一次帶我到合法藥頭所走的路。為什麼我腦海一直浮現剛來高區的事……

「我想去買些東西。」

「要買什麼？」艾絲特問。
「我自己去就好，我買完就回店裡。」
「你確定？」狄馬問。
「我沒事。」我擠出笑容，然後鑽進蜘蛛巷。
踏進陰影時，有種進入薄膜的感覺，此時暈眩感又襲來，我無力地以右手扶著牆壁。
「R——」艾絲特喊，他們朝我跑來。
我轉頭說：「沒事，可能是睡太久，又沒吃東西。」
但他們卻與我擦身而過，我錯愕地看著他們的背影，他們沒看到我？
——被狄馬說中了，他們看不到我，也聽不見我……是因為我剛只想一個人去合法藥頭的關係嗎？我想起製門者所說的，他們在成長中……我捶牆，藉由疼痛使注意力集中，不然或許會有人取代我，我步履蹣跚地走進深處，前面岔路左轉，接著下個十字路再右轉，然後走三叉路的中間，照理來說，應該會看到一隻章魚塗鴉，章魚身上用含有藍光的容器顏料，畫出數個圓圈，我還特別去中督電腦查過，那叫藍環章魚，是種美麗、溫馴，卻是世界上最毒的生物之一。
如今我卻找不到醒目的章魚地標，這應該不是革命影響，單純只是迷路，隔了數年，我再次被蜘蛛巷纏上。前方黯淡無光，後方無聲無息，我在一旁的牆角蹲下歇息，抬頭仰望被壓縮的天空，接著從領口拉出墜鍊，那猶如清晨朝陽，但這次妳不會再出現了，永遠不會……眼淚不自覺的掉下，莉迪亞……妳留下的愛情為什麼這麼深刻？
「R——」
我抬頭，是艾絲特的聲音。奇怪——從我剛來的方向，每隔幾步就有盛開的青光花朵，連我腳邊也盛開一朵，我摘下革命開出的花，拿到鼻子前，一股茉莉芳香撲鼻而來，接著是淚水的潰堤，我將花放在墜子旁，妳還在——只要我想著妳，妳就存在。

腳步聲逐漸清晰，我擦乾淚水，整理情緒，下一秒，我的情緒像被收進容器裡。

「哇，他真的在那——」狄馬跑來，一面追問：「這些花是怎麼回事？是你變出來的嗎？」

「我迷路了，我猜這些花是指引你們來幫我的。」我苦笑。

「你迷路！這怎麼可能。」艾絲特盯著我的眼，「看來暫時別讓你獨處。」

「狄馬，你說對了，革命確實有能力將我藏起來，我剛進蜘蛛巷不久，你們便追過來，其實你們剛跑過我身旁。」

「你認真的嗎？有這麼酷炫的能力——這樣我也要訂契約，不管上面怎麼說。」

「別說傻話，你的年紀太大。」她輕拉狄馬的袖子。

「上面——是指沉默動物的高層嗎？」

「嗯……對啊。」狄馬說，艾絲特瞪大眼，一副不可置信的表情。「別那樣看我，這事隱瞞也沒意義，我們就是被派來監視R的，妳想R不會察覺嗎？他只是沒說罷了。」

我在面對客人時，會避免太過直接。不過狄馬現在單刀直入，的確比拐彎抹角的解釋好多了。為了不辜負他的坦誠，我選擇正面回應。「為什麼要監視我？」

「要看你對組織會有何影響……」她吞吞吐吐的說。

「那你們怎麼想？」

「還能怎麼想，你跟我們的目標一致，而且你現在是我們的希望。」他說。

「希望？」

「是啊，劉星也說你的光芒象徵希望與堅強。」狄馬強調。

「我並沒有你們說的那麼偉大，我和你們都一樣。」

「你難道不想解救生命起源的人嗎？你不是體驗過他們的痛苦？高區璀璨的背後是血與淚。」

「狄馬，別灌輸你的想法給R。」

「這不是灌輸，我只是在闡明我們的大目標。」

「我沒想那麼遠的事，只是想解決出現在眼前的問題，以及保護我身旁的人。」

「聽起來很簡單，實際上卻不容易。」艾絲特說。

「現在的問題是，你為何一個人跑來這裡？」狄馬問。

「我……想去合法藥頭買咖啡豆。」

「——什麼？都這種時候，你還想買咖啡豆，我們都不營業了，你這傢伙在想什麼？你果然沒辦法想太遠的事。」他連環泡的說。

艾絲特淺笑：「R，你身上有錢嗎？」

他們在等我回答，但我呆若木雞，說不出話來。

「我的老天，今天合法藥頭一定有限量發售的夢幻咖啡豆。咖啡豆在呼喚R，所以才讓昏迷的R得以甦醒。不是我要說，你再這樣下去，彼得會叫你咖啡腦。」

「好了——我們就陪R去吧，我來帶路。」

艾絲特走在前方，她身上隱約傳來佛手柑氣味，我喜歡那種清新的感覺。藍環章魚與我隔了兩條巷子，牆上多了碧綠光的水草枝蔓，還有藍光海豚、粉紅光水母、極光珊瑚。

狄馬說：「塗鴉客想把這裡打造成海底世界嗎？」

接著，只要直走便會到阿茲曼市場的中段。下午四點，人潮已經減少，有些賣食材的攤商已經打烊。卻有群眾在公布欄前議論紛紛，店家可以來這邊張貼廣告，不過這個時間點，大家是在看什麼？

我們也湊過去，一邊說抱歉，一邊粗魯的擠到前面。從人群中破繭而出，映入眼簾的是金光閃閃的律令，上面寫著隔年開始，所有稅率一律往上調整百分之五。

「所謂新官上任三把火，就是這個意思吧。」狄馬說。

「你們看旁邊。」艾絲特說。

除了稅率外，還有募兵，只要是身體健康的成年男性，十八歲以上至五十五歲都符合資格。另外完美人生的標準提升，健保所給付的藥品品項減少，參加招募的勞動者、士兵，另享各種福利。

「我以為這種廣告不會出現在高區，這邊的人都高枕無憂，才不會去當士兵。」狄馬說。

這次我們學聰明了，從公布欄底下鑽出去。

「看來以後高區的生活是難上加難了。」狄馬對天抱怨。

「放心，店裡的生意向來不錯，老師應該存不少錢，即使不營業也能撐三年以上，住更高平臺的人，也都還不會有影響。」由於之前黛西要我做報告，所以我很清楚。「只要底下的平臺沒垮，上面的人就不會有事。」

「那首當其衝的仍舊是第五平臺。」艾絲特說。

「第五平臺的居民通常來來去去，大概只有六成的人能持續住下來，付不出租金及稅率的人，自然會被淘汰，而外面更有賺錢能力的人，也會想搬進來高區，當然，也是有人想輕鬆過日子，自願搬出去。」

艾絲特說：「完美人生的標準、夢想達成率、快樂退休每月要兩大瓶快樂……林林總總的全都往上升，這到底有何用意？」

「的確，這樣確實太多，以『快樂』來說，你們可以想成蜂蜜，只要不把它當水喝，或許還用不完。」

「說不定第二、第三平臺的人，現在流行快樂泳池，那就真的不夠用了。」狄馬轉為細聲說：

「更重要的是募兵，年齡層也太廣了吧，難道高區已經察覺東方聯邦的意圖？」

「如果真的是那樣，代表統治者對我們瞭若指掌。」艾絲特說。

在談話過程中，我們已經走到藍底黃字的招牌下。

「你要不要老實說，合法藥頭真的只賣咖啡豆嗎？」他語帶嘲諷。

我苦笑。「我只是想滿足最後一個客人。」

我們進店，喬米正扛著真空鋁箔袋，似乎才剛進貨。「你們怎麼會這個時間來？」

「THE NEST要關了。」狄馬說。

「別胡說，我們只是暫時休息一段時間。」艾絲特瞪向狄馬。

「發生什麼事？」

「沒事，只是法蘭克要出一趟遠門，不知道何時回來。」我說。

「這可是大事啊，高區最好的咖啡店要無限期休息，你們的忠實客戶會很傷心的。但既然你們要休息，這──我更不清楚你們為何而來？」

「還是可以自己享用，咖啡已經融入我們的血液。」艾絲特笑說。

「也是。」喬米笑哈哈的摸著大鬍子。

「我想沖泡出讓法蘭克滿足的咖啡。」我說。

「喔──那我覺得繞行地球一圈都比這容易。」喬米仰天大笑，「原因在於，你懂他要的是什麼嗎？」

喬米的話一針見血，「你有建議嗎？」

他打開真空包裝袋，將咖啡豆倒入大型的透明罐子中。「我無法給你建議，我總是猜不到他想買的豆子，他對沖泡咖啡有一套理論，但對咖啡豆並沒有特別的喜好或堅持。」

過去跟老師一起採買時，老師經常買喬米推薦的，或是剛烘焙好的新鮮咖啡豆，有時進行杯測後，我們才會決定這禮拜的推薦菜單與主打商品。

「法蘭克八成是水瓶座。」狄馬說。

「慢慢選吧，我前幾天烘焙了聖拉蒙、肯特、提克士，已經熟成完成，當中或許會有法蘭克喜歡的。」喬米鏟起咖啡豆，咖啡豆跳入罐子時，乍聽之下以為是跳進油鍋，劈啪聲響，打通我某種思路，大腦活躍起來。

「烘焙程度呢？」

「三種咖啡豆，分別都使用肉桂色烘焙、深烘焙、城市烘焙，一共九種選擇，如果有特別要求，可以向我訂購。」

「每種都給我五十公克，還有，請給我任一種五十公克的生豆。」

「你確定？你們不是要休息嗎？」

「我確定。」

「好吧，總共是十種。對了，要買圓豆嗎？我剛好有進一些貨，但價格比較高喔，十顆要一貝茲。」

「用顆算？這是搶劫吧——」狄馬脫口而出。

「哈，物以稀為貴，這平常是第三平臺以上的人才喝得到。」

「謝謝，我不需要圓豆。」我說。

一般來說，咖啡果實中通常含兩個半圓形種子，由於連接面是平的，因而稱平豆，市面上幾乎都是這種，但偶爾會出現只有一顆渾圓的豆子，稱為圓豆。如果以學理來說，圓豆可算是種瑕疵，可能的原因有：結成果實前受到昆蟲叮咬、久旱不雨、營養不良，或是生長在末梢的果實。老師曾說過，有些人會對圓豆著迷，認為會有更強烈的香氣，因為原本該分裂成兩個的咖啡豆，養分全都集中在一個。而圓豆數量稀少，所以價格居高不下。老師並沒有信那套，並不是價格昂貴就好，他認為優秀的咖啡師該為咖啡豆量身打造。

「如果還有麝香貓，他們會繼續喝貓屎水吧。」狄馬說。

「我曾經喝過喔，但實在是不怎麼喜歡那味道，況且剝奪了動物的自由，換來的卻只是三流享受，那種咖啡豆我也不屑進貨，麝香貓也很可愛的說。」喬米皺起眉頭，看似傷心。

「我同意，那些被當經濟用途的動物，真的很不幸。」艾絲特說。

他們倆人也都在酷刑容器中，體驗過動物的悲慘遭遇。

「今日要付現嗎？這些共一百五十貝茲。」

艾絲特從口袋掏出錢包，她捏了幾下，然後朝我點頭，她表情有些僵硬。

「謝謝，我回去還妳。」

「你們平時不買生豆的，有買烘焙機嗎？」

「我打算自己炒。」

「那也行，記得注意火候與時間，這攸關風味，如果要避免失敗，一開始用——」

「——不。」我阻止喬米繼續說下去。「我想給法蘭克驚喜。」

喬米挑起半邊眉毛，「那我就不破壞驚喜了。」

喬米秤好後，分別用夾鏈袋包裝，放進牛皮紙袋。離開合法藥頭後，艾絲特問：「你買這麼多種咖啡豆打算做什麼？」

「只有一種樂器，是無法完成交響樂的。我們回去吧，等下要請你們幫我。」

他們兩人互看，狄馬聳肩，「凡人無法瞭解大師想法。」

我們回到THE NEST，店裡與樓上都沒有一絲光源，我打開電燈，時間已經六點。
「狄馬，你快去炒生豆。艾絲特，我要對剛買回來的咖啡豆進行杯測，妳來幫我。」
「R，我從沒炒過咖啡豆。」狄馬一臉困窘。
「我也沒有，但我知道交給你準沒錯。」
「難道要我像炒鷹嘴豆那樣？」
「對，就是那樣，你已經抓到訣竅。」
「真的？」
「快去吧。」她將狄馬推進廚房。
我到一旁檢查容器櫃，確保等下要用的東西都有。
「R，不管你要做什麼，先把這吃下去。」艾絲特將麵包遞給我。
「謝謝……」我馬上咬下麵包，嘴裡的麵包使我咬字不清。
「多照顧自己，你才剛醒來耶。」她還倒了一杯水。「那我去磨豆囉。」
艾絲特準備杯測的器具，廚房也傳來豆子倒入鍋子的聲響。我將等下會使用到的容器放在一旁，思量該如何運用這些情感，加入革命會產生何種變化？我在腦海搜索每一筆記憶；每一筆成功的調配；每一位顧客滿足的神情。
「R——你快來。」狄馬喊著，伴隨爆竹聲響。
我衝進廚房，咖啡豆不斷從鍋內迸出，我趕緊將鍋蓋蓋上，並關火。艾絲特也進來，她撿起掉在一旁的豆子。
「你加了油？」艾絲特問。
「我炒鷹嘴豆時會加油啊。」

「這是咖啡豆，只需要炒就夠了。」她說。

我小心地掀開鍋蓋，咖啡豆的顏色深淺不一。「你是天才，這就是我要的，將這些咖啡豆用篩網撈起，瀝乾後拿給我。」

「你確定？」艾絲特滿腹狐疑。

「對，這些不用進行杯測。」

狄馬在旁自鳴得意，艾絲特嘀咕著回吧檯。她的手腳很快，已經將九種咖啡豆研磨好。我拿出紙筆，記錄每一種香氣，熱水倒入沖壺，一旁準備磅秤，確保添加的水量與咖啡粉磅數正確。

將九個杯子注滿水後，杯中的咖啡粉便會膨脹，接著靜置四分鐘，這時可以評比溼香氣，不用拿起杯子，要像隻小狗，把鼻子湊上去聞，並記錄下來。時間到就可以破渣，這是我最愛的程序，我喜歡那種崩塌的酥脆感，艾絲特在旁準備了一杯熱水，讓我可以涮過湯匙，不會影響咖啡風味。在破渣時所激發的香氣，也可以跟溼香氣做比較。

各杯皆破渣後，用湯匙將表層泡沫及咖啡渣刮除，待適口的溫度後，舀一匙咖啡起來，伴隨些許空氣啜吸進口中，使香氣布滿鼻腔，咖啡覆蓋口腔，現在可以用風味輪來決定，並記錄起來。咖啡冷卻後，可以再品嚐一次。

狄馬也將油炸咖啡豆拿出來。

「可以告訴我你們在做什麼嗎？」老師下樓，他手提一只皮箱。

「在你出門前，我想再請你品嚐一次我的咖啡，但你必須要喝過四杯才評論。」

老師淺笑，他到吧檯前的位子坐下，「我拭目以待。」

「艾絲特，可以再請妳幫我研磨肉桂色烘焙的提克士，深烘焙的聖拉蒙，城市烘焙的肯特。」我選出杯測中最好的風味。

我手拿剛炒好的豆子，老師盯著顏色不均的咖啡豆微微皺眉，我繼續動作，倒入磨豆機後，取出濾杯及濾紙、沖水壺、耐熱壺。將濾紙固定在濾杯內，把研磨好的油炸咖啡粉倒入，熱水以鋸齒輪狀注入杯中，直到萃取出五十公克的咖啡。最後加入暗紫光圓片，圓片很快溶解至杯中，再將白瓷杯遞給老師。

「這是第一杯，請品嚐。」

老師面有難色，但還是遵照享用美味咖啡的程序，先喝一口冷水，然後聞香，待他喝下後，他抿嘴，將那口咖啡吞下肚。「你在開玩笑嗎？而且為什麼要加入不安情緒？」

老師瞪我，他從不在公事上開玩笑，因此看到我如此隨便沖泡咖啡，想必覺得在亂搞。

「請繼續喝下去。」

老師手臂交叉在胸前，不發一語。

「R，都研磨好了。」艾絲特說。

「謝謝，接下來交給我。」將提克士咖啡粉用義式咖啡機沖煮，煮出Espresso後，摻入香檳黃光的煙，煙漂浮在咖啡表面，會隨著喝下咖啡時一同進入體內。

待老師喝下後，我問：「味道如何？」

「這不是你的水準，所以加入成長的感受，我覺得很突兀。」老師說。

「是嗎？那再喝下一杯吧。」再來我用聖拉蒙做牛奶咖啡，舀起表面的咖啡脂，可以得到清澄又溫和的咖啡，加入牛奶後，咖啡變成卡其色，苦澀轉為滑順與香甜，我第一次喜愛上咖啡，就是因為這杯牛奶咖啡，這也是我第一杯精通的咖啡。我將帶有麥芽糖黏性的櫻桃紅光情感，抹了一些在杯緣。

「請用。」

老師緩緩喝下，「這種咖啡才不會砸了THE NEST招牌，牛奶咖啡是你第一個課題，我知道你閉眼也能完成，但你卻加入成熟？我認為以這杯來說，這是多此一舉，還是你覺得我必須更成熟點？」

「我還不能公布謎底，準備好品嚐最後一杯了嗎？」

最後，我用城市烘焙的肯特，做出橙色戀人，這是我的最新作品，可以說是最能代表我現有能力的咖啡。這杯咖啡我力求完美，不管是水質、杯子，甚至每一顆咖啡豆都必須沒有瑕疵，黑巧克力用噴槍加熱至融化，融入杯中，柑橘的皮削成狐狸形狀，裝飾在杯緣，接著我取出自身情感，革命從我的戒指如漫煙爬到手上，青衣包覆橢圓形的淡黃情感，捏碎後撒入咖啡，攪拌均勻。

他們三人靜默，老師喝下我精心調配的最後一杯後，他放下咖啡杯的動作如同落葉飄下，「你這也是多此一舉。」他哽咽。

「你加了什麼？」狄馬問。

「感謝。我所有的技能，都是老師栽培的，這四種咖啡，是從我剛到高區，一路到現在的轉變。」

「你有天分，重點是你也很努力，我曾說過我不是一個好的指導者，我只是告訴你該怎麼做。」

「不只有咖啡，你也填補我心裡的空缺，所以……你不用去幫我找她。」

老師手掌貼在我的手背，「不只是為了你，她對我們也很重要。我還有東西要交給你。」

老師從皮箱拿出兩個容器，其中一個是技能容器，裡面飄散如冰霜的藍白光結晶，片狀的六芒星結晶體在容器裡緩慢旋轉，尖端的地方有些磨痕與損傷。

「這是什麼樣的技能？」

「刀劍技能。」老師說，表情凝重。「是他留給你的。」

老師之所以讓我練習劍，為的是這個嗎？「那個人，早料到會有這一天嗎？」

「他希望讓你有能力自保。」

「為什麼不早一點給我？」

「我原本想讓你打好基礎，等你發展一套時，再傳給你，到時你會有兩種劍法。不過看來是沒時間了，我相信你能讓它發揮原本的價值。」

狄馬與艾絲特聽得一頭霧水，只有我懂得老師意思，是要用這份力量保護同伴，這是曾染上同伴之血的技能，即便它看起來無瑕。另一瓶容器有著杏黃光色調，令人感到溫暖，如同蒲公英般，在容器裡飄盪。

「這是一瓶祝福容器。」老師說。

「誰的祝福？」

「你母親。」老師從口袋裡拿出一張護貝照片，十二個人一字排開，就在THE NEST的店門前拍照，其中一人有著烏黑亮麗的黑長直髮，五官跟黛西有些相似，一旁與他牽手的男子，年紀看起來很年輕，還有青澀的老師、帝芬達、翁斯、雷伊，以及長捲髮的芙瑞雅，她手搭在法蘭克肩上。熱淚不自覺滾落，我說：「真希望她能親口對我說。」

「最後是這份文件，你只需要簽名。THE NEST就託付給你了，你們之後可以自行決定重新營業的時間，或就此關門也行。」老師將鑰匙串放在文件上。「錢都在保險櫃，你知道在哪。」

我的情緒已經平復，卻說不出話……

「R——你該說些什麼吧！」狄馬說：「你以後就是這間店的老闆耶。」

「即便是技能傳承人，通常也得不到店面轉讓，更別說是在第四平臺。」艾絲特說。

「我只能當暫時的，店裡有許多人是老師的忠實顧客。」如果我真的收下，彷彿就此與老師訣別。

「這間店從來就不只屬於我一個人，只是沒人想接管，我也住習慣了，所以自然而然當上老闆。」

「R，別再推拖，你將來要帶領的遠比這間店重要，所以——說個酷一點的話，當作練習。」狄馬說。

「嗯——」

「不准用『嗯』開頭啦。」她氣得跳腳。

「我會看好這間店，不然客人，還有喬米會很傷腦筋的。」

我語畢，狄馬立即捂著額頭，艾絲特面無表情，只有老師微微淺笑。

16 第四道門

晚間八點，帝芬達準時到店裡，他們倆走出門時，都沒有一絲遲疑與回頭。我們三個沒再多說什麼，感覺此刻說什麼都是多餘的，如果相信老師，就安靜地目送。

「我要回房休息了。這幾日早上都不用做咖啡練習，或許該請翁斯開新的訓練單給我們，如果革命墜鍊有用的話，下次就會派我們去。」我拿走火雞威士忌。

「R——」艾絲特在我踏上樓梯時叫住我，聲音充滿遲疑。「少喝一點。」

我點頭，現在我像是個要去買醉的人嗎？不過，她的確猜到我的意圖。我回到房內，拿出藏在地板下的酒杯，火雞威士忌沿著杯緣滑入杯底，湍急的琥珀色河流，在杯底形成平靜的湖泊，配上老照片，兩者都需要時間醞釀沉澱。

我在胸口打開技能容器，它竄進水晶項鍊，但沒什麼特別感受。我將威士忌一口飲下，像是喝著辣燙的油，酒精在我腦中掀起驚天駭浪，母親的祝福如同燈塔，在混沌之海載浮載沉時，可以暫時忘記別人出給我的難題。

隔天清晨，在半夢半醒之間，我依稀聽到小提琴聲音，硬木地板讓脖子很不舒服，幸好我還記得把棉被拉到地上。現在是早上八點，是誰在拉琴？在確認前，我拖著步伐走進浴室，褪下衣物，用冷水沖刷身體，沐浴乳、洗髮精帶走身上的髒污，與殘餘的酒精，思緒煥然一新後，我踏出房門，小提琴的聲音更清晰，我在走廊上尋找，不是艾絲特房間，也不是狄馬，琴聲悠悠地從老師房間傳出。

「誰在外面？」芙瑞雅的聲音從裡面傳來。

「是我。」

「進來吧。」我轉開手把，芙瑞雅站在鏡子前，她穿白色的荷葉袖襯衫加上黑窄裙，手拿深棕色小提琴。「我以為你們都出去了，艾絲特剛說要出去買東西。」

「我剛睡醒。」

「吵醒你了嗎？」

「沒有，這時候早就該醒了。」

「呵呵，沒有一件事早就該怎樣。法蘭克這時應該已經進去了吧？如果順利，晚上就會收到消息。」

「芙瑞雅，妳……跟老師是戀人嗎？」

「從來都不是。」她將小提琴收進一旁的櫃子，裡面有專門擺小提琴的軟墊，老師也會拉嗎？她拎起牆上的長版外套。「我要走了，今晚雛鳥見。」

「不喝杯咖啡再走嗎？」

「我沒胃口，這樣你也沒轍了吧。」她嫣然一笑。

她走後，我到一樓的廚房，上面擺著吐司、起司片與水煮蛋，我吃完後便到吧檯旁，為自己沖一杯紅眼，又回到無頭蒼蠅的日子。廚房傳來聲響，腳步聲比平時多。

「R——我來了。」莎拉說，她穿米色的印地安斗篷，上面有棕色葉子圖案。

「妳怎麼會來？」

「我們在容器市場遇到她和布雷特。」艾絲特說。

「去那做什麼？」

「老兄，雖然我們沒有要營業，但有更重要的事要做，布雷特的比賽近在眼前啊。」

該死——我幾乎忘了這件事，昨天應該跟老師討論，還有剛可以請芙瑞雅再去組織裡幫我尋找適合的憤怒容器。我看他們兩手空空，應該是沒有收穫。

「R，快去準備，你要跟我們去動物園。」莎拉進到吧檯，推著我的屁股。

「什麼？」

「這是上次比賽的約定。」莎拉說。

「布雷特剛問我們能不能帶莎拉去動物園，畢竟下一場比賽……很艱困，如果輸……總之，現在去動物園是當務之急。」狄馬說。

狄馬指的是，布雷特之後要把全部的財產，投入到天堂與地獄的比賽中。所以，他才想至少答應的事要先做到吧。

「門票很貴嗎？」我問。

「政府有送我們門票，我們是優良繳稅店家。」艾絲特說。

「有幾張？」我跟老師以前從不留意這個。

「我知道你在想什麼，布雷特已經將莎拉的費用給我，他堅持要我們收下。」狄馬說。

我點頭，幫過多的話，反而會使對方難受。

「我想是因為我以前跟布雷特提過我們有免費的票，他才會問我們有沒有空。」艾絲特說。

「好，那就出發吧——」狄馬抱起莎拉旋轉，他們兩人一起歡呼。

我們簡單準備後，便前往搭乘天際線，艾絲特挑一個桃紅光的碎花項鍊給莎拉戴上，今日莎拉的穿著非常符合第四平臺風格。天際線向上攀升，來到第三平臺，這邊有蓊鬱的林木，我鮮少到這裡，只有跟黛西來這健行過一次。

我們穿梭在樹林間，這裡的房子幾乎是木屋，樸實又高雅，每棟房子外觀都各有千秋，有的建在山坡上，底下是紅磚的支撐腳，還有放射狀的房屋，深咖啡色屋頂上煙囪突出，恰似巨大松果，甚至有房子緊鄰大樹，螺旋建造而成。街道上搭建透明採光罩，兩側種滿鮮豔的花卉，即使雨天也能在花園漫步。

「這裡的人很喜歡植物嗎？連街道上都種滿花朵，像是溫室。」狄馬說。

「第三平臺，別名是高區的肺，在這只要打開窗戶，就能享受森林浴。已經可以看到動物園了。」艾絲特指著前方的半圓形建築物。

隨天際線靠近，半圓形建築物成了龐然大物。「哇——好大喔。」莎拉說。

「除了白色高塔外，這裡是高區第二大建築，這裡有動物園、植物園、海洋館，但今天只去動物園。」她說。

看到建築物後，我對這裡有某種莫名感覺，難道我以前有來過？不，以前的我不住在高區……下線後，來到外觀用成千上萬片玻璃建造的巨大半圓形，兩旁的弧線猶如沒有盡頭。我們走向門口，遞上門票，艾絲特跟服務人員租了一臺領航機，然後，玻璃發出些微摩擦聲。

「咦——剛剛玻璃好像動了？」狄馬盯著多邊形的玻璃。

她說：「這裡的玻璃會隨著太陽改變角度，全天候擁有最棒的採光，玻璃還會隨太陽強度變色，維持館內恆溫。莎拉，妳有想先看的動物嗎？」

「我想看小狗。」

「好，領航動物我也選小狗。」領航機裡跳出一隻小狗。「開始導航。」

「——這是什麼？」我嚇一跳。

「立體投影。牠會負責帶我們到犬區，資料說這種狗叫做柯基犬。」艾絲特說。

我們跟著半透明的短腿小狗，牠不時回頭看我們是否有跟上，看起來相當逗趣。

「你看那——」莎拉指向其中一個櫥窗，有隻狗威風凜凜的站在木製平臺上。我們一靠近櫥窗，導航機立刻介紹這種狗叫德國狼犬，敏捷又聰明，過去經常協助各種任務，例如：幫助警察、護衛、搜索及軍事行動。

「牠體型真大，跟柯基差好多。」狄馬說。

「這是當然的嘍，他們是不同品種，光是這一區就有六十種。」艾絲特說。

「竟然有這麼多品種。」我說。

「聽說以前存在更多品種。」她說。

我問：「這裡有聖伯納犬嗎？棕色、白色相間，眼睛周圍像是戴黑色眼罩，雙耳下垂。體型跟德國狼犬差不多。」

「那算是大型犬，是不是這種？」她將導航機拿到我面前。

「對，就是這種。」

「我們順著走，等下就會看到。」

「你們快一點——」莎拉手臂繞圈，她興奮極了。

那隻柯基犬也跑起來，我們隨後來到聖伯納犬的櫥窗，體型比剛剛的德國狼犬還要大，牠慵懶地躺著，我想起霍華德家的比比。

「資料上說聖伯納犬個性安靜、溫馴、機智，對主人忠貞不二，耐力極佳，過去會用於雪地搜救。」艾絲特說。

而莎拉的臉快貼到櫥窗上，她的手放在玻璃上，一臉陶醉。

「妳喜歡狗嗎？」我問。

「很喜歡。」莎拉回答。

艾絲特說：「狗會帶給人們數不盡的快樂，那種快樂有人形容是造物主的擁抱，狗是造物主特別賜給人類的陪伴。」

犬區逛到最後，我們看到的是柯基犬櫥窗，我滿懷欣喜可以看到真實的柯基犬，結果映入眼簾的是一隻老態龍鍾的狗，不像其他櫥窗裡都有數隻，裡頭只剩牠，牠左眼發白、毛髮稀疏，跟導航的柯基犬天差地遠。我感到失望，卻也感傷，原本預期會出現一群活潑小狗。

我們還去看了長頸鹿、大象、鱷魚、企鵝，這些動物沒那麼多品種。後來，我們在貓咪區前找座位休息，貓的品種也五花八門，狄馬與莎拉看得樂此不疲，才休息一下又到處去逛。座位的視野極佳，可以眺望第四、第五平臺。

艾絲特眺望遠方，說：「不曉得狗摸起來是什麼感覺，像絨毛娃娃嗎？」

「既柔順又溫暖。」我說。

「你怎麼知道？」

「我曾透過容器體驗過。」

「原來如此，還有這個方法。」

「你覺得老師進展如何？」

「R，去思考幫不上忙的問題，對你沒有益處，該放鬆點。」

「妳說得對。」我擠出笑容。

「你們休息夠了沒？我們快去下個地方。」莎拉說。

我們一直待到閉館後五分鐘，才慌慌張張地跑到門口，售票人員不滿我們耽誤到他下班時間。艾絲特向他道歉，離開動物園後，一行人奔向天際線，得趕緊把莎拉送回家，不然連晚上的集訓也要耽擱了。

「今天好好玩喔，我改天要再來一次。」莎拉說。不久後她靠著艾絲特睡著了。

抵達莎拉家的時候，布雷特邀請大家留下來吃晚餐，我們婉拒後，不擅言辭的他以鞠躬表達謝意，讓我們不知所措的連忙告別。臨走前，他追上詢問憤怒容器是否有進展。

我說：「我還在尋找，我覺得普通的憤怒無法打敗天堂與地獄。」

他神情嚴肅，一邊點頭。「不管付出什麼代價，我一定要戰勝他。」

之後，我們馬不停蹄地趕往雛鳥五穀雜糧店。

前來應門的紅髮彼得一改常態，要我們趕快進門，他說：「法蘭克傳消息回來了。」

「真的嗎——太棒了！他成功了——」狄馬興奮的說。

「他還好嗎？」艾絲特搶先我問。

彼得說：「目前都照計畫進行，不過還未有進展，他打算多待一陣子。」

芙瑞雅從樓梯現身，她眼睛有些紅腫。「要集合了，達克多有事要宣布。」

我們上樓。

「該不會他要趁法蘭克不在時，讓我們經歷更痛苦的訓練……」狄馬一臉擔憂。

「膽小鬼，放水才是害你們。」彼得說。

我們到集合室，帝芬達、翁斯在一旁竊竊私語。學員們則有些累癱的坐在位子上，我不禁好奇他們回家後的訓練單是什麼？還有他們家在哪裡？

達克多走上講台，具有領袖魅力，以及口才辨給的他，天生適合那個位子，「大家都知道，高區掌握全世界最先進的科技，我們即使努力追趕，卻連他們的影子也看不到。尤其是心靈認證這關，如銅牆鐵壁，這也是為什麼我們遲遲無法潛入第一平臺的原因。但現在我要宣布一件好消息，因為革命的因素，我們打破這道枷鎖，你們的指導員——法蘭克已經成功進入，並發出訊息給我們。」

「會是陷阱嗎？」阿涅修問。

「訊息看似是普通對話，但裡面有我們才懂的暗語。」齊博士回應。

「接下來對你們來說或許是壞消息，」達克多說：「我們必須先做好準備，才能隨時派人進去支援法蘭克。這也說明，你們要接受更嚴格的考驗。」

「我不要——我受不了，我要退出。」潔妲站起，她愁眉淚眼，但沒人怪她，皮森的手搭在她肩上。

「訂下革命契約後，妳就不用再承受心靈的痛苦，而且還能提升到另一個境界。」達克多說。

「研究指出革命具有效忠性，如果你們跟R的目標一致，就不用顧慮人格分裂。而且，你們為此接受調整了。」齊博士說。

調整？

「該是做決定的時候了，你們每個人不只同年，還是同個月分，你們上個月開始就可以訂下水晶契約，時間相當緊迫，只能容許你們猶豫到這個月底。」

「我先來吧。」安德莉亞走到我面前，拿出楔型水晶項鍊，兩側有較小的藍色楔型水晶，「我用『高傲』跟你交換。」

我沒想過她會是第一個。

「R，你來檢視吧。」達克多說。

戴著水晶戒指的手緩緩舉起，我也不曉得革命要的是什麼。我們水晶靠在一起，我感受到一股野心，不服輸又極強的自尊，一種唯我獨尊的感受。正當我想更加探索時，革命開始流動，已經接納了嗎？安德莉亞也感覺到革命與她的高傲等量交換，停止流動後，「如果沒用，你最好把我的東西還來。」她丟下話，就回到座位上。

「我也準備好了。」瑞克說，他從鼓起的口袋拿出容器，裡面有青綠光的結晶，像高雅的橄欖石。「這不是天生的，是我奶奶留給我的勇敢，我過去連繼承的勇氣都沒有，害怕它會在我體內漸漸消失，但如果是與你訂下契約，這份勇敢就不會消失，而我換來的也將不只是勇敢。」

之後，艾莉與唐也與我訂下契約，他們分別是用「好奇」與「堅毅」，革命來者不拒，難道說革命會接納一切嗎？這些都會變成製門者的素材嗎？

「今日不訓練，你們都回去休息吧。」達克多說。

回去前我向芙瑞雅詢問，還有沒有上次那種憤怒容器，甚至是更強烈的，她說可以再幫我尋找，但別抱太大希望。

我們三人回到店裡。

「我先上樓休息。」

「訂下契約後有哪裡不舒服嗎？」艾絲特問。

「我只是睏了。對了，你們聽過白惡魔的傳聞嗎？」我裝作不經意，打探其他人知道什麼。

「我不太清楚耶。」狄馬說。

「我也只知道他是叛徒。」艾絲特說。

「好吧……那沒事了，晚安。」

我回到房間，到窗旁望向遠方的摩天輪，那猶如靜止。我又開始與人產生連結，我躺到床上，閉上眼睛。前方有某種光源，干擾我的睡眠，我睜開眼，眼前浮現四瓶容器，我清楚這裡已經不是現實世界，容器分別寫著高傲、勇氣、好奇、堅毅，高傲的容器開啟。

高傲是藍紫光的同心圓，我現在進入一個房間，黑白琴鍵在眼前交錯，我身旁坐著一名跟莎拉差不多大的女孩，紮著馬尾，她的指尖在琴鍵上遊走。我認出她是安德莉亞，背後傳來某位女性聲音。

「只要夠好，妳就能吸引薩克森家族注意，才能恢復應得的姓氏與生活。」
「但我累了，媽咪。」
女孩一分神，琴音變調，細藤條馬上落在指節，女孩痛得縮手。
「等妳把這首曲子彈到完美後，才有資格休息。」
安德莉亞不敢轉身，背後的壓迫感使她打哆嗦。
「記住，妳是薩克森家的孩子，薩克森家的人不會放棄，跟我唸一遍。」女人冷冷的說。
「薩克森家的人不會放棄。」安德莉亞諾諾地複誦。
輕快的鋼琴聲傳遍房內，她的手指好比小鳥揮動翅膀，快速舞動。下一秒琴聲被空間稀釋，右手邊有道敞開的門，我走過去，一個男孩在病床前啜泣，是瑞克，他的塊頭並沒有隨年紀增長，他淚眼汪汪，哽咽著。
「你要勇敢。」病床上，頭髮花白的婦人說。
「沒有妳，我做不到。」瑞克說。
「在我面前你可以說做不到，但在別人面前，你必須要說我做得到。」
「那我就成了一個騙子。」
「你可以勤能補拙，在努力變好的過程中，就不算是一個騙子。」老婦布滿細紋的手，摸著瑞克臉頰，傳來安心的溫度。
之後，右手邊又出現另一扇敞開的門，我再度走過去，琴聲逐漸遠離。
我到一個陰暗房間，金屬管爬滿牆面，數臺我從沒看過的大型儀器，上面有許多發光按鈕與圖表，而在房間中間，有一個巨大器皿，裡面有個人，她被螢光綠的液體圍繞，是艾莉，她指向另一邊的門後，闔上眼睛。

現在只剩下唐的堅毅。我到另一個明亮的房間，日光燈很刺眼，同時也燥熱，猶如喝下一大口薑茶，吐出炙熱的氣息。唐在鐵板上跳繩，鐵板下燒著煤炭，他不斷地奮力跳高，就算小腿硬的發疼，汗水凝結在他的劍眉，也必須跳下去。

「這樣就累了嗎？」一邊的男人說完後，又丟兩塊燒紅的煤炭進去。

唐沒答話，東方男子在旁攤開報紙，配著冒白煙的熱茶。

「政府最近把快樂退休指數，提高到一瓶半的快樂容器，對此你有什麼看法？」

唐氣喘吁吁地說：「我覺得……只要找到自己的……快樂泉源，就──不用管……要存幾瓶，才能快樂……退休。」唐語畢，他踩到汗水滑倒，重重地摔在鐵板上。

「不錯，如果你能繼續跳的話。」男子嘆氣，「我師父看到我收了一個這麼不成材的徒弟，不知道會怎麼唸我。」

正當我以為結束時，我身後傳來開門聲，漆黑的地方又出現另一道門，那扇門後風光明媚，製門者站在門內。「你給了我相當不錯的素材。」

「你要用這些來製造新的人格嗎？」我問。

「將來會，但我現在因為你的要求，已經忙得焦頭爛額。」

「我要求你什麼了？」

「你忘了嗎？過來吧，我展示給你看新的門，不過尚未完成。」

我跟他走出門外，門後是個大晴天，雖然看不到飛鳥，卻一直聽到悅耳鳥鳴，草原上千縷微風吹拂。遠方山脈綿延，山頂白了頭，那邊天氣不怎麼好，天空灰濛濛的。

「這是個好地方吧。」

「門在哪裡？」

「唉，欣賞我創造的美景時，要用更宏觀的視野。」製門者指向山脈上方。
我的視線往上仰，灰色的天空，跟雲朵一樣高的地方有道直奔天際的裂痕。「這也是門？怎麼會如此巨大？」連我也不禁被震懾住。
「我順應你的要求，打造了護心者的門。」
「護心者的門？門後有什麼？」
「現實世界。」
「什麼！你做得到嗎？」
「你一心想要完美，所以我們的結論是讓護心者到現實世界幫你，就像在容器的世界裡，至於成果如何，我也不確定。」
我思忖著，護心者如果能到現實世界，等同於如虎添翼，不只心靈攻擊，連真實攻擊都能迎刃而解。
「別大意，我們還不確定成效如何。」差點忘了他可以讀我心思。「你作為革命的容器，依舊太脆弱。」
「我不只是容器。」
「隨便。」他對我態度輕浮，我想起他說的，如果我危害他們的存在，他們會取代我，我對他來說或許就只是個可替代人格。
他發出一聲輕笑，我的疑慮一定被他聽見。
「如果你想找護心者的話，他在草原的另一邊與其他人格練劍，他們挺喜歡這個新技能的，你做得不錯，持續拿更多珍貴的情感與技能回來吧。」
「好讓你們取代我嗎？」既然隱瞞沒意義，不如坦然。

「我們是共生關係，人格數量越多，革命的力量越強，我之前的確說過會取代你，但你的青燈使不允許我們這麼做。」

「你試過了？」

「當然。」他大方承認，「昨晚是我們幫你蓋被子的。即便是你昏睡時，青燈使也不眠不休地守護你，我們目前能做到的只有干涉，並無法完全取代你。」

「我怎麼知道你不是在說謊。」

「你不覺得欺騙自己，是全天下最可悲的事之一嗎？我活得自由自在，不需要欺瞞。你呢？」

「我也是。」

「如果要違背沉默動物呢？甚至是背叛呢？」

他故意用父親的事來激怒我，難道這件事對他也沒意義嗎？「不可能會發生那種事。」

「白鯨所做的，不就是大家以為不可能會發生的事嗎？如果殺死法蘭克，可以救回霍華德，你會怎麼做？如果以艾絲特的靈魂為代價，可以喚回莉迪亞的靈魂，你又會怎麼選擇？」

「這些假設問題，一點意義都沒有。」

「總有一天，你一定會遇到抉擇時刻。」

「到時我會完美的化解一切。」我朝他怒吼。緊接著，我感覺被陰影覆蓋，我轉頭，護心者來到身旁，但他的樣貌有點改變，脖子圍繞茂密的鬃毛，翅膀也長出爪子，好比翼龍。

「真是可憐，他只受你的情緒牽引。至於你剛說——你會完美的化解一切。這也是我們期望，為了幫助你，我會夜以繼日地趕工，讓第四道門早日完成。」

17 紅樓殿

時光荏苒，布雷特的比賽迫在眉睫，近期老師沒再傳來消息，芙瑞雅也找不到比上次更強烈的憤怒容器。我每天一早都會去容器市場尋找，參加第一場拍賣會，但都一無所獲。今日訓練單完成後，下午我去找黃昏仲介商——蒙特，他們專門服務臨死前留下情感的人，那些情感通常既濃烈又純粹，在我還不知道靈魂容器存在時，我覺得他們是最接近靈魂的人，不過，很難確定臨死之人會留下什麼情感。

「難得你會主動過來。」蒙特說，我們通常是在容器公會碰面。

「我想找憤怒，越強烈越好。」我說。

「那東西你們也賣嗎？」

「我幫朋友找的，用在拳擊賽。」

「喔——我懂了，我也著迷過一陣子，前幾年也有人來我這詢問，但我這邊沒有適合比賽的憤怒，你聽過制約法嗎？聽說那些人後來都用這種方法，不過也很不穩定。」

「是催眠戰法的一種嗎？」

「不一樣，但都是殺手鐧，催眠是引出潛藏的力量，制約是訂下規則後，可以讓情感瞬間釋放，憤怒拳擊手會把這招當成必殺技，不過，用盡還未分出勝負就慘了。」

「我回去好好研究。」

「先說好，我可不是推薦，制約很難控制，你只能當備案。」蒙特點起菸。「你會來這，是覺得人死前會留下強烈的憤怒嗎？」

「或許吧，你才是專家。」

「呵，我經手過的人，確實很多都會產生憤怒，但那我不會蒐集，基本上會歸類為雜質，那是由悔恨、失落感、不甘心所產生，想要那些就去翻別人家的情緒垃圾桶。」

情緒垃圾桶是現代家庭的調和劑，最便宜的一個要一千貝茲，那種只能收納生氣，比較好的垃圾桶，價格可能高達上萬貝茲，裡面具有數種收納容器，有不滿、憂鬱、焦躁……，每個月只要再付一些錢，就會有人來你家回收，住我們對面的巴雷一家，他們外表看起來高雅、和善又客氣，然而情緒垃圾車經常到他們家收垃圾。

「但裡面可能只是些無關痛癢的情緒，或一下就會用盡的衝動型憤怒。」

「我只是開玩笑，這是很私密的，誰都不想讓家醜外揚。順便一提，聽說你前些日子遇到奧客，心魔摘除者推薦你用延遲法，效果如何？」

「還不錯。」經他一提，我才想起麗芙許久沒來。

「那種延遲法很適合用在憤怒拳擊手身上，透過水晶膜控制時間，可以讓選手在休息時間喘息，時間一到，情緒又上揚，這可以延長他們上場時間，不過，那必須要有很高超的調配技巧，才能精準掌控時間，因為是你——我才建議的。」

「謝謝，我會考慮。」面對不敗王者，或許這樣做比較保險，而不是全賭在剛開始的幾回合。

「你在黑市也沒門路嗎？」

「嗯——你去過西邊的紅樓殿嗎？」

「聽過，但沒去過。」黛西告訴過我，那邊是高區僅有的東方街，聲色場所也集中於此。

「你去紅樓殿的二樓，有人專門經營東方人的情感，什麼稀奇古怪的情緒都有收購，那些神祕又霧裡看花的東方情感，或許有你要的。」

「謝謝，我這就過去。」

「可以順便去看看天使，她們跟我們算是同路人。」蒙特一邊嘴角上揚。

我搭乘天際線到第五平臺西邊，抵達後改用行走，因為連蒙特也說不清紅樓殿位置，由於早上背對太陽，所以這邊是黑夜在高區停留最久的地方，也有人稱這邊夜城。我到時已經下午五點，容器製的招牌閃耀著，比霓虹燈顯得高貴，有些招牌上摻雜異國文字，不過沒看到任何與紅樓殿有關的字眼，所幸一旁有位老婦。

我走向前，「請問紅樓殿在哪？」

駝背的她停止手邊動作，盯著我，她頭髮花白，臉上有許多老人斑。「天使們還沒上班。」

我懂了，她把我當成尋花問柳的人。「我不是要來找天使的，我只是要去紅樓殿。」

「去紅樓殿不找天使，難不成是去借廁所？」

「我是來買容器的。」

「喂——離她遠一點，她半個世紀前就退休了。」聲音來自二樓，一名缺牙男說，然後他朝我吐痰，幸好我閃開。「滾，再不走名為尿桶的容器就會朝你倒下。」

我快速離開，只好再去找其他人打探，走後不久，背後傳來急促的腳步聲，我馬上往後查看。一名瘦如竹竿的東方人朝我跑來，中分黑色瀏海襯托他的乳白皮膚。

「我有聽到你要買容器，是吧？」

「對，我——」

「——我帶你去專賣店。」

「專賣店是指紅樓殿嗎？」

「對，我帶你去，從巷子比較快。」

他逕自走進巷子，我跟隨，巷子兩側用紅磚砌成，頭頂上方掛著一排又一排的紅色紙燈籠。前方有幾位男子蹲著，男子與他們說著我不懂的語言。

「請問要走多久？」

「別怪我。」男子瞬間進入巷內的某扇門，我的前後遭人圍堵。

「把現金、值錢的東西留下，」圍著白色面罩，只露出一雙眼睛的人說。「還有你的鞋子。」

又來了——難道我看起來這麼容易被搶劫嗎？該選擇隱形嗎？

「別擔心，拿到我們要的，就不會為難你，但我們沒什麼耐心，別逼我們動手。」

他們發出冷笑。

「嘗試……」水晶項鍊發出嘶啞的聲音。

刀柄在口袋騷動，羊角水晶開始發亮，從那跑出黏稠狀的青色革命包覆頭部。

「見鬼了——那是什麼玩意兒？」其中一人說。

我看向一旁的玻璃窗，是護心者的羊骷顱面具，有著彎刀型的羊角，製門者已經完成！面具嘶聲說：「動手——用你的新技能……」

「只需自保。」我說。

接著，其中一人手持鐵條朝我頭部揮來。我側身閃過同時，從口袋取出承影劍。我將鈍化的承影劍往上揮，擊中那人下巴，他倒下後，兩側的人朝我襲來，在我眼中，他們全都充滿破綻，我選擇衝進只有三人的那邊，承影劍相當輕巧，而且變化多端，我先變出長矛，對帶頭人的喉嚨進行突刺，然後變出彎刀，行雲流水般劃過第二人的右手腕，與第三人的左大腿，刀鋒很銳利，可以割肉見血，但沒造成致命傷，見血後他們更是慌了手腳，我已經突破他們，另一邊的人與那三人會合後也躊躇不前。

「讓我來幫你……」面具說。

下一秒，他們一行人面露驚恐，嚷嚷著：「——是怪物！快逃——」

巷弄恢復寧靜，只殘留幾滴血，這正是我要的——可以迅速擊退人的能力。

「天真……」面具再度開口。

我看向一旁的玻璃窗，現在是長直型的羊角。「是製門者嗎？你剛做了什麼？」

「我只是……稍微釋放殺意。」面具開始像冰淇淋融化。「從鬣狗人那……學來的。將來面對黑色傑森……可無法手下留情……只要你願意……我可以讓殺意在你的腦海蔓延……那種酥麻的快感……你懂吧……」

「我不是殺手，更不以殺人為樂。」

「我不是要你享受殺人……但面對痛苦的事……越短會越好吧……只要全心全意地殺了對方……對方所承受的痛苦也會減少……這也是仁慈的另一種面貌……」

這也是仁慈？

「有人來帶你離開這……」面具縮回羊角水晶項鍊中。

「R——你在這做什麼？」唐從巷子另一端出現。

「唐！你……怎麼會在這？」我感到不可思議，是革命契約的影響嗎？

唐吞吞吐吐地說：「說來你可能不相信，但我剛感覺到你有麻煩，而且知道你在這。」

「只是小麻煩，已經解決。」

「好吧……我看也沒什麼緊急的事。」唐在我身上打量，我剛是第一次仔細聽他的聲音，有些沙啞，帶有一些磁性，他跟我一樣有頭黑髮，但顏色較淺，長相清秀的他還有張瓜子臉與內雙。

「請問你知道紅樓殿在哪嗎？」

「你要去那做什麼？」他眼睛瞪得跟青蛙一樣大。

「有人推薦我去那尋找憤怒容器。」

「喔……原來如此……是有賣容器啦，我以為你是來……」

「找天使？」

唐點頭，撇嘴說：「這是最古老的產業之一。」

我感到他話語中帶著不自在，「那你怎麼會在這？」

「我住紅樓殿。」他說完與我面面相覷，我覺得他是在觀察我的反應。「跟我來吧。」

我跟在唐後頭，小聲問：「那邊也有雛鳥開創的副業嗎？」

「紅樓殿是商店聚集地，是有安插幾個小店在其中，但沒有經營天使的店。」

「你在什麼樣的店上班？」先從平易近人的問題拉近彼此。

「我師父是算命師，也買賣稀奇古怪容器。」

「師父？」

「他要我這樣稱呼他，他說——這樣聽起來比較有威嚴。」

「但算命，不就是一種專說不負責的話。」

「話不能這麼說，對相信的人而言是一種救贖，我師父也說這種技能是天賦，是與生俱來。」

他師父八成在胡扯，但開啟話題總是好事。「有依靠容器嗎？」

「你是說容器算命法嗎？有些客人會帶容器來詢問師父，這適不適合他的命盤、家裡風水，又或者會帶容器飾品來過香爐，還有一次，有個人帶粉紅玫瑰光的容器唇膏，聲稱那被詛咒，要師父想辦法。」

我聽得頭昏腦脹，只懂最後一個例子。「那——他有辦法解決詛咒嗎？」

「因為有個忌妒唇膏美麗顏色的邪靈，依附在上面。師父要那名婦女回去，七七四九天後，穿純白的衣服、素色褲子回來，這段時間他會鎮壓唇膏的邪靈。」

「他如何鎮壓？」

「他每天中午用八卦鏡反射太陽光到唇膏上，之後再用鎮壓邪靈的符咒，壓在從東方梅里雪山帶回的石頭下，如此一來邪靈便不會再作祟。」

「有用嗎？」

「有啊，師父在最後期限的前一個禮拜，每天都會擦那支唇膏，也沒發生過什麼事。」

我憋笑，「喔……原來如此……他也是雛鳥認識的人吧？」

唐細聲說，「當然囉，他以前是百足蜈蚣的人。」我們在巷子裡穿梭，這裡對我而言是不同蜘蛛織的網，屋外的裝飾、氣味都格外陌生。「告訴你一個訣竅，想抵達紅樓殿就跟隨紅色燈籠。」

離開巷子後，映入眼簾的是一大片的紅海，赤色木頭搭建起五座高樓，從太陽西下判斷，分別坐落於東、西、南、北、中間，正中間的紅樓最為高聳，高樓之間用黃光的布簾相接，也有錯綜複雜的連接橋，各種新奇，不曾見過的攤販在這林立。身形曼妙的女子跳著彩帶舞，還有可以把屁股頂在頭上的奇人異士。

最特別的屬臉上塗抹厚厚白粉的女子，紅色眼線彷彿會勾走人心，胭脂紅的衣料上有用橘光刺繡而成的金魚，袖子與裙襬都顯得過長，盤起的頭髮上別有金光的小碎花裝飾，讓人看得目不轉睛。

我脫口說出：「那好漂亮。」

唐說：「那是日式傳統服飾，在這的人氣居高不下，但她不是東方人。再往前走你會看到俄羅斯的薩拉范、中國旗袍、優雅的古希臘服裝。」

「找天使的意思，是指從事性交易嗎？」我切入敏感話題。
「你是說生理的性？還是心理的性？」
「有什麼分別？」
唐輕笑，「生理你一定懂，心理的話就是青春之旅。」
「什麼是青春之旅？」
我們走進人群，舞台後方形成一條彎曲的貓尾巴，從年輕男子到拄拐杖的老人都有。
「聽說你是容器咖啡師，但你只滿足人當下的情緒，對吧？」
「大部分是這樣。」
「你的服務只提供飲品，而青春之旅是完整的套餐。從邂逅到認識；接受到磨合，人生所有的開始與結束都可以在這邊體驗，甚至重現。」
「怎麼重現那些經歷？」
「經歷並沒有不見，只是淡忘了，天使的工作是喚醒這些記憶與情感，不過當你本身沒什麼經驗時，也可以購買他人經歷。」
「一趟青春之旅要花多久時間？」
「那不一定，可以只重現青春的悸動或新鮮感，如果想要追求過往極致的性，就要花久一點。」
「極致的性又是什麼？」我或許該多出來見見世面。
「意思是，愛情與慾望都達到顛峰時，但那也伴隨某些條件，通常關鍵是年輕，就像我們這個年紀，如果要重現久遠的情感，就要花很久的時間回溯，以及大筆金錢，也會消耗天使的青春，所以她們的心靈老得快。你是容器咖啡師，你應該清楚滿足生理比滿足心理簡單多了，如果想滿足生理，只要在家解決就好啦，但這又有什麼樂趣可言，尤其是對中、老年男性，他們對性早就不好奇，他們只想回味輕狂又精力無窮的歲月，順帶一提，生理的快感只能維持幾秒，心靈上的滿足，卻可以延續好幾天。」

「難怪她們被稱為天使。」

「她們的容器調配能力，或許沒有你多變，卻深層許多。」

我們走到紅樓殿，近看更顯得宏偉，裡頭充斥各種店面，中庭上方可以看到漆黑天空，一樓飄散著濃郁香氣，木製的圓形籠子裡，飄出陣陣白煙，肉品在鐵架上翻烤，油滴在炭火時滋滋作響，這些如同是胃口的開關，我開始飢腸轆轆。我們到中棟的二樓，位於左側的房間，銅製的門上有種我沒看過的野獸頭顱，牛眼、魚鱗、鹿角，掛著鼻環。

唐說：「我師父是個奇怪的人，你別太介意，他剛在喝酒，現在可能醉了。」他拉下銅環。「師父，我帶朋友回來，我們今天去參觀動物園。」

「我們沒有啊……」我在唐耳邊說。

「你先別說話。」

「他最愛的動物是什麼？」野獸頭顱傳來男人口吻。

「雛鳥。」

我聽到門栓退回的聲音，從門的側面觀察，這厚度堪稱防爆門等級。進門後，唐才說：「這是暗號，告訴師父來者是沉默動物的人，還有隸屬哪裡。」

房裡鋪有竹蓆，香爐裡飄散異國陌生氣味，一旁堆疊著四方茶色軟墊，唐擺三個在地面。他也教我正確坐姿，並且全程都要維持這種姿勢。

「你在這邊等，我去請師父來。」唐進到布簾後方。

之後，一名有些年紀的平頭男子出現，他的臉頰微紅，坐在我對面，中間隔著炭火的餘燼，我認出他，他曾在我的夢裡出現過。

「R，久仰了，我是高柳。」一臉微醺的他向我點頭，然後踉蹌坐下，他穿著寬鬆的衣服，宛若披上去，腰上有個束帶，左邊袖子異常輕飄。

我點頭回禮，問：「紅樓殿裡還有誰是沉默動物的人？」

「我不知道，也不關心，更不管事，你今天是要帶消息給我？」高柳問。

我聽來納悶，「什麼消息？」

「怎麼？沒有東方聯邦的日本消息啊？」

之後是一片靜默，他看起來垂頭喪氣，我只好問：「東方聯邦怎麼了嗎？」

「聽說情勢不太好，日本、印度、菲律賓，被預定組為東方聯邦的第一支聯合軍隊，將要攻打王環。我是從日本來的，原本想在禁飛令前趕回去，但我當時高燒不退，在醫院昏迷一個禮拜，之後便錯過了。」

「師父，他是來尋找特殊容器的。」唐燒了一壺茶，然後坐到我旁邊，幾乎與我黏在一起。

「我跟來不及回去的人，也曾想逃回去，你看失敗的代價是什麼。」高柳舉起左臂，而袖子卻依然空垂在那。「其實我也不喜歡沉默動物，只是更討厭黑色傑森罷了。」

「我很遺憾……」

「呵呵，是嗎？」

「對了，你想要什麼樣的容器？」唐替我打圓場。

「憤怒，要強烈而且持久，用在拳擊賽。」我說。

「憤怒嘛……幾年前確實流行過那玩意兒，我找找看有沒有剩。唐，你過來。」

他們倆在架上翻找。

「啊，有了，這個如何？」高柳拿下一整個箱子，他首先拿出礡紅光的容器，內容物猶如被打爛的柿子。「女人啊——真是一種很恐怖的生物，這種憤怒應該很持久，這是老婆對老公的長期不滿，如果沒有把這些積怨裝進容器，我看她老公的下場會被剁成肉醬。」

「有沒有更強烈的？不是這種慢熟型……」我問。

「那這種腥紅光的結晶狀容器如何？這是對老闆的不滿，賣這個給我的人，他說——每當老闆提出不合理的要求時，他就想拿榔頭從他頭上敲下去。」

確實有許多客人會跟我抱怨工作、主管與老闆，我是第一次具體見識到，原來老闆可以這麼討人厭。「但我想要那種非贏不可、無可抑制的盛怒。」

「師父，最美戰爭時期的容器適合嗎？」

「喔，那藏在倉庫。不然你帶朋友去吧。」高柳說：「小鬼，小心使用，不要誤判了，不然會像我一樣，以為這小子是日本人。」

「什麼？」

「師父——有必要對剛認識的人說嘛——」唐一臉不悅。

「有什麼關係，他是沉默動物的人。」高柳痴痴地笑說，「他是被我撿來的小鬼，唐澤在日本是一個姓氏，我以為這是他的姓，單名一個月字，想說有緣，便收養他，但萬萬沒想到他其實是中國人，姓唐，名澤月。」

「你是怎麼發現他是中國人？」我忍不住問，中國人身上有什麼特徵嗎？

「他被遺留下來時，嬰兒籃中有枚水晶戒指，或許是他父母留下的訊息，那枚戒指乍看之下沒什麼特別，但某天唐將戒指拿出來把玩，我才驚覺在某些角度與光源下，影子會形成一個家徽，而我撿到的那個時間點，正符合被肅清的唐氏一族。」

我雖然很好奇，卻突然覺得，唐似乎不希望我問下去。之後高柳打起盹，唐帶我離開紅樓殿，前往後方簡陋的單層長排房子，這邊似乎充當倉庫。

「我師父其實很厲害，他為了保護其他人才少一隻手。他也是一個很酷的忍者。」

「忍者不是電影裡才會出現的嗎？」

「但他是貨真價實的。」唐的話語仍帶點稚氣，這才讓我想起他才剛成年，他說話時摸著他的水晶戒指，戒指外表傷痕累累，是他們特意磨掉的吧。

唐拿出鑰匙，打開上鎖的木造拉門，開啟屋內的橘黃燈泡，帶我穿越滿屋子雜物，所經之處都揚起灰塵，他到角落掀起地毯，木地板上有扇暗門，他率先爬下梯子，下面空間狹小，天花板只用幾根樑柱支撐，四周擺滿架子，架上都是黯淡的光芒，這裡宛如一間蠟燭即將熄滅的房間。

「這裡的容器都是違法的。」唐說。「是從戰場撿來，也有師父去政府機關偷來的，裡面裝的是人民的不滿，戰爭倖存者破碎的心，還有未被使用的戰爭容器。」

「高柳為什麼要去撿這些？」

「他說這些是人心結痂的證據，未來或許可以提醒人們。這種酒紅光如何？」

「我稍微感受一下。」上面沒有浮雕字，只有潦草的字跡寫著怒火。

唐遞給我銀夾子。不明的容器，外觀類似結實累累的葡萄，我打開，水晶戒指靠近，一股惆悵感油然而生，這是回不了家的心情，這人對此憤怒無比，卻又無能為力，他之所以惱怒，是他忘了家在哪裡。

「這憤怒讓我感到無力感，不適合用在比賽上。」

「找到適合的容器，真是一件困難的事。」

「這是什麼？」有瓶洋紅光的容器，與我視線平行，裡面宛若跳動的鮭魚卵，瓶身上布滿爪痕，上面寫殺意。

「那是合成生物的情感，例如：鬣狗人……」

「我可以感受一下這個嗎？」

「你確定？」唐大概是想起之前失控的我。

「這次不同，我不會去抗拒它，你擔心的話可以先上去。」

「我會在這，你小心別打翻。」

我夾起其中一顆洋紅光珠，在過程中，珠子破了，黏液滴在我的手指上，被水晶戒指吸收。剎那間，我想朝唐的眼珠挖去，指甲傳來某種電流，急需立刻釋放，那一刻，我彷彿化身為鬣狗人。

「如何？」唐問。

我咬緊牙，背後冒出冷汗，深呼吸後便適應。「這很適合，但我還需要考慮，先買一些就好。」

「你要可以全拿走，不收你錢。」

「這怎麼行。」

「這東西我們又沒辦法賣，跟你收錢是占你便宜。」

「我不能平白無故收下。」

「聽說你咖啡泡得很好喝？」

「還行。」我淺笑，他其實對我充滿疑問，卻還是訂下革命契約。

「真好，我也想要有個優雅技能。你有辦法解決鄉愁嗎？」

「我沒試過，你想幫高柳嗎？」

「師父在日本還有家人，他有時會在晚上喝私釀的清酒，藉此回味家鄉，但他每次都說不是這種味道，之後把酒杯砸爛，在房裡大聲咒罵全世界。」

我回想起高柳剛提及東方聯邦時，他的輕描淡寫，其實並不是接受，而是有更多的無奈，是我沒注意到他的需求，我果然還不夠資格繼承THE NEST。

「現在的我們，包括你就是他的希望。」我說。

「什麼？」

「只要我們打贏就行了，甚至可以拜託齊博士，做出更多革命墜子，就能前往其他政治體。」

唐開心的露齒微笑，我從沒看過他的笑容，不管是他對我；還是我對他，我們對彼此的瞭解都還太少。

18 完美的調配

找到適合的容器後，我馬上返回店裡進行調配，依舊請狄馬測試。我與艾絲特同樣將他五花大綁，他只剩脖子以上，還有手指、腳趾能動。我一開始的調配是一滴革命加一顆洋紅光珠，手拿計時器，將憤怒水讓狄馬飲下，他隨即惡狠狠地瞪著我。

「有什麼感覺？」我問。

「肉，我想咬肉，我的牙齦發麻。」他緊握扶手，但沒反抗跡象。

「有辦法保持理性嗎？」讓布雷特在場上發瘋，他會直接被判出局。

「可以。」

「感覺狄馬的情形比上次好很多，革命有加比較多嗎？」

「沒有，我通常都會從一比一的比例開始調配。」

「我也覺得沒上次難受，但這憤怒比之前的都強烈，高漲的情緒源源不絕。」

難道合成生物的情感跟革命比較合適？抑或革命又成長？三分鐘左右，憤怒水的效力退去。

「這次我想嘗試不綑綁的情況下，看你能控制到什麼程度。」

「這樣好嗎？之前是有老師在一旁準備鎮靜粉。」艾絲特說。

「沒問題，那個我也有準備。只是……不，沒事。」

「老兄，把話說清楚，這樣會讓我們不安。」狄馬抱怨。

「抱歉，只是我覺得等下不會用到鎮靜粉。」

「你這麼有把握？」艾絲特下巴翹得高高的，用睥睨眼神調侃我。
我淺笑，「這次試著想把情緒維持四分鐘，我想看革命會回應你到什麼階段。」
「那找件事給我做，只站著很難受。」
「不然做伏地挺身。」她建議。
狄馬喝下第二口相同比例的憤怒水後，他一連做超過一百下伏地挺身。
「感覺消失了嗎？」我隱瞞時間剛過三分鐘。
「我不確定——」他漲紅著臉。
她一屁股坐在狄馬身上，他瞬間垮下去。
「我想應該結束了。」艾絲特說。
「我早就超越極限……」他氣喘吁吁，「妳是不是變胖了？」
「——你欠揍。」她撲上去。
狄馬哈哈大笑，我看向計時器，時間並沒有特別的增減。「我們再——」
「——不，我今天不要再試一次。」他嚴肅的說。
「明天再說吧。」艾絲特說。
「你今天去紅樓殿有看到漂亮的天使嗎？」狄馬起身。
「她們都很漂亮。」
「你們男生聊吧，我要上樓休息了。」她一臉不屑地走上樓。
「天使如果幫人過頭，可是會折翼，變成無色人的也不在少數。」
「為什麼？」我問。
「她們進行的是雙人深入情感，由天使領導，帶領人們前往遺忘之地，而過路費——青春，就像天使的羽毛，越深入、越遙遠的旅程，耗費的羽毛越多。」
「難怪唐說天使的心靈老得快。」
「她們當然不蠢，只是當天使感受過這些人最精采、最難忘的段落，就難免與自身情感比較，誰都想要活得更精采，有更深刻的體驗，所以有些凡人天使到最後，可能會付出所有的羽毛，藉此到達所謂的應許之地。但這是可以預防的，容器法有建議二十五歲後別做天使，這樣就不會有什麼後遺症。」
「那她們之後要做什麼工作？」
「做什麼都可以，但還是有人選擇當墮落天使，你懂得，只是普通的肉體交易，不在乎心靈。」
我點頭，差不多該讓狄馬休息。「你明早可以再嘗試嗎？」
「我怎麼可能說不——這可是攸關布雷特與莎拉的未來。」
隔天早上，連艾絲特也加入測試，雖然離完美還差一些，但我下午決定拿一些半成品給布雷特嘗試，當他喝下憤怒水後，不停打著沙包，布雷特說：「這很適合。」接著他神情轉為凝重，「你有聽過延遲調配法嗎？」
「我知道。」
「過去有人用這種方式應戰，由於沒拿捏好，被打倒後才憤怒，但我認為面對不敗王者，我們至少要把時間拉長到五回合。」
「這樣你可以利用休息時間好好休息。」我說。
「沒錯。」
「但如果延遲調配法稍有不慎，就會像你說的，除非……搭配制約法。」
布雷特眼睛為之一亮，「我剛也在想同樣的事，如果延遲調配法能搭配制約法，這是最理想的調配。」

我查過資料，也問過同行，作法很簡單，只要去買特殊的水晶膜，它便會在特定音波下，迅速溶解最外圍的水晶膜。

「好，我會朝這個方向嘗試，直到找出最完美的比例，莎拉呢？」

「她去街上買晚餐，讓我專心準備。」

「她真懂事。」我看向一旁的塗鴉牆，多了鱷魚、大象與企鵝。

接下來幾天，我不斷嘗試延遲調配法外，也訂做水晶膜，我提到必須在擂臺邊方便使用，店家建議我用口袋手搖鈴，這個收納方便，而他們提供的黃銅搖鈴乍看之下普通，卻這是獨一無二的，不會受身旁的聲音影響。

但水晶膜確實難以掌控，時間上都會誤差幾秒。準備憤怒水之餘，我們三人也加強體能訓練。艾絲特曾在夜晚慢跑時，被黛芬家的肖像畫嚇個半死，高區最近流行家裡擺一幅以容器顏料製成的畫，即便關上燈，依然能露出淡雅的光。住附近的黛芬一家人都喜歡配戴幽幽的藍光飾品，以至於在他們家的老奶奶過世後，為了緬懷她，特定請人畫一幅跟孩童一樣高的畫作，但不曉得是否與畫家溝通出問題，怎麼會有人想要以憂鬱藍的色調完成親人肖像畫，艾絲特的感想是，那不是畫活著時的黛芬婆婆，狄馬聽了捧腹大笑，他想親眼看看殭屍畫作。但隔日，由於附近居民集體提出抗議，黛芬家只好妥協拿下。

而我的刀劍技能，讓雛鳥裡的所有人大吃一驚，加上承影劍的能力，學員中根本沒人能與我匹敵，而安德莉亞、瑞克、唐、艾莉都有顯著進步，酷刑容器再也無法傷害他們。前天皮森、潔姐也與我訂下契約，皮森說他沒什麼珍貴的情感，他只願意用別人視為垃圾的情感做交換，例如：惡趣味、倔強、狡猾，在我感受時，我發現我對「狡猾」特別有好感，製門者一直鼓吹我選這個，之後，狡猾被第三人格吃掉。潔妲交換的情感是「純潔」，製門者沒什麼興趣。另外，皮森與潔妲訂下守護契約，他們的關係因此變融洽。

今晚我調配憤怒水到午夜後，與不敗王者的決戰就在這個星期日，最後，我決定用一比一點一七的比例最適合。

我帶著乾澀雙眼上床，找到滿意的睡姿後，便深深墜入夢中，有時我會在夢裡消化別人過往，皮森以前住在一個運河比路多的地方，夢裡當時的氣候是大霧，年幼的皮森趁機從市場順手摸走蘋果、麵包，幾乎是從老闆面前拿走的，膽大包天的他頃刻就能從霧裡遁逃。他還到碼頭潛入船上，專門洗劫前一晚喝得酩酊大醉的水手，簡直當自己家。

當大霧散去後，出現的是鐵皮屋，整間屋子空盪盪的，破洞的地方用木板補上，冷風不知從何處傳來，屋裡還有另外兩位孩童，床上的女孩似乎生病，皮森把手洗乾淨後，才去摸摸她的小手，輕戳她臉頰。一旁的女孩接下皮森手中的東西，她比皮森高些，她將一瓶藥品糖漿，送入臥病的女孩口中。

「皮森，今天工作順利嗎？」一名坐在角落，嗑花生的女人問，她一顆眼珠泛白，但她不是無色人，只是單純視力受損。

「有麵包、蘋果。」

婦人問：「有偷到錢嗎？」

「沒有。」皮森說。

「你確定等下我打你的時候，你身上不會發出悅耳的銅板聲？」女人站起，抽出皮帶，抽打皮森。

年紀稍長的女孩環抱皮森，用身體阻擋凌厲攻擊。女人不停打著，咻咻聲與啪吋聲在室內回響。

「接下來是我最愛的部分。」製門者這時出現在夢中。

場景轉換，屋內所有的東西都化作霧氣，大霧的天氣逐漸轉為濛濛細雨，女人從酒館裡走出，在街上閒逛，這時暗巷中有個人影尾隨在後——是皮森，他雙手纏著打他用的皮帶，他套上女人脖子，女人被勒住後開始掙扎，皮森在她背後甩動，他腳離地，藉由重量在脖子上施壓。

粗獷的女人將他往一旁牆面撞去，皮森頭部遭受劇烈撞擊，雖然痛苦，但皮帶在他手上纏了好幾圈，依然死命地勒緊女人。接著，一道金屬光從我眼前掠過。

「老天，現在殺手也有實習生嗎？」劉星現身，他依然使用龍頭拐杖，裡面暗藏玄機。

女人已經昏厥，皮森癱軟在一旁。

「這人與你是什麼關係？」劉星問皮森。

「不關你的事……」

劉星將拐杖底部壓在皮森的胸前，隨即發出一陣電流，他痛得哀嚎。

「我可以選擇報警，也可以選擇放過你，依據你的說詞而定。」

「她是我的阿姨，但她是一隻蛆，蛆就應該清除。」

劉星蹲下，饒富趣味的看著皮森，戴水晶手套的手掐住脖子，「不准對我說謊。」他問許多問題，包括皮森背景，最後，劉星提出一個提議，只要皮森跟他走，他便可以幫他解決問題，包含酗酒的阿姨、臥病的妹妹，以及提供一筆金援。這時的皮森並不相信劉星，他只想著脫困，不過，就後來的發展，他一定是接受劉星的提議，所以才會來到雛鳥。

而潔姐的純潔，是她對信仰的堅信，還有對原則的堅持，對她來說，所有的問題，都可以從她的信仰找到答案，雖然吃素是信仰的規範之一，但更多是出自她本身的善良，她不忍心吃那些也有情感的動物，在她的觀點中，動物並不比人類低等，我們也不該自以為是主宰。

「你最近在做什麼？」我問。

「做我該做的，以及你想做的。」製門者說。

「之前在紅樓殿時，謝謝你幫我……」

「如果以後這種事都要道謝，我耳朵可是會長繭。」

「你是從哪裡衍生出的？」

他嘲笑，「覺得我跟你很不一樣嗎？你猜猜看。」

「算了，我想繼續休息。」

「是嗎？要比賽了，你不想知道完美比例的憤怒水？還有那個水晶膜，用護心者的能力也能做出來，而且時間上分秒不差。」

「我之前說的完美，其實是個不負責詞彙，世上沒有完美。」

「哈，誰說的？」製門者勾動食指，「靠近點，我告訴你完美比例。」

他在我耳邊說完比例後，我便被鬧鐘吵醒。在情感世界中，夜晚通常過得很快，但不會感到疲憊，也或許是其他人格幫我承擔的緣故。

今早我獨自在包廂嘗試用革命做出水晶膜，接著用製門者告訴我的比例，過程中，我必須使用護心者的能力，羊骷髏頭套在我頭上。

目前沒人知道我在現實也能展現護心者的能力。調配好後，狄馬手拿握力訓練器，並盯著計時器，告訴我他的變化，他在滿三分鐘時，正好停下，過一分鐘後，他又勃然大怒，繼續使用握力訓練器，又過了三分鐘，他理應會休息一分鐘，但我在三十秒後使用搖鈴，他的情緒波動又來到最高點。

製門者說的是真的，這是完美比例，已經能挑戰不敗王者。

效力退去後，他大喘一口氣。「——終於完成了，憤怒拳擊手真是麻煩，慾望拳擊手只要確保上場時慾望充沛就好。可以幫我泡杯冰美式嗎？當慰勞我。」

「沒問題，」我轉身開啟咖啡機，「這也是憤怒拳擊手會被淘汰的原因之一，憤怒並不容易掌控用量，每個回合都會出現變化，從頭到尾都使用憤怒的話，體力消耗迅速，所以利用延遲調配法正好可以給布雷特喘息的空間，再加上殺手鐧的制約法，我認為這是對憤怒拳擊手最完美的調配。」

「你也快變成專家了，雖然法蘭克禁止使用延遲調配法，但我覺得要打敗天堂與地獄，也只能靠這個。」他以評論的口問說。

廚房傳來開門聲，「我回來了，外面好冷喔。」艾絲特晨跑後去找莎拉玩，女生們似乎有定期的祕密聚會。

「妳們今天玩什麼？」我問。

「我們當動物園的導覽員。」

「哈——布雷特難不成扮演猩猩。」狄馬說。

「不，他是當長頸鹿。我們下次再帶莎拉去吧，我也還想去。」

這時，店內電話聲響起，這段休息的日子，依然會接到預約電話。艾絲特接起電話，用清亮嗓音說：「你好，這裡是THE NEST。我們——咦？現在——」

她掛上電話後。我問：「怎麼了？」

「芙瑞雅要我們即刻到雛鳥。」

「為什麼？」狄馬問。

「不曉得，她沒說明就掛斷。」

「總之我們快走吧。」我心裡有不好的預感。

狄馬喝完冰美式後，我也換好外出服，近期天氣變得寒冷，說話時能吐出白煙，我穿上帝芬達前年送我的米色長版外套，外層防風、防水，內襯有刷毛，老師也有一件跟我相同的款式，是咖啡色的。梅爾遜街的楓樹已經凋零，我們搭上天際線時，天空飄起了雪。

「又到可以使用冬季容器的季節。」艾絲特說。

「那些用火做成的飾品，只是看起來溫暖。」狄馬說：「還沒打火機來得實用。」

「我記得去年流行用『冷豔』情感，做出冰晶形狀的飾品。」我說。

「冷豔的情感啊，我曾看過有人待在冷豔情感的房間，像是尷尬、不自在、冷戰……之類的，配上零下的低溫，比賽看誰能待得久。」艾絲特說。

「我的老天，這不就是跟親戚、女友家人與吵架的朋友，通通聚在一塊兒。」

「贏家有獎品嗎？」我問。

「我記得好像是熱可可喝到飽。」

「——這對我倒是滿有吸引力的。」

「你不行參加——那是犯規。」狄馬說。

我們在路上絕口不提老師，我也希望此次聚集，只是達克多的某個心血來潮。我們沒有這個時間來到第五平臺北區，這邊沒賣白水晶蘋果、紅寶石櫻桃、金紅石鳳梨之類的產品，只是我的幻想，這裡只有原始、純樸的顏色。我們走到雛鳥五穀雜糧店，阿涅修與墨菲亞穿工作圍裙，將穀物裝袋，原來他們是這裡的員工。

墨菲亞往樓上的方向指，我們三人走往二樓，艾莉與安德莉亞在玩跳棋，皮森、潔妲、梅兒似乎在研究什麼，他們寫筆記做討論，自從訂下革命契約後，潔妲的精神狀況好很多，已經看不出異樣，其他人陸續到來。而唐是最後來的，他一臉心神不寧，達克多在他身旁，其他指導員跟在後頭。

達克多站上台，黑眼圈比平時更深。「很不幸的，法蘭克很有可能已經被發現，而且被抓住。」

「發生什麼事？」我的心揪著。

「稍早前我們收到兩則訊息，傳遞的間隔很短。第一則訊息，是法蘭克已經確認靈魂容器的存在，也告訴我們可能的位置。而第二則訊息，是他想要趁明晚第一平臺舉行晚宴時，偷取靈魂容器，要在他指定的地方做接應。」齊博士說。

「這有什麼問題？」艾絲特問。

「第一個訊息沒問題，但第二個訊息，他沒加入暗號……」芙瑞雅說，她臉色蒼白。

「有沒有可能是倉促情形下傳出的，或有突發意外。」狄馬說。

「那不是法蘭克的處事態度，你們應該很清楚。」帝芬達說，而他說得對。

「我們會嘗試聯絡法蘭克，假如沒有新消息，明早我們會派唐去。如果，連唐也沒在約定的時間內傳回訊息，我們就不準備接應。」達克多的語尾說得輕柔。

「就當他們都死了嗎？」我問。

「唐剛也知道什麼時機下可以打開自殺瓶。」達克多說。

「不用派唐去，讓我獨自前往。」

「現在不是逞英雄的時候。」翁斯說。

製門者，讓我隱形，我在腦中默想。

「見鬼——他憑空消失了！」雷伊揉眼。

當大家視線都還在我位子時，我已經走到達克多身旁，現場——只有艾莉的黃眼珠盯著我，她對我吐舌。我到達克多後方，拿出刀柄，承影劍的刀鋒抵在他咽喉。

「這樣你滿意了嗎？」

我現身後，他冒出冷汗。除了狄馬、艾絲特外，其餘都一臉驚訝。

「快調監視器畫面。」白衣工作人員拿小螢幕給齊博士，其他指導員也湊過去。「有他的畫面，他並沒有消失，他只是走到你身旁。」

「我剛用星眸也沒看到。」

「他沒有消失，他身上的咖啡味很重。」艾莉說。

「妳有感覺？」齊博士問。

「她是剛才唯一視線跟著我的人。」

「這是障眼法嗎？太扯了。」阿涅修說。

「或許真的是像魔術那樣的障眼法，你沒有消失，只是我們沒辦法將注意力放在你身上。」齊博士用衣襬擦拭眼鏡。

「是像游狼隊用的『忽視』嗎？那只有在夜晚或森林裡，才能發揮擾敵效果。」翁斯說。

「R的革命可能讓『忽視』發揮最大效用。」帝芬達說。

「這樣你們能接受我的提議了吧。」

指導員們竊竊私語，達克多說：「我們會考慮，大家先回去吧，只有唐留下，叫你們來這，是讓你們有機會跟唐道別。」

「你們什麼時候會有結論？」我追問。

達克多看手錶，「晚上七點，我會打電話到你們店裡，我們應該不用訂守時契約吧？」

「一言為定。」我率先走到唐的身邊，細聲說：「我不會讓你冒不必要的危險。」

隨後我們離開雛鳥。

狄馬喊：「走慢點，等下你又消失怎麼辦？」

「我們還沒想到要怎麼掩蓋腳印。」外頭已經積一層雪。

「我們——是什麼意思？」艾絲特問。

「不管要說什麼，我們都先回THE NEST，我現在只想泡一杯薑餅烈酒或橫越赤道。」狄馬說，他對手掌哈氣。

「我要先去布雷特家一趟，告訴他我找到完美比例。」

抵達布雷特家時，我敲好幾次門，但都沒回應。

「留張字條吧。」艾絲特從藕色的包包拿出紙筆。

「妳知道他們去哪嗎？」我問。

「不知道。」她似乎不悅。

回到店裡後，我泡了三杯薑餅烈酒，在寒天中，所有溫暖香氣都是美好的，尤其還含有豐富的奶油及糖分。

「你剛在外為什麼說『我們』還沒想到，除了我與狄馬，你還有其他朋友嗎？對方是男是女？是組織的人嗎？」她用質問口吻。

她是要向高層報告嗎？

「我……並沒有打算隱瞞，只是在經過六大惡夢後，我衍生出其他人格。」

「靠——你精神分裂了！」狄馬詫異。

「快通知芙瑞雅，還有帝芬達。」

「沒那麼嚴重，有護心者守護我，那些人格無法取代我。」

「真的？你都沒有斷片的經驗嗎？」他問。

「沒有——」

「為什麼會衍生新的人格？」艾絲特的語氣瞬間柔和多了。

「據他們的說法是，一個人格不足以發揮革命的力量，因此需要其他人幫我分擔。」

「聽起來挺有道理的，」狄馬頻頻點頭。「距離七點還有一段時間，要看電影嗎？」

「你還有心情看電影？」

「我同意。」我說。

「耶——我是多數決的。你那有新片嗎？哦，應該說是古董片。」

「有，黛西有借我，我去拿。」

「我搬電視。」狄馬說。

「你們——算了，我去看有沒有爆米花。」

狄馬從置物間搬出電視與播放器，這些設備是黛西送我的畢業禮物，我在黛西那邊完成基礎學業，她不讓我使用容器學習，那時我之所以喜歡到黛西家讀書，有一部分是為了看電影，如果功課、報告都做得好，還能看兩部。當艾絲特將爆米花送上來時，我們已經符合一間合格電影院的標準。

「要看什麼片？」我手上持有三部片。

「我想看跨種族的愛情。」艾絲特說。

「這封面像恐怖片耶。」

「我也想看這部。」我說。

「耶，我是多數決。」她特別對狄馬強調。

電影中的背景是冷戰時期，強國私下研究製造合成獸……而一對科學家戀人，男方不幸在實驗中受重傷，為了活命，只好與海豚基因融合，加快治癒速度，而電影中，軍方看到的是價值，女科學家看到的是希望。即使是古董片，那時的畫面呈現已經栩栩如生，搭配動人音樂，讓人隨著劇情高潮起伏，一同與男女主角心碎……這時，坐在中間的艾絲特，她輕握我的手指，她緊盯螢幕不放。通常她會與狄馬依偎在一起，而狄馬今天似乎被配樂催眠，頭倒向一旁。

此時，電話聲響起——狄馬的頭轉正，她同時縮手，我起身接電話。

「我是芙瑞雅。」電話那頭說。

「我是R。」

「唐必須去。」

我正要開口時，電話已經掛斷。

「他們還是要派唐去。」

「怎麼樣？」艾絲特問。

「這麼說老師都沒傳新訊息回來。」狄馬說。

「我要跟唐一起去。」

「你不能去，這很有可能是陷阱。」她說。

「而且還有布雷特的比賽，你不能拋下他與莎拉。」

「我即便不在他的身邊，也有辦法幫他調配。我現在已經可以完美控制時間，不會有問題。」

「你這樣做是公然違抗組織。」他說。

「只要我成功把老師帶回來，他們就無話可說了吧——」

艾絲特漲紅臉。「你實在是太自負，總以為自己就能解決一切。」

「為什麼你們都不相信我——我明明是最適合的人選。」

「因為你太過特別……太過珍貴……」她囁嚅的說。

「我鍛鍊的一切，並不是要變成一個精緻的藝術品，我不能讓那些與我有連結的人，一個接一個消失——妳聽見了嗎？聽見我不保持距離的傾訴嗎？」

艾絲特紅了眼眶，她走到酒櫃旁，隨手拿四、五瓶酒回來。「喝下去，我陪你喝。」她打開一瓶蘭姆酒，大口灌下去。

狄馬將酒瓶搶下，「妳瘋了嗎？妳又不會喝酒。」

「但我能勉強喝，勉強不想，勉強不去，如果今天是你們兩個其中一個要去，我會把酒櫃裡的酒喝到一滴不剩。」艾絲特落下眼淚，「所以你也喝，容器對你沒用，但酒精總能麻痺你吧？」

我從她手上接下一瓶琴酒，我知道她是對的，所以也大口灌下。

「狠狠喝酒，狠狠睡覺，醒來後就有結果了。」她說。

「你不喝嗎？」

「今天我當收拾殘局的人。」他苦笑。

我們坐在靠窗的位子，這裡的椅子比較柔軟，還有椅背，之後，艾絲特獨自喝完整瓶蜂蜜酒，便趴在桌上。

「以防嘔吐，我看等會兒再扶她上床。」狄馬說。

「說的也是……」酒精開始使我腦袋昏沉，我看著她的側臉，眼淚掛在她睫毛上，她剛剛哭泣的模樣……惹人憐愛。到頭來，訂下六步的距離，是我畫地自限嗎？即使我保持距離，他們也會毫無預警地闖入。

在大腦思緒慢一拍時，眼前逐漸模糊不清，這時——「快放火——」高柳說，我們在菜園裡。

男孩搖頭，又是夢嗎？高柳背著火焰噴射器，手裡提著一袋玩具。

「你再不放火，我就把你的玩具都燒掉。」

男孩落下眼淚，他是唐，他們倆人都有明亮的黑眼珠，「蛇沒跑去廚房，不用殺掉。」

「牠盤據在菜園的樹上，會給人帶來危險。」

「那棵樹給牠。」唐說完，一個巴掌隨之而來。

高柳震怒，便把玩具丟到樹下，噴出青焰，把整棵樹燒得劈啪作響，青火逐漸往上蔓延，接著，樹下爬出許多蠍子，攻擊現場所有人，最後蛇掉落在火海裡，來不及逃的蠍子也死了。這場夢沒有贏家，只剩唐在嚎啕大哭。

扣、扣——門口傳來敲門聲，我的思緒瞬間變得敏銳。

「來了……」製門者在腦海說。

「誰？」

「派得上用場的人……」

我看向壁鐘，已經接近午夜，艾絲特與狄馬不在這。

「門沒鎖耶。」外頭的人說，這個聲音有點熟悉。

「快進去，外面冷死了。」這個頤指氣使的態度是安德莉亞。

門打開後，進門的還有艾莉、唐。

「你們怎麼會來？」我訝異的問。

「你看起來過得不錯。」安德莉亞斜眼看著桌上酒瓶，然後巡視店內。

「我們是來參加你的計劃。」艾莉說。

「什麼計劃？」

「你覺得我們四人一起去比較好。」唐說，他氣色看起來好多。

「我哪時——」我語塞，我立刻想到是契約的關係。「是革命召集你們。」

狄馬這時下樓，「這是怎麼回事？他們怎麼會在這？」

他們三人靜默，似乎要由我回答。

「我們要去接法蘭克。」我斬釘截鐵的說。
「我前腳才把艾絲特送上床，你後腳就要踏出去？她剛是怎麼勸你的。」
「我無法坐以待斃……」
「你自己去跟艾絲特說，還有布雷特該怎麼辦？」
「我會調配出完美的憤怒水，布雷特依舊能上場。」
他怒氣沖沖的抓著我領子，「這個賭注太大——」
我右手平舉，阻止唐他們往前，「我還有件事沒告訴你們，讓你們看看我的籌碼。」
我指向領子，狄馬不甘願的放下。我走到吧檯，從容器櫃取出合成生物的情感。
「這調配法，是依靠我的護心者。」革命從項鍊竄出，黏膜似的液體包覆頭部。
「你的護心者……」狄馬看傻眼。
「這就是我的籌碼，護心者能幫我一絲不苟調配出完美的憤怒水，裡面用革命膜所包覆，喝下後才會開始反應。另外，我並不打算去送死，當我們在第一平臺發生危險時，我有把握護心者能保護每個人。」
「組織不會同意的，包括法蘭克也不會希望你去冒險。」
「我能理解，因為他們還不曉得我的能耐。」
狄馬手肘靠在吧檯，手掌托著額頭，「唐，接應的時間、地點，你都清楚吧？」
唐點頭。
「即使你們有回傳訊息，達克多很可能會直接放棄你們，懂嗎？」狄馬說。
「他說的沒錯，現在後悔還來得及。法蘭克對我很特別，他就像我的親人，你們沒必要陪我。」
但他們三人都心意已決。

「R……你留張字條，證明是你偷跑出去的，跟我與艾絲特無關。」他眼神充滿指責，「還有，不准讓我後悔。」

「謝謝，布雷特的比賽就拜託你了，有五回合的量，制約條件是，聽到三聲搖鈴後，會連續出拳一分鐘，使用制約法的時機你再與布雷特討論，搖鈴在我書桌上，記得帶賽後的鎮靜粉。」

「對了，你們要怎麼潛入？」

「我拿了第一平臺的送餐服務裝，每個人都有一套。」艾莉說。

「我們三個已經配戴革命墜鍊，以防萬一，也有帶你的。」唐看著我說。

「我拿了自殺瓶。」安德莉亞說。

狄馬手臂交叉，「以後當THE NEST忙不過來時，就找他們來吧。」

19 第一平臺

我帶他們到三樓過夜。

「我們平時在這邊進行心靈訓練。」我說。

艾莉跳上床鋪。

「關於任務，你有什麼資訊？」我問。

唐說：「腦中有粗略地圖與黑色傑森的配置，不過，法蘭克之前傳回的消息，有提到近期黑色傑森大量外移到邊境，感覺他們暗地裡在籌劃些什麼。任務資訊我用水晶傳遞給你。」

我接收完後，「五點起床，吃完早餐就出發。」要趕在艾絲特醒來前。

安德莉亞坐在床緣，她拿下髮圈，散髮的她增添幾分柔和與嫵媚。她說：「如果自殺瓶對你沒用，你最好準備一把刀子。」

「我們不會用到那個。」我走出房門，回到房間休息。

我躺在床上，手臂遮住眼睛，推演可能會遇到的情況，明天我要所有人都平安歸來。

「你需要睡眠。」製門者說，接著濃濃的睡意朝我襲來，彷彿只閉眼五秒，就已經五點。

我從床上坐起，窗外泛白，我搓揉臉，想確定現在是否為現實。換上昨天艾莉帶來的送餐服務裝，黑色的長衣與長褲，上面有暗藍光的簡單線條，左手臂上有政府的徽章。我放慢腳步上樓，打開門後，我訝異他們都換好衣服。他們這裡並沒有鬧鐘，是革命使他們配合我的作息嗎？

「下樓時不要發出聲音，我不想吵醒艾絲特，她並不贊成我們去。」

「她是你的那個吧，不要緊嗎？」安德莉亞皮笑肉不笑。
「什麼意思？」我問。
「算了，不重要，等下給我一杯瑪奇朵。」她紮起馬尾，率先走出門。
到二樓時，我看向老師他們那側，狄馬還在睡嗎？而對艾絲特……我感到很抱歉。
「要我……把愧疚感收起來嗎？」製門者問。
「不，讓這感覺保持下去。」
下樓後，我請他們在飯桌上等候。我端上前天做好的全麥土司，配上奶油醬。昨天早餐剩下的司康餅，搭配藍莓醬。而水煮蛋是必備的，桌上還有香蕉，可以補充纖維及維他命。接著，我拿出珍藏的香腸、冷肉片。最後，我將店裡的菜單拿給唐、艾莉。
「你們要喝什麼？」
唐皺眉看菜單，他可能沒想到我們賣的咖啡超過五十種，有些光看名字，會看得一頭霧水。「我都可以。」
「我要柳橙汁。」艾莉說。
「沒問題，你們先吃吧，吃不夠再跟我說。」
我在開啟磨豆機前，用外套蓋上，降低音量。我跟唐都喝牛奶咖啡，當我拿托盤回到廚房時，餐桌上的食物，幾乎被一掃而空，只剩一塊司康餅，一片冷肉。
「不夠吃嗎？」我看著艾莉，她紅著眼。
「安德莉亞說：『只有死刑犯才會吃得這麼豐盛。』」唐冷眼看著安德莉亞。
「她胡說。」我遞上柳橙汁。
「這是一種可能性。」安德莉亞冷笑，優雅的切香腸。

「我保證沒那種可能，我們全都會平安回來。」
「我們不是小孩子，不用哄我們。」安德莉亞說。
「你們也看見我護心者的能耐。我的保證，不是──不負責詞彙。」
「好，我比較相信你。」艾莉說，她從口袋拿出五顆水煮蛋，兩條香腸，兩條香蕉。
我忍不住笑了。「等我們回來後，我會請妳吃一大塊的天然火腿。」
艾莉對安德莉亞說：「聽到沒，R只說我而已。」
安德莉亞咬牙切齒，吃掉最後一口香腸。
吃飽後，我們便前往搭乘天際線，地表布滿冰霰，現在才早上六點鐘，沒想到這個時間點竟然需要排隊，仔細一看，都是政府的人。鋼琴聲傳來，我們進去玻璃房後，大家目的地都相同，天際線往上攀升，經過鬱鬱蔥蔥的第三平臺，飛過豪宅林立的第二平臺，我們即將抵達第一平臺，登陸點是一個白色圓形平臺，前方有三個拱門，貌似檢查哨，我們下線後先到一旁，唐用非常細微的聲音說：「我先去排隊，如果出事，你們就逃跑，不要管我。」
「等等，」我感應到老師配戴的革命墜鍊，然後細聲說：「等下從第二入口進去。」
「但達克多的計畫是從第四入口。」唐說。
「你們沒感應到另一個革命墜鍊嗎？」
艾莉搖頭。
「法蘭克在那，應該說革命墜鍊在那邊。」我指著高塔頂端。
「你不想照計畫走嗎？」唐問。
「哼，乖乖照計畫走的話，我們就不會在這。」安德莉亞說。
「聽R的。」艾莉說。

「總之，我先去排隊。我很感謝你們陪我到這，如果有任何狀況發生，都要優先保全R。」

艾莉抓著我的手，我實在不喜歡革命的效忠性。

為了不讓人起疑，等唐排進隊伍後，趁著下一班天際線湧入的人潮，我們繞到隊伍的最尾端。拱門下有一排水晶做的檢查房，一次只能進入一人，進去後閘門會先關閉，平均大約十秒鐘。當唐排到隊伍的前方時，我為他感到緊張。

唐進去後，周遭聲音被遮蔽，我不自覺屏氣，也沒有眨眼。當閘門上的燈轉為綠燈，再度開啟後，我才鬆一口氣，汗水從脖子冒出，後方傳來深呼吸的吐息。

我轉頭看，是安德莉亞。「什麼？」她問。

我會心一笑，「沒事。」

輪到我進入時，檢查房大約深兩公尺，閘門關閉後，有數道光穿過身體，隨後閘門開啟，安德莉亞與艾莉也順利通過，唐在前方不遠等待我們。

「第一平臺完蛋了，」安德莉亞嘶聲說：「他們已經沒辦法阻止我們，或許可以把幾個黑色傑森的頭顱，高掛在第一平臺牆上。」

「他們還不知道心靈網已經被破解，這是優勢。我剛也已經傳消息回去，說成功潛入了。」唐說。

安德莉亞看我，「好好享受這次任務，或許達克多永遠不會派你上前線。」

「我們的身分是送餐服務員，最好先到那附近。」我們跟隨唐，「地圖上還有幾處是空白的，我此趟任務也必須去探查這些地方。」

我們探索高塔內部，除樓梯間外，內部主要通道採純白色系，富有光澤，如同剛上蠟般。一旁的實驗室裡面的人穿無菌衣，戴著如焊接面罩的頭套，調配各種散發容器光芒的藥劑。

艾莉貼在玻璃牆上，被我快速拉到身邊。「妳這樣盯著他們看，會引起別人懷疑。」

「可是他們穿的很奇怪。」

「那是他們的工作服，聽我說——這裡沒有犯錯的機會。」製門者怎麼會派她來？

之後我們在走廊找到一個平面圖，有各個地區用途，唐喃喃自語地背誦。「達克多他們好像強化了我的記憶。」

「暫時的而已，我也曾用過那種方式學習，很有用，但人的記憶有限。」安德莉亞說。

「——你們在這做什麼？」一位豐腴的黑人女士說。

「我們是新來的送餐服務員，但迷路了。」我說。

「我早說要加派人員，為了宴會我已經忙得焦頭爛額，快跟我來。」

我們前往用餐服務區，帶頭的女士推開門，裡面熱氣蒸騰，豐富的香味縈繞著。她大喊：「塔門——」一名高瘦的黑人男子，立即小跑步前來。「他們是你的責任。」

「跟我走。」塔門說，他走到後方，張開雙臂，我們被他半推著。「歡迎來到葳葳女士的廚房，你們已經見過她，免費給你們一個建議，聽她的就對了，這裡是獨裁者的天下。」

塔門將我們帶到儲藏室，裡面堆了滿坑滿谷的食物，有冷凍食品區、鮮蔬區、肉品區……。

「我不知道你們會什麼，請通通忘掉，一切照這裡的規矩調味，一滴油、一撮鹽都不得改變，既然你們選擇進來這裡，就要當一隻勤奮的蜜蜂。」他拿起一顆馬鈴薯，他腳邊另有五大袋。「把這些通通削皮，十點前完成。你們時間已經所剩不多囉，工具在桌上，我會回來檢查成果。」說完後，塔門走出去。

「該怎麼辦？」唐問。

「先照他的話做，或許可以利用送餐時機。」我說，並拿起旁邊的削皮刀。

「這裡怎麼沒有自動削皮器？竟用這麼原始的方式。」安德莉亞抱怨。

我問：「艾莉，妳有削果皮的經驗嗎？」

「沒有，但我學的很快。」她趕緊拿走一支削皮器，似乎是怕少了她的份。

「好，削皮的時候像我這樣，往身體之外，雖然可能不太方便，但妳必須全程戴手套。」

「不用太認真，我們只是來這混的。」安德莉亞說，她漫不經心的削皮。

「做這些事也是為了任務，難道妳想因為受罰，而錯過時機嗎？妳大可以去旁邊休息，艾莉可以代替妳。」唐說。

「激將法對我不管用。」

我確定她的怒火已經被挑起，她的水晶耳環，剛掠過一絲紅光，「那我說，我一定做的比妳好，只要妳削的馬鈴薯總重量比我多，我就免費請妳喝THE NEST的咖啡一個月，或給妳一千貝茲。」

她目光如炬，「如果我輸呢？」

「溫柔的教艾莉彈鋼琴。」

安德莉亞倒抽一口氣，「但使用革命就算你輸。」

「沒問題。」我在她眼前迅速削好一顆。

艾莉歡欣鼓舞，「R好厲害！我可以學鋼琴了。」

「閉嘴——我又還沒輸。」

比賽一開始，安德莉亞都挑選大顆的馬鈴薯，拚命的削著，我則是不疾不徐的挑選外觀比較平順的，只要抓到訣竅就可以從頭削到尾，果皮會呈螺旋狀，刀子夠銳利，使用起來並不費力。唐、艾莉也加入我們，終於趕在十點前，削完五大袋馬鈴薯。

我與安德莉亞削的馬鈴薯都堆成一座小山丘，用肉眼難以判定勝負，塔門這時回來。

「已經好啦！比我預期的還快，不過——」他蹲下，撿起安德莉亞削下的果皮。「妳把許多果肉去除了，這讓葳葳女士看到，她可以把妳罵到廚餘桶裡。妳要像他一樣，你叫什麼名字？」

「法蘭克……」我一時想不到假名。

「你們要像法蘭克一樣。」塔門重申一次，他從圍裙中抽出袋子，把安德莉亞的馬鈴薯皮蒐集起來。「你們再把這些馬鈴薯切丁，大概像我拇指一樣大，順便把這邊收拾乾淨。」

塔門離開後，艾莉一臉喜孜孜的，藏不住笑意。「安德莉亞——」

「——妳閉嘴，我會教妳彈鋼琴。」她開始在砧板上切丁，很顯然她比較擅長切東西。

「如果剛是比切馬鈴薯，你可能會輸喔。」唐在我耳邊說，我也同意。

塔門不時回來分配新工作，這次他拉著推車，上面有胡蘿蔔、高麗菜，然後又是五大袋馬鈴薯，直到下午三點，除上廁所、喝水外，根本沒時間休息，就在我準備用隱形偷溜時，塔門卻與我們一同切馬鈴薯。

「話說，你們是從哪來的？」塔門問。

「我們生活在第五平臺，但高區物價太高，所以也考慮搬走。」我的謊言搭配現實，更顯得真實。

「生活不易啊，我也有幾個親戚住在下區的小鎮。」

「我們等下也會送餐嗎？」唐問。

「平常不會讓你們新來的做，但今晚的宴會需要你們幫忙，這座高塔有七十七樓，我們不是專屬的樓層服務員，平常最多只能到十樓，今天可以搭乘貨梯到七十樓的景觀宴會層。」

「請問有休息時間嗎？什麼時候吃飯？我肚子餓了。」我從未聽過安德莉亞用這種溫柔的聲音說話。

艾莉聽的下巴都掉下來。

塔門嘴上堆滿笑容。「今天比較特別，沒有午休時間，有經驗的人都知道要帶塊麵包或餅乾，但今天大家不會餓著肚子回家，餐宴結束後，會換我們大快朵頤一番。」

然後，艾莉肚子發出明顯咕嚕聲。

「這可是危險的聲音喔。」塔門指艾莉肚子。「剛忘了提醒你們，被發現偷藏東西，第一次的代價是月薪被扣一半，第二次是非慣用手的小指頭第一指節，第三次就開除，還有留下一隻眼。」

「這麼嚴重——」唐說。

「沒辦法，這是黑色傑森訂下的規矩，由於以前東西時常不見。」

「食物吃下肚就好了。」艾莉說。

「小妞，我們在這算是毫無遮蔽，妳在想什麼，他們都一清二楚，這裡到處都有心靈網，妳做了什麼，妳自己最清楚。就算妳內心真的覺得沒什麼，也僥倖逃過幾次，但罪惡感會日積月累，到時候就會被揪出來，不信邪就去試吧。」

塔門說完，艾莉的肚子依然咕咕叫。

「忍耐一下，等統治者們用餐結束後，我們就可以享用那些近乎全新的剩菜。」

老師墜鍊的位置都沒改變，現在只好等送餐到七十樓時，利用革命隱藏後去找老師。

「他們幾點用餐？」安德莉亞問。

「六點，晚宴只到九點，沒意外的話，之後他們會去平常喜歡的酒吧樓層、舞廳樓層之類的，放心吧，他們向來很準時。」

——五點半，我們開始送餐，大夥依序在貨梯前排隊，我們跟在塔門後面。我們已經說好，等到七十樓後，如果有機會，大家可以跟著我，如果沒有，就我一個人去找法蘭克，他們只要騙過塔門。

等待時，天花板傳來悅耳的豎琴聲，廣播傳達：「高樓層貨梯故障，請送餐人員抵達六十五樓後，改走樓梯。」

「我的天啊——怎麼偏偏是今天，這樣就不能使用推車，勢必要加班了。」塔門嘆氣。我覺得事情不單純，是老師做的嗎？

「真該把蛋帶上。」艾莉咕噥。

這話被塔門聽到，「妳沒拿這裡的東西吧？」

「她絕對沒有，我們是在說早餐的水煮蛋。」我說。

「那我就放心了，在這等我一下，幫我顧好位子。」

塔門再次回來時，手拿一小袋東西。

「先吃一些解飢吧。」塔門說。裡面裝著安德莉亞削下的馬鈴薯皮，由於上面的果肉剩很多，塔門將那些油炸過。

艾莉笑嘻嘻的，「這都多虧安德莉亞。」

「閉嘴——」

塔門也將馬鈴薯片分給周遭的人，大家都嘰嘰喳喳的閒聊，要不是這邊服裝統一，不然音量跟第五平臺的阿茲曼市場有得比。

輪到我們搭乘貨梯到六十五樓時，已經過一個小時。

貨梯開門後，人群魚貫走出，塔門帶領我們經過一間間的實驗室，裡面擺放琳瑯滿目、五顏六色的瓶子。餐車只能放在樓梯旁，必須來來回回好幾趟，而且到達七十樓時，由專門的送餐人員接手，在我準備走第二趟時，暗自忖度要趁機溜走。唐這時走到我身旁說：「艾莉、安德莉亞都不見了。」

「什麼！」我試著感應她們身上的革命墜鍊。「她們在六十八樓。」

我們前往六十八樓，這邊同樣是實驗室，裡面有大型培養皿，跟我看到的艾莉過往很像，一旁也都是我未曾見過的大型儀器。

「她們在左前方的房間。」門牌上寫——融合藥劑儲放室。

走近後，我聽見她們在爭吵。安德莉亞手上拿著薄荷綠光的試管，外表使用金屬強化，她說：「我要把這個帶回去，這是我們立功的機會。」

接著，艾莉將一旁陳列相同藥劑的獨立櫃推倒，試管應聲碎了整地，現在只剩下安德莉亞手上那瓶，警鈴瞬間大響。

「妳這個瘋子，」她打艾莉一巴掌。「妳會害死我們。」

指甲劃過艾莉臉頰，留下淡淡血痕。「這不痛，比起合成生物們，這根本不算什麼。」

「我們必須趕緊離開。」唐說。

安德莉亞將試管塞進胸前，她與艾莉相互怒視。

「妳們兩個都跟我走。我們沒時間起內鬨。」我命令。

我們走出實驗室，隨即聽到左、右兩側都傳來急促的腳步聲。

「緊貼牆面。」我立即用革命將我們包覆。

走廊兩側出現黑色傑森，他們已經全副武裝，左側兩人先進入融合藥劑儲放室，五秒後，右側兩人也進入，我們趁機離開，遇到增援時，我也使用同樣手法。

回到送餐的樓梯時，我已經滿頭大汗。

「都是妳害的，讓我們觸碰不需要的危險。」安德莉亞說。

我說：「艾莉，活著離開比什麼都重要。」

「好……」艾莉低下頭。

樓梯已經空蕩蕩，沒有服務員，我說：「接下來我自己去。」

「我們都來這了，目前看起來沒什麼危險，讓我們跟你去。」唐說。

我點頭。我們四人走回七十樓，專屬的樓層服務員消失了，我們必須穿過景觀平臺，才能進到室內。這邊沒有遮蔽物，由於我們整天在廚房，沒注意到外頭變化，高區已經撒上糖霜。而唐這時再度傳訊息回去給沉默動物，告知目前一切順利。

「法蘭克在哪？」安德莉亞呼出白煙。

我們走到純白鑲金的大門前，從這我已經可以精準確認位置。「在宴會廳上方。」

我話說完，宴會廳大門開啟，專屬的樓層服務員從藕色的布簾走出，他的服裝是暗紫色，身上是金光線條。「R先生，以及諸位，我們恭候大駕多時。」

20 人性本惡

我們保持了片刻靜默，只聽見雪落下的聲音。

「請進。」男子退到一旁，對我們九十度鞠躬。

「R……這是陷阱……」唐說。

艾莉躲到我背後。

「如果是的話，為什麼我們還安然無恙。」安德莉亞說。

「跟緊我。」我不帶情緒踏入廳內，撥開滑順的布簾後，被眼前光景震懾，剎那間，我以為進入電影世界，眼前的人身穿巴洛克時期、洛可可時期、帝政時期的服裝，女性穿寬鬆的高腰直筒禮服，衣服潔白的令人不忍直視，他們所配戴的容器飾品，是我未曾看過的顏色，我搜尋腦海中最接近的詞彙，腦中浮現的答案是——聖潔。不管是披肩、扇子，或手提網袋都有那種神祕光彩。男性則有裝飾過度的現象，簡直是把一幅精美畫作穿在身上，雖然光輝略有不同，但應該都是同一種情感。

在來到這裡前，我以為知道何謂華麗，事實證明我只是一隻井底之蛙，我們身上所穿的衣物，頓時使我感到羞愧，我像是看著櫥窗內巧克力而流口水的男孩，不由自主的羨慕、憧憬。神祕光使我頃刻間著魔，竟使我忽略最大量的顏色，他們全都是銀髮、銀眼珠的無色人。

「R……他們人太多了……」唐吞吞吐吐的說。

艾莉抓緊我衣襬，安德莉亞倒是悠然的看待一切。

「你終於來了，革命之人。」一名將瀏海往後梳高的女性說，她戴著神祕光的頸鍊，束腹成纖細柳腰。

「——你們怎麼會知道？」我問。

「是從法蘭克得知的，我們也很想品嚐你泡的咖啡。」一名男性說，他身穿湖水藍光澤的寬袖長版外套，上面是蜻蜓戲水的圖案。

「——他人在哪？」承影劍因我的盛怒而騷動，老師不可能背叛我們，他一定遭受酷刑。

「請你到上面的房間，賢王已經恭候多時。」身穿三層裙子的年長女性說，她的袖子是寬鬆的七分袖，寬大的衣領與袖口鑲著神祕光的細緻蕾絲。「賢王想單獨與你談話，至於你的朋友們，必須與我們一起參與饗宴。」

「不要——我不要留在這。」艾莉說。

那位年長的女性優雅淺笑，她緩緩走向我，我隨即將承影劍抽出指向她。「別靠近。」

「我們以聖人之名發誓，在這神聖的地方絕不會發生任何形式的傷害。」隨後，她朝我們跪下，整間廳堂的人都是，他們同時為我讓出一條路，通往上方，也是老師所在位置。

「去吧，如果他們想傷害我們，不會廢話。」安德莉亞將艾莉抓到她身旁。

「我們都來到這了，只能前進。」唐露出堅定的神情。

「我去去就回，也會把法蘭克帶回來。」

我走上旋轉樓梯，這些統治者仍保持跪姿，對我行注目禮。我推開純白大門，裡面也散發神祕光輝。內部有巨大的橄欖型落地彩繪玻璃，在神祕光照射下，顯得光彩奪目又閃閃動人，下方有張高背椅，年輕男子坐在上面，他同樣是銀髮。我本想一直注視他，但一旁的神祕星芒美的讓我分心，除了那面巨型的彩繪玻璃外，其他牆面擺著數萬瓶的容器，全部都裝著神祕光，一路向上延伸，塔頂端呈現不規則的漆黑形體，有東西在上面，而且很多。

「這些很美吧？」男子說。

「我們的人在哪？」我直視他。

「喔？你已經可以控制不去看那些容器嗎？就第一次看到的人而言，你適應得很快，通常初次見到靈魂容器的人，都會被那光迷得神魂顛倒，法蘭克也不例外。」

靈魂容器數量竟有這麼多！這也能解釋我為什麼從沒看過這種光輝。

「革命雖然幫助你對抗痛苦的情感，但也壓抑你自身的情感，連感動的事物也稍縱即逝，那跟無色人有什麼兩樣？我問你，你有多久沒好好笑過；好好哭過？」他朝我走來。

「別靠近我——你們才是無色人。」承影劍變成長劍。

「我們已摘除所有原罪，」他繼續接近，「這個距離，革命應該能貫穿我的腦袋。」

「你怎麼知道我的事？」

「透過法蘭克。」他停止，距離我六步，並從領口拉出革命墜鍊。

「——他人在哪？你們是怎麼察覺的？」

「你不覺得是他背叛你們嗎？」

「絕不——」

「你認為他比白鯨堅強嗎？」

「你住口——」承影劍長出許多尖刺，像是荊棘，並變得張牙舞爪。

「沒錯，是我們抓住法蘭克，這並不難，雖然你們突破了心靈網，但沒想到我們已經都轉為聖人，他的思想遠不及我們，因此只要與我們交談，便會露出破綻，這使得我們開始監視他，還用了老科技——微型昆蟲監視器。我們好奇他是如何突破？又有何目的？這陣子才放任他。我們觀察一陣子後決定收網，才發現革命飾品，你無法想像我們看到後有多開心。」

「為什麼？」

他言笑自若，「當初是我們策劃讓白鯨帶走革命，不過他的行為出乎意料，我沒想到他會全部給你，按常理來說，他應該要分給更多人才對，我們期許他能成為計畫中的催化劑。」

「你休想蠱惑我，我會打倒你，擊敗所有黑色傑森，並把法蘭克帶回去。」

「法蘭克也是這麼想的，他相當信任你，雖然他是個情感表現笨拙的人，但他對你投入的心思，是難得一見的用心，連我也鮮少看到這麼美的情感。」

「談話結束，如果你不說他在哪，我會讓你見識到最可怕的夢魘。」

「呵呵，你在威脅我嗎？只可惜，我想你對最可怕的夢魘毫無概念，讓我幫你再次打開眼界吧。下來吧——尤瑪尼丁。」

他語畢，他後方開始落下黏稠的黑色液體，我抬頭看，黑色的膠狀物體，像是蜘蛛一樣，垂降而下，落在地面瞬間，我的兩條水晶項鍊都發出騷動，護心者附在我身上。

「那個很危險……」製門者說。

「這就是革命的力量嗎？真是令人吃驚。」他身後的東西伸出宛若馬的四肢，挺起身軀，在那軀體中有顆巨大水晶球體，好比一顆大眼珠，脖子上有小眼珠環繞，怪物嘴巴長在下方，細長的舌頭舔舐地板。

「那是什麼怪物？」

「我以為患有基準失衡症的你或許會有不同看法。」他面帶微笑，對怪物投以關愛的眼神。「光與影是同時並列的存在，如果將聖人比喻為光，那尤瑪尼丁便是影，真面目是被我們捨棄的——原罪。他邪惡嗎？或許吧，只要離開靈魂光的照耀，他們就會變得殘暴。」

「我不管你們又製造了什麼——快把人交給我——」護心者的狀態不曉得能撐多久，我要把握時間。

「這不是我們製造的，他們本來就存在。我會告訴你法蘭克在哪，但能不能帶回去，要看你的本事。首先，我以賢王亞戴恩的身分——要求與你對談。」

「我們不需要談話。」

「我能理解你認為當中有詐，所以只要能維持我的意識，還有開口說話的能力，我任你處置。」賢王解開寬鬆的衣袍，露出結實的身體，他張開雙臂，一絲不掛的在我眼前。「請諒解我不打算使用水晶，因為你尚未具備聖人思想，因而無法瞭解我們。」

我被他的舉動搞混，他全身都是破綻，但那眼神、風範與氣度，他是如假包換的王者。「你到底想做什麼？」

「告訴你我們經歷的一切，可以的話，我想坐著談。」之後，他盤腿而坐，我完全被他牽著鼻子走，他背靠著怪物。「雖說對談，其實只有結論要告訴你。」

「說重點。」

「只要人類活著，地球就會滅亡，這就是真理。」

亞戴恩見我一點反應也沒也，便用大拇指摳著下嘴唇，事實上，我不懂他想表達什麼。

「從法蘭克的記憶裡，我看到他曾跟你提過聖人計畫，就從這點切入吧。」

「少廢話，快把人交出來。」如果他經由老師瞭解我，就可能使用拖延戰，讓我的革命耗盡。

「你還是十分警界我，既然如此，尤瑪尼丁，把我的左手掌釘在地上。」賢王下令，怪物立刻刺穿他的左手。

「你到底在做什麼……」我不自覺往後退一步。

「只是為了與你談話，右手也要嗎？」

「夠了——有話快說。」我贏不了眼前這個人，只要老師在他手上，我就只能任他擺布。

他的左手流了一攤血，但他依然處變不驚。「在容器盛行前的世界，國家超過百個，而宗教數量有過之而無不及，當時的宗教占據人們心靈大部分，不論是有神論者，或無神論者，人人都有相信的事物與信念，這是其他物種所沒有的，人類之所以能大規模合作，是因為有共同信仰，面對無解難題時，信仰也可以帶給人們安定的力量。

然而，各個信仰之間也會產生衝突，對事情的解釋會根據教義有所不同，從那些領導者過去的紀錄片、演說、宣揚影片，對照他們的作為，幾乎每個人都信口雌黃，口若懸河，甚至是一味的無知，即便發覺錯誤，他們也不願回頭，由於這個錯太大，太多人相信，所以只好選擇繼續錯下去。」

「錯誤是指什麼？」

「相信人類是特別的，受到神眷顧，生來有意義。」

「別人的生存意義，不關你的事。」

他言笑晏晏，「意義只是自己賦予自身的使命，當容器問世後，那些虔誠的信徒，難道不會想要檢視他們的領導者嗎？領導者自稱是神的代言人，能聽到與感受祂的話語和啟發，但真是如此嗎？諸如此類的言論，像野火一發不可收拾，或許是某個無神論者發起的，又或是宗教迫害者的陰謀，但這都不重要，總而言之，他們成功了，他們迫使各國與宗教的領導者接受容器檢視。

有些領導者信誓旦旦地站上去，然而，只要問幾個矛盾或兩難問題，立刻就能使他們原形畢露，在容器檢視下，這些都無所遁形，當他們所謂的大愛、無私、神話一一被剝下後，只剩赤裸裸的人性，他們沒錯，因為他們只是凡人，故無法通過原罪的試煉，甚至，最後被問及是否相信神的存在時，容器所顯示的答案，也讓信徒們大失所望。聖人計畫的另一個面貌，是為各個國家與宗教培養出聖人。

高區的統治者們，全都已經轉變成聖人，他們在情感與能力上都是完美的人。高區原本是要打造給聖人居住的，但光是要讓一個人變成聖人，所付出的成本就已經很高，即便擁有你們手中的無限容器，也來不及消化全世界人口，罪惡也沒地方儲存。

經由演算法百年的探索人性，我們已知改變人性是不可能的，原罪總會找個角落再度萌芽。各種原罪會促使人類自我毀滅，為了死的有意義，會以冠冕堂皇的理由，拖整個星球陪葬。

在鎖國前，世界人口已經來到空前絕後的數量，而且貪婪永無止境，地球已經無法再負擔，而容器的出現，讓自身情感被當成交易籌碼，我們從中看到契機，或許烏托邦時代將要來臨，世界該去蕪存菁，只有聖人才不會危害世界。」

我思考他所說的，「所以你們打算毀滅其他人類？只有聖人永遠活在高區的高塔，這難道不也是你們賦予聖人的意義？又與一般人有何不同？」

「我們並不是基於自身立場，而是站在地球全體生物這邊，我曾轉換其他物種，感受過森林細語、大海指責、動物悲痛，那些感受，我很難化成語言，即便用水晶也難以傳達，因為以人類的感官無法體會，至於你說這是否為聖人存在的意義，我並不清楚……就交給命運吧，看是王環獲勝，還是其他政治體能推翻我們，無論如何，下個階段已經開始。」

「下個階段是什麼？」

「我剛說人類太多，又無可救藥，減少人口最好的方法就是戰爭，我們不斷壯大自己，也培養敵人——東方霸主、沉默動物、革命之刃，目的是自相殘殺到最後一刻。」

我正在努力消化他所說的。

「高區，作為最強大的政治體——王環的首都，我們竭盡可能的糜爛、奢華，糟蹋生命起源的人，甚至用靈魂容器當作餌，為的是掀起另一場最美戰爭，讓其他政治體將矛頭指向我們，我們給了他們反撲的理由。」

「如果你們敗了，這一切有意義嗎？」

亞戴恩笑的像個孩子。「這就是你珍貴的地方。除了聖人之外，不論是哪一方獲勝，都只是暫時和平，因這世上沒有存在不變的公平與平等，等到天秤過度傾斜時，革命的詛咒將會再次啟動，革命會再次率領弱勢的人們，或許那時已不是你，你的革命擁有自我意志，會找到下個宿主，如此循環。」

「我不是你們的棋子——」

「你是我們撒下的種子之一，你會怎麼發展，我們也好奇。」

「這些結論只是在象牙塔的虛談，根本不切實際。」

「在得到我們的知識、經驗前，我本就不期待你能瞭解聖人的想法。」

「我不需要你們的知識——」

「是嗎？你得到後或許會改變心意。」

「絕不——我不會讓你們把結論灌輸給我，還照你們的意思行動。」

「我們並不是在強迫你，瞭解人性的全貌後，你做的所有選擇，我們全盤接受。」

「你說夠了沒——法蘭克人在哪？」

「很遺憾，他的心已經被我們摧毀。」

「你們做了什麼——」

「他察覺形跡敗露後，強行突破，踏進靈魂聖地，被尤瑪尼丁帶進輪迴惡夢。我們因此得到寶貴情資，雖然他的心已經被摧毀，但只要從中給予適當的關鍵字刺激，依舊能拼湊出有用的情報。」

荊棘的刀刃抵在他的喉嚨，即使刺出血，他的神情也沒有一絲改變。

「他的心智非常堅強，但也傷痕累累，輪迴惡夢會不斷重複人生中最難承受的事，而法蘭克就有好幾件，直到第四百二十六次的輪迴惡夢，他才徹底被擊倒，這是他心碎的次數。我說過把他帶走，要看你本事。」亞戴恩彈指，地上冒出一個洞，洞口透出耀眼光芒。「他身處在知識海，要抵達他身邊，你必須將那裡的知識完全吸收，那些具備瞭解聖人的最低標準，在你以後尋求真理的道路上，或許也會派上用場。」

我走到洞口，同時戒備亞戴恩與他身後的怪物，裡面充滿斑斕的液體，老師的身影出現在搖曳的波光中，他躺在一個祭壇上，他身體蜷曲，知識從老師旁源源不絕流下。

「你可以做到，你身上的革命比這些知識龐大許多。也可以請其他人格幫你。」

他怎麼知道？老師應該還不知道這件事。

「老師——」我吶喊，他沒有回應。

我跳進洞裡，正下方有個平臺，我的手一靠近，液體便慢慢浮起，朝我的水晶戒指靠近，大腦思路活絡，記憶不斷增加，理解只花頃刻，我縮手，剛得到的知識是關於統計學與物理學，我現在已經可以將公式倒背如流以及應用，但這只是知識的皮毛，我朝祭壇前進，頭腦有點昏脹，我有辦法把這些知識全部吸收嗎？

「我可以容納那些珍貴知識……我想要……」腦海發出細微又細碎的聲音。

剎那間，我身體動彈不得，知識宛如回應我的水晶，從中伸出雙手，環繞我的脖子，我被拉進知識之海。綜觀人類歷史、累積、革命……我從生物學、醫學中學到生命的奧妙，刺痛從我前額開始傳遞，直到傳遍大腦，我雙手抱頭，大腦響起磨豆聲響，頭痛欲裂，彷彿要被攪爛。

下一秒，護心者的翅膀包覆我，阻絕知識湧入，不只如此，護心者還從知識中，挖掘出珍貴情感。生命奧妙中夾帶為人母的喜悅，政治學當中的貪婪如毒焰，哲學當中的矛盾與自我懷疑，以及各時期影響歷史的事件，這些知識被羊角吸入、暫存，從中我觀察到，有許多悲劇是可以避免的，只要領導者做出正確、合理的決策，彼此敞開心胸。也有些脈絡不可循的事件，因為涉及人數太多、太廣，以及人性的不確定性、善變，產生出的歧見、誤解，才導致一個歷史終結。

天文、地理這類背誦的知識，一一刻在腦中，技能知識只要瞭解原理、基礎，就能觸類旁通，將無知的塵埃拂去。我內心逐漸飽滿，頭暈腦脹的感覺也消失，取而代之的是輕飄飄的舒坦，製門者相當滿意這些知識，對他來說，這是堆積如山的禮物，我的手伸出翅膀外，如同破繭而出的蝴蝶，剛剛的知識海，已經幾乎被我吸收。我抵達老師身邊時，只剩一個知識——關於容器，我得知透過容器做出各種心靈實驗，嘗試的結果總是令人心寒，最後——總會敗給人性，亞戴恩並沒騙我……

21 六大惡夢之輪迴惡夢

我踉蹌地跑到祭壇，呼喚他：「老師？」

老師兩眼無神，神情呆滯，口水掛在嘴角，我摸著他又髒又皺的袖口。許多情感湧現，眼前變得模糊，我開始害怕失去他。接著，冷靜將淚水壓下，我現在該做的是讓他恢復正常，讓其他人格承受我的焦慮與哀傷。

亞戴恩透過尤瑪尼丁的絲線垂降，走上祭壇。「雖然這是預料之內的事，但仍令人吃驚，竟能瞬間吸收這些知識，即使是天才也要花上數年。」

「我並不是吸收，只是儲存而已。這些知識會成為對付你的武器，如你所願。」我怒氣湧現。

「看過這些知識後，你有稍微同意我們的看法嗎？」

怒氣又煙消雲散，「你現在不需要怒氣……只需要專注眼前……」腦中的聲音迴盪，我變得專注。

「離開知識容器後，他會慢慢變成無色人。修補破碎的心，連我們也無法辦到，進入破碎者的內心，好比進入黑洞或是無止境的迷宮。但我相信你可以，畢竟你戰勝過死亡，還有六大惡夢當中的兩個。」

老師的指縫在發光，那是靈魂光輝，他緊緊抱在懷中，我伸手想觸摸。

「那是你的母親。」

剎那間，五味雜陳的情緒一次噴發，雖然製門者試圖壓抑，還是阻止不了淚水潰堤。我哽咽，「是真的嗎……」

「他本來可以選擇直接逃跑，但他為你回頭。」

「停止……別讓情緒牽著你走……在適當的時機下我會讓你宣洩情緒……現在要做出最有效率的選擇……」製門者用更多的冷靜使我情緒緩和。

「如果法蘭克恢復了，你會放我們走？」

「當然，這樣計畫才能繼續，不過我不能太袒護你，這會讓計畫失衡，只有少部分的黑色傑森轉化成聖人，其餘仍是你們的敵人。」

我剛消耗太多革命，必須現在就將老師帶回來。老師的水晶飾品是條手鍊，他平常都會收在身上，我將老師其中一隻手扒開，看見母親的靈魂光輝，母親留給我的祝福容器，也有類似柔光。我輕撫那瓶容器，酸楚與渴望使我指尖麻痺，我將手伸進老師懷中，在胸口位置摸到手鍊，我拿出那條水晶手鍊，以男性來說，這條鍊子實在是太纖細，像是女性配戴，我將手鍊扣在老師的手上，我帶有水晶戒指的手，握緊那隻手。

闔上眼，我進入一片漆黑的世界，聽到敲門聲才睜開眼，我看見青燈使——我即將進入老師內心。男孩將燈籠轉交給我，裡面的燈蕊已經燒到接近底部，燭火在殘燭上忽明忽滅。青燈使拉我衣袖，他第一次有這種舉動，是因為前方的危險？抑或我情緒不穩？

「我沒事，等下就回來。」我輕撫他的頭。

我打開門，竟然回到THE NEST……但裝潢有些不同，吧檯位置不對，地面也殘破不堪，破損的地板下是深不見底的深淵，必須謹慎行走，護心者隨侍在側。吧檯的器具散落一地，櫥窗都被砸破，容器櫃上方飄散金色的粉末，下方也不斷流出各種明亮、清澈的美好情感，形成彩虹般瀑布。

我環視似曾相識的店內，走到廚房，我們吃飯的那張橡木餐桌，擺滿十二副精緻的餐具，盤子用銀製的半圓蓋罩住，我掀開其中一個，一道琉璃色的氣流往上竄，周圍環繞靈魂光輝……白盤中間留下名片——艾芙琳。

接著，從樓上傳來老師的吼叫聲。我急忙跑上樓查看，我首先跑向老師房間，但老師的房門緊閉，我往後退，原本想讓護心者硬闖進去，這時卻看到門上掛著艾芙琳的名牌。這裡原本不是老師的房間？這時老師的吼叫聲又傳來——在三樓！

我奔往三樓，原本應該是心靈訓練所，現在多了好幾個房間，門牌上分別都貼有銀亮的鐵片，上面印有名字……我在左側第一扇門前停下，上面寫著帝芬達，隔壁是雷伊，對面是翁斯，我思量著，我現在住的是改建過的THE NEST，他們以前都住在這邊。

吼叫聲再度從最深處的房間傳出，我快步前進，門牌上寫法蘭克，我打開房門，這個房間有良好的採光，閣樓的傾斜天花板，鑲著圓形的玫瑰玻璃窗，內呈放射狀，但缺少幾塊，光源從那傾瀉而下，玫瑰玻璃窗仍舊美麗動人。老師穿他平日裡最喜歡的寬鬆居家服，他背對我，坐在一張木椅上，靠著背，靜靜的仰望那片窗，窗下有數隻金絲雀倒臥。

「老師？」我輕喚。「這裡很危險，我們出去吧。」

他沒有反應，我走向前，腳下發出清脆聲響，玫瑰花窗的碎片在腳下，我伸手想觸碰老師，卻被護心者阻止，代表這裡不是好的介入點，而老師始終盯著最完整的一片玻璃。上面繪製的玻璃人偶在走動，如同動畫般——一名褐色髮婦人，不停的工作，從打掃、洗衣、煮飯到務農，雖然有兩個孩子會幫她忙，但每到夜裡，疲憊還是讓她倒頭就睡，畫面中唯一的成人男子卻一直躺在床上，這或許是關鍵，修復這裡，老師應該能復原。

接著，革命變成藤蔓，從水晶戒指爬上手指，然後在地上的玻璃碎片生根，玻璃逐漸合而為一。在修復期間，我讓護心者將我帶到那片完整的玻璃旁，用手輕碰，想更瞭解這片玻璃代表的意思，我感受到遺憾、悔恨，老師是玻璃畫中的其中一名男孩，婦人則是老師的母親，而躺在床上不動的人，是漸凍人父親……這……

「這是我不願意告訴你的事……」老師開口，革命的藤蔓不知不覺也長到老師腳邊。

「你覺得容器是好事？」我到老師身旁。

「以我的經驗來說，容器帶來的不全是壞事。如果沒有容器，我那不能開口，也無法寫字，只能轉動眼球，看著天花板的父親，是無法告訴我母親，他有多愛她，以及多愛我們。每天等母親忙完，我們會一起到父親房裡，母親透過水晶與父親交流，再轉述父親他構思一整天的故事與笑話，那總能逗得我們哈哈大笑，你懂嗎？那是我無可取代的珍貴童年，以及我母親的救贖。」

「這樣你為什麼還要加入沉默動物？」

「正確來說，我一開始選擇加入的是禿鷹。在禿鷹出現之前，有許多不肖容器商橫行在容器市場，我會加入的理由是因為禿鷹打算統整黑市，訂出符合時下的合理價格，不讓人再隨意哄抬價格與低價收購。」老師說完，一旁的玻璃已經被修復完整。護心者將修復後的玻璃裝回窗上。

有一個黑衣人，出現在老師的父親身旁，抱走許多珍貴情感。

「他賣了什麼？」

「全部。」老師的撲克臉，掉下眼淚，連眼皮都沒眨，而玻璃畫中的男人，也變成蒼蒼白髮。

「都是我的錯，是我去找仲介商，我母親生病了，醫生說不是什麼大不了的病，只需要住進醫院幾個禮拜就可以復原，但需要錢以及營養的食物。年輕又愚蠢的我以為……或許只要賣掉父親的一點情感便可以做到，事實上也應該如此，但我少算了父親的盤算，那時的我還不瞭解人性。」

「他怎麼想？」

「他認為……他拖累我們，所以他打算在死前，變賣所有情感，換取錢財，同一套的情感會有不錯的價格，能讓我們得以維持數年的生活，我還記得當時仲介商見獵心喜的神情，由於交易過程，只有當事人才清楚，我不知道父親跟他談了什麼。這種一次性大量買賣情感，在當時稱作人偶交易，因為賣方之後會變成人偶，只剩軀殼，這種交易現在已經違法，原因是賣方連生存的意願都賣掉，等於宣判死刑。」

另外一片玻璃也修復完成，是老師的母親，她身體已經完全康復，全身戴著閃亮的珠寶，優雅的跳舞，老師陡然站起，我感受到老師內心十分哀戚，我看著玻璃畫，老師的母親在鞠躬後，便倒地不起。

「我母親康復回來後，父親的喪禮也結束。起初，母親只想尋死，我沒有勇氣告訴她，仲介商是我找的，後來，是我的哥哥好不容易勸住母親，別讓父親的死白費，她才作罷。之後，母親的心猶如被掏空，沒心思做任何事，雖然幾年內生活不會有問題，但我跟哥哥年紀也夠大了，所以我們都去工作，而我也因為罪惡感，疏離了母親。

我本想讓時間沖淡一切，但命運造化弄人，母親在街上遊走時，恰巧讓她碰上父親的情感，那被做成一套首飾，耳環、項鍊、手鐲……從頭到腳都是同一套，定價是當初收購的五倍，後來……你看到了，這些畫面，是我聽警察轉述的，我母親打扮成像貴婦，說要試戴成套的飾品，配戴後，她在店裡翩翩起舞，警察研判在此之前她已經服下毒藥。」

「你當時還年輕……」

「我從前也是這樣說服自己，長大後我瞭解，這不是任何人的錯，那份愧疚感，我並沒把它取出，我因為自責，才能苟延殘喘。」

後來，其他玻璃都修復完成，革命藤蔓一起把剩下的玻璃裝上，老師變得驚恐，他將我摟進懷中，其他的你不要看——我求求你。

「我們走吧，我帶你離開這。」

護心者揮動翅膀，狂風襲捲這裡，在離開前，我瞄到剩餘的玻璃花窗，出現白鯨身影。回到祭壇後，我緩緩起身，老師強而有力的手搭在我肩上。

「你做到了。」亞戴恩說。

老師見到他，隨即將我拉到他身後，其實我才有能力保護他。他與賢王對峙，手中的靈魂容器抱得更緊。「靈魂，這種複雜又強大的能量，應該無法輕易轉移到體內。」

「沒錯，你還必須準備一個純潔、全新的身體，不能用二手。」

「你們也能製造年輕的身體嗎？」老師問。

「對，一個不曾張開眼，沒有想法，沒做過夢的軀體。」

「生命起源……轉換場所在生命起源。」我說。

老師納悶地看我。

亞戴恩微笑，「我們把知識的精華，包括經驗、結論，通通交給R。」

「——你們想做什麼？」老師問。

「放你們走，革命之輪既然已經轉動，就不會輕易停下。R，謹記，剛告訴你的事，只有統治者的聖人們才瞭解。另外，人格分裂越多，你會越厲害，但你的存在也會被稀釋。」亞戴恩若有似無的笑著。

「人格分裂？」老師皺眉。

「R——黑色傑森來了。」唐從上方洞口大喊，安德莉亞、艾莉同在。

「我可以帶你們到中庭，接下來要靠你們自己突破。」亞戴恩讓尤瑪尼丁，將我與法蘭克帶出，艾莉被尤瑪尼丁嚇得尖叫，安德莉亞摀住她的嘴。

尤瑪尼丁打破窗戶，吐出絲線，黏在中庭牆上。亞戴恩說：「從這邊滑下去。」

「他可信嗎？」安德莉亞帶著厭惡神情。

「可以。」我說。

唐率先溜下去，確定沒問題後，安德莉亞與艾莉也一同溜下。

「R，我該說的都說完了，下次見面時，恐怕我們將不是對話，而是廝殺。」

「你讓我知道這些，難道不怕我刻意避免嗎？」

「即便你不插手，事情也已經無法挽回。對了，如果你將母親靈魂帶去生命起源的轉換中心，就可以復活她。我們並沒有騙你父親，我們真的有為你母親準備新的健康軀體。」亞戴恩露出從我們見面後，最燦爛的笑容。「祝你一切安好，革命之人。」

我從頭到尾都被他牽著鼻子走。

「R——我們該走了。」老師緊抓我的肩膀。

接著，我們從細絲滑下。踏入地面後，我們頭也不回地奔跑。我看向手錶，我們應該會提前到撤退地點。

「嘿——」塔門從門口跑來。「我找你們很久了，不能再待在這，快跟我回去。」他氣喘吁吁地說。

他手拿紙袋。

「要不是剛警鈴大響，我才不會這麼緊張，」塔門笑說，並用手抹開額頭汗水。「我還緊張到帶著給你們的食物。咦？這位是——」

塔門的話說到一半，一個物體，像是流星般降落在他身後，革命罩立即保護我們，但沒包括塔門。塔門人頭落地，血濺在革命罩上，金黃的馬鈴薯片從紙袋撒出。艾莉淚奔，想到塔門的軀體旁，但被革命罩擋住。

我們這次要面對的怪物，體型比鬣狗人更大，直立的身軀高達一層樓，爪子像彎刀，銀色毛髮在皎潔的月光下，透出淡雅的光，巨型狼人露出森森白牙，仰天長嚎。

22 天堂或地獄

護心者再度現身，老師看到我的羊頭面具，驚訝的張大嘴，巨型狼人的脖子上也套著類似鬣狗人的項圈。

「野獸聞得到我們。」艾莉說。

項圈轉為紅光，怪物隨即朝我們撲來，腳下揚起雪塵，左手利爪撕裂革命罩，右手貫穿進來。

「跳開——」老師吼。

狼人項圈變成藍光，怪物平靜下來，眼睛緊盯我們。

我們退後，保持距離。唐的左臂被劃傷，鮮血直流，革命罩被撕毀後有部分變成黏稠物，包裹唐的傷口。

「R——」兩名黑色傑森站在亞戴恩身旁，「這是我送你的最後一個禮物，抹殺你的天真。我知道你不願意對合成生物動手，但他是艾格索姆與狼的結合，你難道不想報仇嗎？」

狼人是艾格索姆……

「他是殺了莉迪亞的凶手。」

「你住口——」

「我答應他，只要他能殺了在場的每一個人，我就會讓他恢復原樣，還會讓他擁有第一平臺的高樓層個人套房，一生富貴。現在，戰鬥鐘響起。」

狼人的項圈又變成紅光，他朝唐奔去，承影劍變成繩索，纏繞在他身上，我本想束縛他，卻被他拉過去，我隨即將承影劍插往地面，革命向下扎根，艾格索姆見狀後，改向我襲來——剛是聲東擊西，他真正的目標是我。

艾格索姆左右跳動，我看得見他的動作，但我不行逃，艾莉與安德莉亞在我後方，我短暫的遲疑造成致命傷，我雖閃過他的血盆大口，卻沒躲過從下方來的利爪。他用右手將我攫住，並把我高舉，要不是護心者的翅膀首當其衝，我可能會被捏碎。

「R——」老師喊，他射出數把金色小刀，但對狼人發揮不了作用，他的粗硬皮毛將小刀彈落。「快動手——不要猶豫，不要憐憫。」

我看著狼人的綠色眼珠，我什麼情感都感覺不到，我現在才發覺，其實我並不恨他，當初是我太天真，即使殺了他，莉迪亞也不會復活……

「動手……你剎那間就可以打敗他……」製門者說。

「R——拜託你，我無法再承受另一個惡夢。」老師滴下眼淚。

我深呼吸，然後大吼，原本纏繞在艾格索姆身上的繩索，伸出無數刺劍，他手鬆開，霎時，青光橫掃過他的脖子。

我回到地面，即便腦袋分離，他依然在喘氣，血把周遭的雪都融化，我從口袋裡拿出安德莉亞給我的自殺瓶，在他面前打開……他的呼吸停止時，綠色眼球破裂，快速形成數株樹苗。艾莉跑來抱住我，我看向賢王的方向，現在已經空無一人。

「我們回家吧。」老師說。

「你沒辦法救塔門嗎？」艾莉淚眼潸潸的問我。

「對不起……我沒辦法……」

「距離預計接應時間還剩十五分鐘，我們動作快。」唐說。

我們搭乘貨梯，回到底層，逃生路線在廚房後門，服務人員全都前往早上的檢查哨，我們與他們反方向，進入布滿水管的房間，這邊有梯子，唐動作最快，他爬第一個，他推開頂部的夾板，我們潛入某條走道，逃進左側房間，裡面是黑色傑森的裝備室。

「我們要利用他們的設備，從黑色傑森專屬的天際線逃跑。」唐說。

「穿上這個。」老師指向一旁的靴子，拿起來很沉重，鞋底有兩根突出的金屬。

換上裝備後，我們搭乘透明的圓形電梯，到達外頭的圓形平臺，上面總共有八條天際線，每條都有標示。

「往第二平臺C區。」老師說。

唐同樣率先滑下天際線，猶如溜冰。

「換你，我會殿後。」老師說。

我也滑下天際線，速度飛快，寒風冷冽且刺骨，革命即刻從水晶項鍊變出一條斗篷，這真是方便，今晚的夜色很美，從這邊俯瞰高區，恰似發光的彩色糖點綴在銀白世界中。

「小心……」製門者說：「唐遭受埋伏……」

「你說什麼！」我能感覺到滑進一層薄膜，身上的斗篷消失，但不寒冷。

我蹲低身體，想盡可能快一點，當我依稀看到唐時，他已經倒臥在地。而一旁的帝芬達、芙瑞雅、雷伊與黑色傑森在奮戰，翁斯手捧著腹部，衣服上有大量鮮血，他們沒發現我已經抵達，我又隱身了，他們被逼往掩蔽物後方。

隨後，艾莉、安德莉亞、老師也一起滑下來，他們同樣進入革命的隱形膜中。

「怎麼會這樣！」老師說。

「我們先到唐的身邊。」我說。

「不要輕舉妄動。」
「老師，我們現在是隱形狀態，這也是革命的力量之一。」
老師一臉狐疑。
「是真的，相信R。」艾莉說。
雖然我們現在很安全，但一行人還是躡手躡腳的往前，老師將唐翻身，他表情極為痛苦。老師掀開唐的衣服，我們看到三片大面積的瘀青，瘀青中間是深紫藍，外圍顏色轉淡，還有碎掉的革命墜鍊。
「是革命擋下來的？」安德莉亞問。
「就先這樣吧，危機尚未解除。」老師說。
「在草叢裡……」唐勉強擠出幾個字。
接著，從草叢出現三名黑色傑森，他們的衣服能與周遭環境融為一體，不同的是他們身上有黑色網紗當作斗篷。
老師說：「是黑幽靈！不妙——」
「——他們走過來了。」艾莉緊張的說。
黑幽靈手持長槍，不疾不徐地靠近，並不時看著手上的儀器。
「我們慢慢地往後退。」老師說。
之後，安德莉亞一聲慘叫，她踩到捕獸夾，那藏在地面下，之後捕獸夾射出紅煙。黑幽靈朝紅煙方向炮火猛攻，直到沒子彈才罷手，革命被大量消耗。
「沒用嗎？」黑幽靈說。我們腳邊滿是子彈，都被革命罩擋下。
另一名說：「我知道你們在那，畜生的科技什麼時候趕上我們？」

艾莉幫助安德莉亞掙脫捕獸夾，老師用小刀割下外套，幫她包紮。黑幽靈重新裝彈後，與我們保持約十公尺的距離，他們沒有貿然接近，是想把我們困在這，等待援軍到來嗎？今天革命已經用太多……

「製門者，製造隱形通道。大家退到帝芬達那，我會擋下黑幽靈。」

「R，你在跟誰說話？」老師問，我沒空理會，我必須集中精神。

「我可以解讀……是殺了他們嗎？」製門者問。

「有必要的話。」

當老師他們退到帝芬達身旁時，我趁其中一名黑幽靈換彈匣時，一口氣縮短距離，衝進他視線範圍，承影劍在他面前閃過，他的長槍被切成兩半，他左手抽出摺疊小刀朝我眼球刺來，可惜，跟布雷特相比，慢了一拍，我閃躲後，承影劍砍向他脖子時，變成柔軟的鞭子，纏繞在他脖子上，立即把他勒暈。其他兩名黑幽靈，不管他的死活，朝我猛烈開槍，雖然他們使用煙霧彈，加上不斷變換位置，但我能從子彈打在翅膀上的方向，藉此預測他們的行動，護心者從翅膀射出羽毛劍後，炮火停下。

「你殺了他們嗎？」我問。

「還沒……但要快……革命所剩無幾……」

黑霧散去後，其中一名黑幽靈雙手垂下，鮮血從肩膀流下，大腿也插著革命羽毛。而另一名黑幽靈的右手流血、顫抖，他在傷口淋上某種液體，液體瞬間凝固，他雙腳沒事，便抽出小刀應戰，他的隊友用僅存的一絲力氣，把血紅光珠，滾向他腳邊，他拿起後隨即吞下。

最後一名黑幽靈朝我奔來，他手持小刀，在靠近我時，刀子突然彈射，讓我措手不及，好在被護心者的羊角擋下來。小刀彈射完後，裡面又冒出另一個刀身，承影劍變成棍棒，將他手中的小刀打落，但他似乎早已料到，馬上使用右旋踢，紮實的踢在我身上，我雖沒受到傷害，卻能感受到沉重，他腳收回時，上面沾滿鮮血，護心者翅膀上的爪子抓傷他。

這下他該放棄了吧，在我這麼想時，他竟不怕我鋒利的羽毛翅膀，雙手扣緊我，然後從嘴裡吐出死亡……我戴著護心者面具，因而沒受到危害，但黑幽靈……就這樣在我眼死去……

為什麼要做到這個地步……

「明白了嗎……他們是完美的戰士……你不可能永遠用半調子的心態。」製門者說。

「R……」帝芬達從角落走出來，他戴著烏鴉面具。

我解除護心者模樣。

芙瑞雅也戴上銀貓面具，「你怎麼做到的？」

「先離開這吧，」達克多說，他洋溢著笑容。「你真的是天選之人。」

達克多的後方，還有狄馬、艾絲特、阿涅修、墨菲亞、溫翠妮、瑞克……，雛鳥的大家都到場。

「你該睡了……剩下就交給訂下革命契約的人。」製門者說。

我之後記憶像是被截斷，再次聽到自己的呼吸聲時，已經回到熟悉的床鋪，上面帶有我的氣味。我坐起，窗外光線晦暗，床頭櫃仍放著一杯水，鬧鐘顯示十一點剛過。

水咕嚕的滑過喉嚨，我才確定這裡是現實，不是另一個夢境。下床後，我走下樓，看見艾絲特在吧檯前忙東忙西，把東西裝進包包。

「艾絲特……」我生硬的說。

「你醒得正好，要去看布雷特的比賽嗎？」

「是今天啊！好，我要去。那雛鳥的大家，還有老師呢？」

「大家都很好，但老師要在組織裡進行心靈復健和檢查，這幾個禮拜應該都不會看到他。你放心，芙瑞雅會向我們回報老師狀況。」

「那就好，艾絲特……我……」
「別說了，我們要遲到了，快去換衣服。」
「給我五分鐘。」
我回房後，洗把臉，換上外出服，下樓後，她已經在門口等候。我們一起前往搭乘天際線，腳下的積雪，發出沙沙聲。我轉頭，發覺艾絲特默默走在我的正後方，用怪異的步伐前進。
「怎麼了嗎？」我問。
「沒事，我只是想走在你的腳印上，這樣你就不會再消失了吧？」
在我想轉過身時，她上前抱緊我，她的側臉緊貼我背部。
「艾絲特……我很抱歉……」
「你當然該感到抱歉——你這個自私的人。」她哽咽說：「你都不明白我醒來後有多麼害怕，我恨不得衝上第一平臺去找你。」
「為了妳或狄馬，我也會奮不顧身。」
「你這個大傻瓜。」
她改挽著我的手行走，我們搭上天際線，很難得的上面沒有乘客，她從野餐籃遞給我一個小圓麵包。
「你們是什麼時候把我人格分裂的事，告訴沉默動物。」
「你走的那天，達克多他們有來店裡找人……應該是那時候，怎麼了嗎？」
「我覺得有內鬼……」
她微微點頭，「達克多已經在調查，我們昨天剛抵達時，就被埋伏的黑幽靈襲擊，是雷伊先一步察覺，救了大家。」

下線後，在走往競技場的路上，我們被天堂與地獄的支持者，擠得寸步難行。我開始感到壓力，面對不敗王者無法心存僥倖，無法依賴幸運。我有護心者的調配，不可能出錯。

艾絲特與我都有容器助手證，我們得以從側邊通道前往休息室。進到休息室後，「R——」莎拉跑來給我個擁抱。

「妳爸爸呢？」

「他們剛剛已經出發，不過他剛剛很生氣。」莎拉說。

「是因為我沒到的關係嗎？」

「你先到比賽會場吧，我在這陪莎拉。」

「好，麻煩妳了。」

「我才不麻煩——」莎拉對我吐舌。

我苦笑賠不是，之後便前往比賽場地，雖然有助手證，但剛已經完成登錄，所以不能進到擂臺周邊，我只好到觀眾台觀看。比賽場地是與索命人對戰的地方，偌大的場地座無虛席，有的座位還塞兩個人。

時間一到，主持人走上擂臺，他造型獨樹一格，瀏海用紅光髮蠟，豎起兩撮惡魔角，耳旁用白光髮蠟，往兩側抓出上揚的感覺，很明顯的，他是天堂與地獄的支持者之一。他說：「今晚是兩位冠軍的對決，可以說是憤怒與慾望有史以來最大的衝突，泰坦能否如願，重返榮耀呢？讓我們用怒吼歡迎——泰坦神斧，布雷特！」

擂臺角落的柱子噴出火光，布雷特高舉雙手與狄馬一同進場。

「再來是——被譽為有史以來最偉大的拳擊手，連勝來到前無古人；後無來者的七十二場，他就是主宰擂臺的神——天堂與地獄！」

從觀眾台上方，飄下純白光的羽毛，以及像是餘燼產生的火紅光塵。當他們站上擂臺後，裁判檢查他們登錄的情感，我剛拿一份簡介，布雷特的情感是無盡怒火，天堂與地獄登錄的是——呼吸。

鐘響開始倒數，他們算準服用時間，鈴響後，布雷特一反常態，異常沉著、冷靜，雙方在擂臺中間用刺拳試探，這種打法對他並不利，因為在情緒上，布雷特消耗的情感與體力更多。是延遲調配法沒算準嗎？不可能——那是完美比例。

第一回合積分不分軒輊，天堂與地獄看起來相當從容，而布雷特汗流浹背，體力消耗太快，這是為什麼？我思忖著，用我在THE NEST學習的觀察力與邏輯思考，在賭上一切的挑戰下，是壓力嗎？他承受的壓力比以往任何一場比賽都大。

第二回合開始，地獄怒火開始燃燒，天堂與地獄的紅光左拳，打在布雷特身上時，會留下淡淡的紅印，使布雷特看起來如同在燃燒，每當天堂之拳揮出時，也會留下猶似彗星尾巴的亮光，反觀布雷特的煤炭拳套，即使揮出招牌的左右勾拳，紅光也忽明忽滅，像受潮的煤炭。

真是奇怪，他怎麼還未進入狀態？呼吸也變得雜亂。第二回合結束，布雷特回到休息角落時，大口喘氣，宛如逃過一劫。這時，天堂與地獄的容器助手拿出一條黑布，蒙上他的眼後，在耳邊低語，之後，天堂與地獄露出肅殺的神情，他有如獅子撲兔，不給對手一點機會。

第三回合鐘響，布雷特立即受到天堂與地獄的夾殺，他使用招牌絕招，左右直拳連打。布雷特在場中間試圖反擊，卻被天堂之拳壓制在地，天堂的距離依然遙不可及。裁判開始倒數，觀眾為之瘋狂。

狄馬這時搖鈴，提前把第四回合的憤怒拿出來使用。

布雷特撐起身體，蹲著休息，在裁判數到七時站起，並擺出戰鬥姿勢。比賽繼續開始，天堂與地獄繼續使用左右連打，布雷特這邊也開始左右直拳連打，拳頭在空中交錯，他們都放棄防禦，雙方都挨不少拳頭，這不是布雷特的風格，他在模仿，不——應該說他複製了天堂與地獄的招式。

「要如何對抗比自己厲害的人？很簡單……把他的一切都學起來……」製門者說。

布雷特的煤炭拳套終於點燃，天堂與地獄第一次後退，並停止左右連打，轉為防禦，我想連他也被嚇一跳，自己居然被熟悉的招式逼退。不敗王者利用肩膀抵擋，衝進布雷特下方，布雷特用右勾拳迎擊，不敗王者揮出上勾拳，他先擊中布雷特，但布雷特咬牙，硬是將右勾拳打出去，不敗王者重心不穩，往後踉蹌。

「上啊——就是這時候。」我吼著。

狄馬再度搖鈴，投入第五回合的量，也是最後的憤怒，這個時機好，還有一分鐘。布雷特上前追擊，不敗王者再度使用左右連打，地獄之拳擊中布雷特下巴，我感覺革命在運作，那拳本來可以使布雷特失去意識，布雷特頂下地獄之火，闖入地獄巢穴，接著，揮出一記短促的右上勾拳，不敗王者的頭部向後仰，他被逼往角落。布雷特燒紅的拳套，從龜裂處飄散青色螢火，他左右開弓，左勾拳、右勾拳的連續打擊，最後——終於劈開地獄牢籠；鑿開天堂大門。

23 一抹紅

現場一片靜默，大家都看得目瞪口呆，他們看見一個神話殞落。直到狄馬上前，撒上鎮靜粉，布雷特才停止攻擊柱子，他整個人虛脫的往後倒，幸好被狄馬攙扶住。

前方的觀眾這時大喊。「他作弊——」

「檢查他的拳套，還有情感——」

「重審、重審——」不敗王者的支持者大聲嚷嚷。

「請大家稍安勿躁——」主持人安撫現場情緒，但他臉色同樣鐵青。

工作人員到擂臺，想檢查布雷特的拳套，布雷特不滿的將拳套丟往一旁，工作人員撿起後，連同水壺拿到裁判面前，五分鐘後，主持人已經憤而離席，換一位年老的裁判到擂臺中間。

「大家好，我們都清楚，容器拳擊賽，只能在上場前，使用登錄的情感，關於這點一定沒問題，我們都檢查過了，雖然他在比賽中使用制約法，但整體情感使用量沒變，只要不是途中補充即可，而拳套也沒問題。」

觀眾席傳來一大片噓聲。

「我在此宣布，獲勝者是泰坦神斧——布雷特。」裁判舉起布雷特的手。

這時，觀眾把身旁能丟的東西，通通丟向布雷特，狄馬帶布雷特從選手走道快速離開，我也從工作人員專屬走道回到休息室。

我打開門，看見布雷特與莎拉抱在一起後，才鬆口氣。我說：「恭喜你。」

他上前緊握我的雙手，感激涕零的說：「謝謝、謝謝你，我回去立刻準備說好的報酬。」

「總之，贏了就是贏了。我看賽後感言就算了，難得我精心打扮。」狄馬故意做出將頭髮往後梳的動作。

「我們終於可以展開新生活。」布雷特高興的抱起莎拉旋轉。

「我要吃蛋糕。」莎拉笑說。

「沒問題，今天想吃什麼蛋糕都可以。」布雷特說。

「我要吃很多巧克力的。」

艾絲特說：「沒問題！我現在回去幫妳烤。」

「不，這怎麼好意思。」

「沒關係，材料已經準備好了。」艾絲特說。

「那請妳一定要讓我付材料錢。」

「不用啦——」狄馬竊喜，從口袋拿出賭票。「又不是只有你一個人贏。」

「但是——」

「好啦、好啦，你們兩個快回去烤蛋糕，烤好立刻過來，我去布雷特家布置。」狄馬將我與艾絲特推出門外。

「趕快走吧，不然布雷特會追出來。」走出競技場時，我問：「妳打算做什麼蛋糕？」

「你不是打算做惡魔蛋糕嗎？」她反問。

「妳怎麼知道？」

「我有發現食譜，很驚訝吧。」她微笑。

我們回到店裡，為了滿足他人而做事，像回到以往的日子。我伸懶腰，用雙手拍醒自己，將臉皮往耳朵方向拉，雙手離開後，嘴角依然翹起，今天真是個好日子——慶祝布雷特打敗勁敵。

為了今天，我去中督電腦查詢惡魔蛋糕的食譜，還去克拉提夫巧克力店訂最好的巧克力與可可粉，向配給車購買帶有榛果香氣的伊思妮奶油，為蛋糕增添風味與層次。

她將黑砂糖、小蘇打粉……，分別秤重，可可粉與低筋麵粉過篩備用。我將奶油與鮮奶倒進小鐵鍋中，慢慢熬煮。等冒泡後，就可以將巧克力加入，然後繼續熬煮、攪拌。烤箱預熱到一百八十度。

接著我們開始製作蛋霜，之後將可可麵糊分次輕柔拌入蛋霜內直至均勻，動作要輕柔。麵糊倒入兩個八吋烤模，大約烤半小時後便可拿出，冷卻後便可脫模，等待冷卻時，我製作巧克力抹醬。

「可以幫我洗草莓與藍莓嗎？」我問。

「好的，老闆。」

我淺笑，心中的大石頭放下後，開心的頻率也變高。蛋糕冷卻後，底層的蛋糕抹上巧克力醬後鋪上另一層蛋糕，周圍也抹上厚厚的巧克力醬，最後，鋪上水果就大功告成。

「莎拉看到這個會瘋掉，雖取名為惡魔蛋糕，但我已經能想像蛋糕融化在嘴裡，身處在天堂的滋味。」艾絲特說。

「呵，我可沒加入那種情感。」我將蛋糕裝進純白的盒子，上面綁著高雅的藍金緞帶。「出發吧。」

在抵達等候區時。

「糟了，我有東西忘了拿，妳先過去，我搭下一班。」我說。

「你還有準備賀禮嗎？」艾絲特會心一笑。

「妳怎麼知道？」我語帶訝異的問第二次。

「其實我挺懂你的。」她拍胸保證。

我們相視而笑。我跑回店裡，回房間拿莎拉的禮物，是一盒七彩的容器光粉筆。下樓時，電話突然響起，可能是芙瑞雅打來的，我接起。

「R……」

「狄馬？怎麼了？」

「我不明白發生了什麼事……這是惡夢嗎……」他的聲音在另一頭顫抖。

「什麼意思？」我聽到砸東西的聲音。

「布雷特……失控了……我得去阻止他。」隨後電話掛斷。

我有股不好的預感，放下電話後，連門也沒鎖就衝去天際線的等候區。快來——玻璃房快點來——隨後，情緒又冷靜下來。是製門者？

「焦慮無益……」腦中的聲音說。

冷靜後，我知道製門者說得對，現在還不確定發生什麼事。我搭上天際線，想藉由窗外風景分心，但街上的光輝反而使我心亂如麻，所以我閉上眼，臆測各種情況，是布雷特使用革命力量被發現？失控是什麼意思？齊博士說那種破壞力只有我才能施展。

快到目的地時，我在心裡質問製門者，布雷特那邊還有革命的反應嗎？

「現在沒有……」他說得很含糊。

「你們看，那邊屋頂有人打架——」我身旁的乘客說。

我猛然睜眼，布雷特就在那，他與狄馬在搏鬥，我立刻按鈴，準備下線，到下一站仍需要一些時間。

「布雷特——」我大喊。

我聲音無法傳達給他，我拿出承影劍，想要擊破玻璃房，但刀柄一點反應也沒有。

「不能在這使用……」製門者說。

「都什麼時候了——」我吼，一拳打向玻璃門，除了指節疼痛外，玻璃門完好如初。

狄馬倒地不起，布雷特這時走到屋頂旁，我不斷揮手，他面孔猙獰，對身旁一切視若無睹，他高舉雙拳，狠狠的往瓦片捶下，然後他仰天咆嘯，向前傾，從高空墜落，頭部向下。

「不、不——」狄馬說得對，這是惡夢，我其實還在第一平臺，仍在靈魂之房，我被困在惡夢中。

天際線緩緩降落，玻璃門打開，布雷特為什麼要這麼做？莎拉呢？我大步跑向前，撞到許多人，死命跑往不遠處的莎拉家，艾絲特失魂似的坐在門前階梯。

「R……」她擠出聲音。

「莎拉呢……」我的眉宇不受控制，全身在顫抖。

「是搖鈴——擂臺上有個搖鈴，為什麼——你不是只準備五個回合嗎？」

我的心再度被鑿開，憤怒失控了，革命失控了……

「莎拉在裡面嗎？拜託，請告訴我她還有呼吸。」

「R……我根本認不出她是誰……那張臉……我認不出來，我只希望，她在最初幾拳就死去。」

艾絲特從哽咽轉為痛哭，我忘了是怎麼走到地下室，擂臺上的紅……我不敢看，我改看周遭，發現容器櫃被打開，裡面沒有一絲微光。我胸口緊縮，布雷特服用了多餘的憤怒。為什麼——為什麼要這麼做……

「他賭上一切……這麼做的原因……是人性。」製門者說。

「我少算人性嗎……我不要——我不要失去她——護心者——」

我縱身一跳，跳上擂臺。

護心者的頭顱出現，並用革命形成一間無塵室，我要救活她，運用我得到的醫療知識——手術開始。憑我一人不足，我需要更多手，革命提供額外兩雙手，連帶也變出手術刀、骨鋸、止血鉗……但要顧的地方太多，我需要更多眼睛，細微的地方也要看清楚，我眼前的畫面被分割，我彷彿長出許多眼睛，革命也提供光源，好熱——我需要更多空氣，我想要更有效率的呼吸，護心者的面具張開大嘴。

神經元連結，血管縫合，無法修復的部分讓革命取代，緊急手術完成。但我不管怎麼做，莎拉都攤在那，像洩氣的皮囊。手術臻於完美，為什麼這樣仍然無法救活她？

「沒用的……」製門者說。

「你閉嘴，讓她動起來——」

「只要她能動……就好嗎……」

「你有辦法嗎？」

我的水晶戒指射出一道青光，我彷彿又看見一絲希望。莎拉的身體猛然抖一下，但動作很詭異……她大腦噴出青光絲線，綁在她的手腳、關節，是我剛剛輸入的革命，變成細線在操控她。

「住手，這——」

莎拉撿起地上的粉筆。

「是你做的嗎？」我問。

「不是……」

「那她為什麼會這麼做？」

「或許……沒有為什麼……」

「她還有一絲靈魂嗎？」

「我不知道……要繼續嗎……」

「繼續，我剛剛的手術很完美，革命很不可思議，或許等下會有奇蹟。」

「如果要維持下去……你不能離開她超過六步……」

「我知道了。直到她的身體腐爛前，我都不會離開她。莎拉，我們到妳的塗鴉牆畫畫。」我將莎拉帶下播臺。

她到牆邊，卻只畫出歪歪扭扭的線條。

「沒關係，妳之後會跟以前一樣好。」我說。

樓梯傳來腳步聲，「R……你在做什麼？」

「她會沒事的，再給我一些時間。」

「住手——莎拉已經死了，你必須放手，這是對死者的褻瀆。」艾絲特跑過來，抓住戴著水晶戒指的手。

「妳閉嘴——」我大吼。

她嚇得跌坐在地，從她瞳孔中，映照著血盆大口的怪物，那模樣猶似——尤瑪尼丁。然後，塗鴉牆傳來像是水球碎裂的聲音，我沒離開莎拉，是她自己走出六步外，她的頭撞擊到牆面，腦漿又溢出，在牆上抹下最後的紅。

「不……」我的耳邊響起，老師曾告誡過我——不要試圖抵抗死亡。我跑到樓上，奪門而出，警察與圍觀的群眾都聚集，他們都看不見我。

「R——」

艾絲特追出來，她在我身旁大喊，她左顧右盼，就是看不見我。我現在只想一個人靜靜。隨後，她掙脫警察，跑進人群中，呼喊我的名字。我則靠在一旁的牆壁，我突然覺得好冷、好睏，所以躺在牆邊，蜷曲身體。淚水開始無可抑制的湧出，悲痛萬分的情緒排山倒海而來。
「為什麼——為什麼現在不壓抑我的情緒——」製門者沒有回應我，不論我哭得多麼聲嘶力竭，群眾也絲毫沒發覺我的存在。啊——我發現了完美。
——我獨自承受，最孤獨；最完美的悲傷。

（本集完）

語言文學類　PG2312　SHOW小說51

容器：璀璨深霧

作　　者／豪　雨
責任編輯／喬齊安
圖文排版／林宛榆
封面插畫／馬文海
封面設計／王嵩賀

發 行 人／宋政坤
法律顧問／毛國樑　律師
出版發行／秀威資訊科技股份有限公司
114台北市內湖區瑞光路76巷65號1樓
電話：+886-2-2796-3638　傳真：+886-2-2796-1377
http://www.showwe.com.tw
劃撥帳號／19563868　戶名：秀威資訊科技股份有限公司
讀者服務信箱：service@showwe.com.tw
展售門市／國家書店（松江門市）
104台北市中山區松江路209號1樓
電話：+886-2-2518-0207　傳真：+886-2-2518-0778
網路訂購／秀威網路書店：https://store.showwe.tw
國家網路書店：https://www.govbooks.com.tw

2019年11月　BOD一版
定價：360元

國家圖書館出版品預行編目

容器：璀璨深霧 / 豪雨著. -- 一版. -- 臺北市：秀威資訊科技, 2019.11
面； 公分. -- (語言文學類 ; PG2312)(SHOW小說 ; 51)
BOD版
ISBN 978-986-326-731-7(平裝)

863.57 108015433

讀者回函卡

感謝您購買本書，為提升服務品質，請填妥以下資料，將讀者回函卡直接寄回或傳真本公司，收到您的寶貴意見後，我們會收藏記錄及檢討，謝謝！如您需要了解本公司最新出版書目、購書優惠或企劃活動，歡迎您上網查詢或下載相關資料：http:// www.showwe.com.tw

您購買的書名：________________________________

出生日期：________年________月________日

學歷：□高中（含）以下　□大專　□研究所（含）以上

職業：□製造業　□金融業　□資訊業　□軍警　□傳播業　□自由業

□服務業　□公務員　□教職　□學生　□家管　□其它_____

購書地點：□網路書店　□實體書店　□書展　□郵購　□贈閱　□其他

您從何得知本書的消息？

□網路書店　□實體書店　□網路搜尋　□電子報　□書訊　□雜誌

□傳播媒體　□親友推薦　□網站推薦　□部落格　□其他__________

您對本書的評價：（請填代號　1.非常滿意　2.滿意　3.尚可　4.再改進）

封面設計____　版面編排____　內容____　文／譯筆____　價格____

讀完書後您覺得：

□很有收穫　□有收穫　□收穫不多　□沒收穫

對我們的建議：________________________________

____

____

____

請貼
郵票

11466
台北市內湖區瑞光路 76 巷 65 號 1 樓
秀威資訊科技股份有限公司 收
BOD 數位出版事業部

（請沿線對折寄回，謝謝！）

姓　名：________________ 年齡：________ 性別：□女 □男

郵遞區號：□□□□□

地　址：____

聯絡電話：(日) ________________ (夜) ________________

E-mail：____